DELILAH MARVELLE
Encadenado a ti

Editado por Harlequin Ibérica.
Una división de HarperCollins Ibérica, S.A.
Núñez de Balboa, 56
28001 Madrid

© 2012 Delilah Marvelle
© 2015 Harlequin Ibérica, S.A.
Encadenado a ti, n.º 80 - 1.4.15
Título original: Forever and a Day
Publicada originalmente por HQN™ Books

Todos los derechos están reservados incluidos los de reproducción, total o parcial. Esta edición ha sido publicada con autorización de Harlequin Books S.A.
Esta es una obra de ficción. Nombres, caracteres, lugares, y situaciones son producto de la imaginación del autor o son utilizados ficticiamente, y cualquier parecido con personas, vivas o muertas, establecimientos de negocios (comerciales), hechos o situaciones son pura coincidencia.
® Harlequin, HQN y logotipo Harlequin son marcas registradas por Harlequin Enterprises Limited.
® y ™ son marcas registradas por Harlequin Enterprises Limited y sus filiales, utilizadas con licencia. Las marcas que lleven ® están registradas en la Oficina Española de Patentes y Marcas y en otros países.
Imagen de cubierta utilizada con permiso de Harlequin Enterprises Limited. Todos los derechos están reservados.

I.S.B.N.: 978-84-687-6153-4
Depósito legal: M-36998-2014

¿Debe un hombre, en aras del amor, pedirle a una mujer no solo que renuncie a sus sueños, sino que además se exponga al escarnio de la encorsetada sociedad a la que él pertenece? Es la reflexión que nos propone Delilah Marvelle en *Encadenado a ti*.

Seguramente nuestra protagonista idee un plan para no tener que enfrentarse a este dilema. Ella es una joven humilde de origen irlandés que se ha criado en una de las zonas más pobres de la ciudad de Nueva York de principios del siglo XIX, lo cual la ha dotado de un gran ingenio.

El personaje de Georgia Milton está muy bien logrado, al igual que el de su amado y los diálogos entre ellos son divertidos e ingeniosos. La ambientación histórica y el trasfondo social que subyace añaden interés a la narración. Por todos estos motivos queremos recomendar encarecidamente a nuestros lectores *Encadenado a ti*; una sensual historia de amor.

Feliz lectura

Los editores

Querida lectora,

Adoro la ciudad de Nueva York. La gente se toma terriblemente en serio la manera en que vive su vida. Trabaja a fondo y se divierte a fondo y, lógicamente, eso me dio que pensar. ¿Era ya así la gente de Nueva York en 1830? Es probable que sí. Y además aquellos pobres desgraciados carecían de nuestras modernas comodidades. En 1830 la gente estaba intentando pavimentar sus embarradas calles con oro, pese a que no tenían otra cosa que sudor. Así que... ¿qué sucede cuando una americana de origen irlandés llamada Georgia, con solo un trozo de carbón en cada mano, conoce a un rico aristócrata inglés? Pues que sale un cuento llamado *El príncipe y la mendiga*. ¿Pero por qué detenernos allí? Después de todo, hay mucho más en una historia que la lucha de los pobres contra los ricos. Quería bajar al fondo y ensuciarme, excavar en los verdaderos aspectos de la vida allá por 1830, a la vez que haceros reír y llorar. Como escritora, me gusta jugar a ser Dios, y la idea de una persona que empieza de cero teniendo al destino en contra siempre me ha fascinado. Así que le robé al protagonista la memoria y le hice volver a preocuparse por las cosas básicas de la vida. Cosas básicas que se había olvidado de apreciar. Cosas a las que nunca había imaginado que regresaría. Y el protagonista hace todo eso en compañía de una mujer muy especial que le hace darse cuenta de que el amor verdadero no solo es algo real, sino que además no tiene precio. Espero que disfrutes de mi versión histórica de *El príncipe y el mendigo*.

Mucho amor,

Delilah Marvelle

A mi marido, Marc.
Tú renunciaste a tu sueño por el mío.
Por eso este libro es para ti.
Te quiero, Fire Boy. Engine 28 te está esperando.

Parte 1

Capítulo 1

Esforzarse por olvidar a alguien es una manera
segura de no pensar en nada más.
 Jean de la Bruyère, *Les Caractères* (1688)

6 de julio de 1830, después de mediodía
Ciudad de Nueva York

Georgia Emily Milton rara vez se fijaba en los hombres adinerados que se paseaban pavoneándose por Broadway, en consonancia con su antigua regla de no aspirar a nada que no pudiera tener ni necesitar. Pero mientras caminaba afanosa por el bullicioso y respetable barrio de Broadway, de vuelta a los no tan respetables arrabales de Little Water, la vista de un caballero extraordinariamente alto y bien vestido que caminaba sin prisas en su dirección no solo le hizo reducir el paso, sino desear también haber nacido dama de buena cuna.

Zigzagueando entre los demás para procurarse una mejor vista, fue recompensada con ocasionales vistazos de una impresionante y musculosa figura ataviada con chaqueta gris, chaleco y doble fila de botones. Sus manos enguantadas doblaron ligeramente el ala de su sombrero de copa, color gris paloma, para protegerse los ojos de los reflejos del sol en los escaparates circundantes.

Solamente su sombrero debía de valer dos meses de su salario.

Cuando el caballero rodeó a varios paseantes y se dirigió a la acera por donde caminaba Georgia, sus ardientes ojos grises tropezaron con los de ella. La pulsante intensidad de su candente mirada le robó el aliento.

Apretando la mandíbula, el caballero se situó directamente en su camino. La distancia que los separaba se iba acortando con cada latido del frenético corazón de Georgia. La zancada de sus botas de cuero negro se fue haciendo más lenta hasta que se detuvo ante ella. Con formalidad, casi con una gravedad excesiva, inclinó su oscura cabeza saludándola públicamente de una manera en que los caballeros de su clase nunca hacían durante el día.

Se comportaba como si ella no fuera una andrajosa con faldas de calicó, que ella misma se había lavado en la calle Orange, sino una joven y elegante dama que estuviera paseando con su madre con un parasol de encaje en la mano. Solo por hacerla sentirse tan extraordinariamente atractiva, Georgia pensó en soplarle un beso. Afortunadamente sabía contenerse para no meterse en problemas.

Desviando la vista, alzó la barbilla como haría cualquier dama respetable, pasó contoneándose al lado de su imponente figura, rozándole deliberadamente un brazo con el suyo... para terminar tropezando con las largas faldas de una lavandera que había pasado a toda prisa por delante de ella. Diablos...

Una enorme mano la sujetó de la encorsetada cintura. Georgia se quedó paralizada mientras su *reticule*, con el vaivén, golpeaba la manga de su sólido brazo.

Su corazón dejó de latir cuando se dio cuenta de que su

trasero se hallaba en aquel momento en contacto con un duro muslo masculino. *Su* duro muslo masculino.

Detrás de Georgia, el caballero alzó la cabeza mientras la sujetaba con mayor firmeza, presionando posesivamente la parte trasera de su cuerpo contra la delantera del suyo. Su brazo le apretó la cintura.

–¿Está bien, madame?

Su voz era ronca y refinada, teñida de un majestuoso acento inglés que, como buena irlandesa, la puso a la defensiva.

–Sí que lo estoy, señor. Gracias –deseosa de alejarse de la intimidad de aquel abrazo, Georgia intentó apartarse discretamente.

Él la soltó, retirando la mano de su cintura para subirla todo a lo largo de su espalda, rozándola apenas y haciéndola estremecerse por debajo del vestido.

Abrió mucho los ojos cuando aquella misma mano pareció cerrarse sobre un costado de su cuerpo, como deseosa de acariciar su figura. Cuando ella intentó alejarse, él la sujetó del hombro y la atrajo firmemente hacia sí.

–Madame.

Inspirando profundamente, se apartó de golpe y le propinó un empujón que le hizo tambalearse.

–¡No se atreva a toquetearme!

–Vuestro bonete –alzó las manos en señal de tregua y se lo señaló–. Se le ha soltado una cinta. No era más que eso.

–Oh –se ruborizó mientras se palpaba el bonete, intentando localizar la cinta. Qué humillante–. Lo lamento, señor. Yo no pretendía...

–No se preocupe. Permítame –con una mano en su cintura, la llevó hacia el escaparate que tenía detrás, para no entorpecer a los demás paseantes.

Al darse cuenta de que pretendía colocarle la cinta él mismo, lo miró con los ojos muy abiertos.

–No hay necesidad de que...

—Sí que la hay. De lo contrario, perderá la cinta. Y ahora, por favor, quédese quieta —la volvió de manera que quedara frente a él y se inclinó para desenredarle la vieja y descolorida cinta de un lado de su bonete.

Georgia permaneció incómodamente inmóvil mientras él volvía a colocarle la cinta en su sitio. Aunque quería echar a correr, consciente de que su sombrero era una atrocidad que no merecía la pena siquiera que lo tocaran, a veces una chica necesitaba alzar la mirada a las estrellas si lo que quería era brillar. Aunque esas estrellas estuvieran fuera del alcance de la imaginación de una pobretona como ella.

Mientras los dedos del caballero rozaban el bonete y sujetaban la cinta, Georgia se resistió a alzar una mano para acariciar aquel rostro suave y bien afeitado. ¿Cómo sería pertenecer a un hombre como aquel?

Pero cuando vio el brazalete negro que llevaba en la manga, a la altura de su abultado bíceps, el corazón se le apretó de emoción. Estaba de luto.

—Ya casi está colocada —dijo él con naturalidad, la mirada clavada en su bonete, y después bajó la cabeza—. Voy a usar una de las otras horquillas para que no se vuelva a soltar.

—Gracias —murmuró ella, bajando la vista.

Su chaqueta olía a especias y a cedro. La doble fila de botones de su chaleco bordado se tensaba sobre su pecho mientras terminaba de sujetarle la cinta. Georgia sabía, por su reflejo metálico, que no eran de bronce pintado para simular plata: eran de plata de verdad. Solo un grupo social muy selecto de Nueva York podía permitirse botones de plata. Un grupo social que ella sabía que nunca sería capaz de alcanzar, por muy de puntillas que se pusiera.

—Ya está —mirándola a los ojos, bajó las manos enguantadas y le preguntó con su voz de barítono—. ¿Cómo se encuentra hoy, madame?

Parpadeando asombrada, advirtió que su mirada y su ceño se habían suavizado, dando a su rostro una vulnerabilidad juvenil que casaba mal con su impresionante estatura. Se esforzó por sofocar el nudo de nervios que le atenazaba el estómago. En mitad del ajetreo de Broadway, aquel hombre tan espectacular pretendía entablar conversación con ella.

–Muy bien, señor. Gracias.

Se contuvo de preguntarle por su brazalete de luto y optó por esbozar una sonrisa de flirteo, al tiempo que señalaba el borde plisado de su bonete.

–Impresionante. ¿Ha pensado alguna vez en abrir una mercería?

Él sonrió lentamente. Las arrugas de sus hermosos ojos grises y su boca de labios llenos iluminaron su semblante serio.

–No, no lo he pensado.

Por supuesto que no. Lucía botones de plata. Probablemente era dueño de todas las mercerías de la ciudad.

Plantado ante ella, su corpachón le tapaba la vista de la calle.

–¿Es de esta parte de la ciudad?

Ella se contuvo de soltar un resoplido.

–Es muy amable, pero dado que mi sencillo sombrero ni siquiera puede conservar una simple cinta, la respuesta es no. Solamente los pavos reales de plumas de oro pueden permitirse residir en esta zona de la ciudad, señor. Yo simplemente pasaba por aquí.

–¿Pavos reales? –él sonrió y juntó las manos detrás de la espalda, ensanchando sus impresionantes hombros–. ¿Así es como llama usted a la gente rica?

Georgia arrugó la nariz con expresión juguetona.

–No, en realidad, no. Solo estoy siendo educada, dado que usted es uno de ellos y que ya le he incomodado lo suficiente con el empujón que le di antes.

Aquello le arrancó una carcajada.

—Descuide, que estoy bien acostumbrado a ello —comentó él, sosteniéndole íntimamente la mirada—. Ya he soportado mi buena dosis de codazos en esta calle, debido a que soy británico. Son muchos los americanos que todavía se acuerdan del incendio de Washington, pero le puedo jurar que yo no tuve nada que ver.

Georgia se echó a reír, enamorada de su maravilloso sentido de la ironía.

—Ah, ¿y puede culparles por ello? Los Brits no son más que tábanos disfrazados con un refinado acento.

Él se detuvo a contemplarla sin molestarse en disimular su descarado interés.

—¿Me permitiría la descortesía de preguntarle si le apetecería tomar un café conmigo en mi hotel? Ha pasado algún tiempo desde la última vez que me permití unos momentos de holganza. Hónreme con su compañía.

La anhelante intensidad de aquel rostro resultaba tan electrizante que Georgia se puso a temblar de pies a cabeza. Aunque tentada, sabía demasiado de la vida como para enredarse con un hombre que llevaba botones de plata. Algo así nunca duraría más allá del revolcón de una sola noche.

—No pretendo ser grosera, señor, teniendo en cuenta lo amable que habéis sido conmigo, pero de verdad que debo irme. Me espera un largo día —señaló la calle como si eso lo explicara todo.

Su esperanzada expresión dio paso a la decepción.

—Lo entiendo y no la entretendré más —inclinó la cabeza al tiempo que se llevaba las puntas de los dedos al borde de satén de su sombrero—. Le deseo que pase un buen día, madame.

Sus maneras eran tan exquisitas como el resto de su persona.

—Que tenga usted también un buen día, señor. Le agradezco el inesperado servicio que ha rendido a mi sombrero.

Él esbozó una sonrisa.

–Ha sido un honor. Buenos días –retrocediendo un paso, se apartó para dejar pasar a una pareja. Se volvió para mirarla por última vez, sonrió y despareció en el mar de cuerpos.

Georgia exhaló un suspiro, consciente de que acababa de vislumbrar la vida que habría podido llevar de haber sido una dama de la alta sociedad. Ah, el dinero. Si el dinero hubiera sido capaz de proporcionarle a una mujer el verdadero amor y la felicidad, ella habría sido la primera en correr al banco local y encañonar con una pistola a cada empleado.

Girándose en dirección opuesta, Georgia retomó su camino a casa. Todavía le quedaba un buen paseo de unos cuarenta minutos. ¿Por qué tales refinados caballeros no existían en su barrio? No era justo que a ella le hubieran tocado todos los hombres que daban un azote a las mujeres que pasaban a su lado o silbaban entre sus dientes negros y rotos. No sería por mucho tiempo, sin embargo. Solo le faltaban seis dólares para poder trasladarse al Oeste y no podía esperar para subirse a una diligencia y dejar su porquería de vida atrás.

Una figura ancha y alta apareció de pronto a su lado, sobresaltándola.

–Madame.

Georgia abrió mucho los ojos. Pero si era su Brit... Aminorando el paso, inquirió:

–¿Sí?

El caballero se giró hacia ella y retrocedió un paso, de espaldas, para plantarse de pronto en su camino y obligarla a detenerse.

Georgia soltó un gritito y se detuvo de golpe para no chocar contra él.

Se inclinó hacia ella.

–Solo puedo disculparme por mostrar tan extraordinario descaro, pero necesito que me dé su nombre.

Se lo quedó mirando perpleja.

–¿Y qué pretende hacer con él, señor?

Enarcó una oscura ceja.

–Quizá usted y yo podríamos discutirlo delante de un café. ¿No tendría tiempo para tomar una tacita pequeña? ¿Solo una?

¿En qué estaba pensando ese hombre?, se preguntó Georgia. ¿Realmente le parecía una mujer de *esa c*lase?

–Agradezco su oferta, señor, pero yo no bebo café. Ni hombres. Me he jurado renunciar a ambos hasta que me traslade al Oeste.

Su mirada se oscureció.

–No le estoy pidiendo que me beba a mí.

Pese al calor del día, otro escalofrío de excitación recorrió su cuerpo de arriba abajo, bien consciente de lo que él quería decir.

–Cierto, pero me está invitando a reunirme con usted a tomar un café en su hotel. Puede que sea irlandesa de tercera generación, pero no soy estúpida.

Él bajó la barbilla.

–Lo del café era una simple sugerencia.

–Oh, sé muy bien lo que me está sugiriendo, y yo le sugiero a mi vez que se marche. ¿Tan deseosa le parezco de un revolcón o de un café?

Una sonrisa se dibujó en sus labios.

–Compadeceos de un hombre enamorado. ¿Cuál es su nombre?

Era en ocasiones como aquella cuando odiaba su vida. Un hombre tan atractivo, dotado de rango y de riqueza, solamente la veía como el revolcón de una noche. Aunque no esperaba mucho más de sí misma, dada su condición de viuda de Five Points, la zona de peor fama de la ciudad, su querido Raymond le había enseñado que tenía derecho a aspirar al universo. Y por Dios que iba a conseguirlo.

Solo tenía una manera de proteger el poco honor que le quedaba. Le daría el nombre de la mejor prostituta del distrito. De esa manera, todo el mundo se beneficiaría de su ocurrencia cuando el tipo decidiera buscarla por su nombre.

–El nombre es señora Elizabeth Heyer, señor. Con énfasis en el «señora». Lamento no poder reunirme con usted, señor. Mi marido no se sentiría nada complacido –lo rodeó con rapidez–. Y ahora, si me disculpa…

Pero él volvió a plantarse frente a ella, impidiéndole el paso.

–Le pido que me diga su verdadero nombre.

–Acabo de hacerlo.

Él sacudió la cabeza de lado a lado, sin apartar ni una sola vez la mirada de sus ojos.

–Tardó demasiado en responder y ni me miró a los ojos mientras lo hacía. ¿Por qué? ¿La pongo nerviosa?

Ella lo fulminó con la mirada.

–Por si no lo ha notado, estoy intentando marcharme.

–Si estuviera casada, lo habría dicho antes –le lanzó una mirada de reproche–. ¿Quiere decir que es de la clase de mujeres que disfrutan alternando con hombres en ausencia de sus maridos? Vergüenza para usted si eso es cierto, y vergüenza también si no lo es. Sea como fuere, la dama es una mentirosa.

Ella lo maldijo por su sagacidad.

–No niegue que está flirteando descaradamente conmigo de la misma manera que yo estoy flirteando descaradamente con usted.

Georgia abrió mucho los ojos y retrocedió un paso.

–Si estuviera flirteando, usted lo sabría, porque le arrastraría directamente a mi casa en vez de tomar un café. Yo no juego con la gente, señor. O hago algo o no lo hago.

—Entonces hágalo —apretó la mandíbula—. No estoy casado. Una tarde de conversación es lo único que pido —la miró a los ojos—. Por el momento.

El tono refinado pero depredador de su voz hizo que retrocediera un paso instintivamente. Pese al hecho de que ella ya no estaba casada, resultaba evidente que la santidad del matrimonio nada significaba para aquel hombre.

—¿Y qué le diré a mi marido, señor, si me pregunta cómo he pasado la tarde?

Sus ojos se aferraron a los suyos como si estuviera calibrando metódicamente su reacción.

—Si usted está realmente casada, no solamente desistiré, sino que me retiraré corriendo. No estoy interesado en montar lío alguno, ni a usted ni a mí mismo. Simplemente pretendía llegar a conocer a una mujer que genuinamente ha avivado mi interés. ¿Tan malo es eso?

Georgia podía sentir que le sudaban las palmas de las manos. Aunque tentada de saborear la experiencia, sabía que aquello no terminaría bien si Matthew y los chicos terminaban descubriéndolo. Probablemente le darían caza y lo matarían. Eso después de robarle lo que llevara encima de valor. O sea, que sería un lío de cualquier forma.

Miró a su alrededor para asegurarse de que no veía a nadie conocido.

—Al contrario que usted, señor, yo lo que pretendo es casarme. No bailar con nadie. Una mujer de medios modestos, como lo soy yo, necesita una relación de confianza comúnmente conocida como *para siempre y un día*. Que lo paséis bien —rehuyendo su mirada, se dispuso a pasar de largo ante él.

El caballero se apartó en silencio.

Georgia apresuró el paso y se recriminó el haberle dado pie desde el principio. Quince años rezando el rosario por su pobre alma debería readmitirla en el cielo. Aunque ni siquiera quince décadas de rezos habrían podido perdonar los pecados de Matthew. Tampoco él creía en Dios, ni nada por el estilo. En lo único que creía era en el dinero, dinero, dinero.

Se detuvo de golpe e instintivamente agarró con fuerza su *reticule*, permitiendo que otros la adelantaran. Por algún motivo, tenía la acuciante sensación de que el Brit del que creía haberse librado la estaba siguiendo.

Frunciendo los labios, giró sobre sus talones y se quedó paralizada cuando lo descubrió a unas zancadas de distancia. La correa de su *reticule* resbaló por su brazo hasta la muñeca, como reflejando su perplejidad de que aquel hombre la hubiera seguido como un perro al que hubiera dado inconscientemente pie.

—¿Me está siguiendo?

Sus ojos grises la miraron con ardor mientras se detenía ante ella.

—En lugar de café, ¿qué tal si paseamos juntos un rato y empezamos a conocernos un poco? —sonrió, como anunciando ceremoniosamente que era capaz de comportarse con el mayor respeto y dejándola a ella la responsabilidad de la decisión.

Georgia inspiró profundamente, con el corazón latiendo acelerado. ¿Realmente pensaba ese hombre que ella iba a cambiar de idea en función de la ardiente necesidad que veía brillar en aquellos ojos gris acero? Ni siquiera tenía tiempo para una cita. No con toda la ropa que tenía todavía que lavar.

Percibió un rápido movimiento por el rabillo del ojo justo cuando un muchacho salió corriendo hacia ella. El chico dio un fuerte tirón a su *reticule*. El brillo de una hoja de cuchillo le pasó rozando la mano.

Abrió mucho los ojos al darse cuenta de que los cordones de su *reticule* habían sido cortados por el fugaz ladrón.

—¡Hey! —Georgia se abalanzó hacia él en un intento por reclamar lo que era suyo, pero el chico larguirucho la esquivó, se abrió paso entre la gente y desapareció.

El corazón le dio un vuelco en el pecho cuando se dio cuenta de que acababa de robarle un crío de diez años. Recogiéndose las faldas por encima de los botines, salió disparada detrás del hijo de su madre, abriéndose paso también a empujones.

—¡Será mejor que corras! —gritó al muchacho, esforzándose por alcanzarlo—. ¡Porque te voy a sacudir más que a una estera!

—Yo le atraparé —gritó el Brit a su espalda.

Vio su ancha figura adelantándola para girar primero a la izquierda, luego a la derecha y después otra vez a la izquierda, y terminar desapareciendo entre la multitud de Broadway.

Habiéndolo perdido de vista a él y al chico, Georgia se detuvo para preguntar frenéticamente a los demás si habían visto a un chiquillo huyendo de un caballero tocado con un sombrero gris paloma. Repetidamente le indicaron una determinada dirección. Y en esa dirección se dirigió.

Jadeando, siguió corriendo mientras el desfile de fachadas de tiendas de Broadway cedía paso a una inmaculada fila de casas de estilo italiano. Si no conseguía recuperar la maldita *reticule*, tendría que sacar dinero de su caja para pagar la renta. Una vez más.

Un griterío y la multitud de gente que se hallaba reunida en la polvorienta carretera que divisaba delante la hicieron detenerse en seco y fijar la mirada en la nube de polvo que se iba asentando. Un sombrero de copa gris paloma había rodado a un lado, fuera de la multitud y en medio de la calle.

Perdió el aliento, barriendo con la mirada a los hombres que ordenaban apartarse a las mujeres. ¿Qué...?

El conductor de un ómnibus, que ya había detenido del todo a los caballos, se desató la correa de freno de la bota, saltó del pescante y corrió hacia la multitud mientras los pasajeros del vehículo sacaban la cabeza por las estrechas ventanillas.

—Oh, Dios —se le fue encogiendo el estómago conforme avanzaba.

El Brit había sido arrollado por el ómnibus y yacía inmóvil en la esquina de la calle Howard con Broadway.

La luz atravesaba las capas de oscuridad, presionando contra sus párpados. Abrió lentamente los ojos y pestañeó cegado por el resplandor del sol que se alzaba en un cielo sin nubes. Respiró profundamente varias veces y se mareó, incapaz de levantar la cabeza del pavimento cubierto de polvo que sentía debajo de su mejilla y de su dolorida sien.

Varios pies calzados con botas e incontables rostros que se cernían hacia él bloqueaban su sesgada vista de los carteles pintados que colgaban de los edificios, así como del cielo azul que se distinguía al cabo de una calle que no reconocía. Los gritos resonaban a su alrededor y el aire cálido y polvoriento le dificultaba la respiración.

Un hombre de barba con una gorra calada hasta las cejas estaba inclinado sobre él.

—Menos mal que se ha despertado, señor. ¿Es capaz de levantarse?

¿Por qué había tanta gente a su alrededor? ¿Qué estaba sucediendo? Rodó hasta quedar tumbado de espaldas, esbozando un gesto de dolor mientras ardientes sensaciones, cortantes como cuchillos, recorrían todo su cuerpo. Intentó sentarse, pero se tambaleó y se dejó caer nuevamente sobre el pavimento. La huella de la suela de una bota en el polvo, justo a su lado, atrajo su mirada.

Un día me sucedió que, yendo hacia mi barco, vi la huella del pie de un hombre en la costa, nítida en la arena, con el talón, los dedos y todo lo demás destacándose perfectamente.

Esbozó una mueca mientras expulsaba aquella extraña voz de su mente. Se le nubló la vista, sintiendo un acre sabor a sangre en la boca y en la lengua. Algo resbalaba por un lado de su rostro, un húmedo calor que se deslizaba hacia su oreja. Se enjugó la humedad con una mano temblorosa, que se miró. Las puntas de los dedos de su guante de piel marrón estaban manchadas de sangre.

–Levantadlo –insistió una voz femenina entre el mar de rostros que lo rodeaban. Se hizo un silencio–. Oh, que Dios nos proteja... –parecía aterrada–. Necesitamos llevarlo al hospital.

Tragó saliva y alzó la mirada hacia aquella cantarina voz femenina que sonaba tan preocupada por él. ¿Se encontraría en algún extraño lugar de Irlanda? Pese a sus esfuerzos por identificar a la dueña de aquella voz, no veía más que una interminable y borrosa nube de rostros a su alrededor.

Sintió unas manos deslizándose bajo su traje mañanero y sus ceñidos pantalones. Un grupo de hombres lo alzó con un gruñido colectivo.

El dolor le hizo apretar los dientes.

–Caballeros –jadeó–. Si bien agradezco su preocupación, no creo necesarias tantas atenciones...

–Qué maneras tan elegantes en un tipo que se está muriendo –dijo con tono bromista uno de los hombres que lo estaba cargando–. A saber lo que saldrá de esa boca cuando esté muerto.

Una rápida mano le quitó la gorra de un golpe.

–¡Menos hablar y más cargar! ¡Moveos!

–¡Hey! –se quejó el hombre–. Tranquila, mujer. Solo me estaba divirtiendo un poco.

–¿Te parece divertido ver sangrar a un hombre? Muévete, patán, si no quieres ser tú el que sangre...

El pecoso rostro de una joven con los ojos verdes más luminosos que había visto en su vida asomó de pronto entre los anchos hombros que lo rodeaban. Vio sus rojizas cejas frunciéndose mientras trotaba a su lado. Un mechón suelto de su cabellera color rojo fresa flotaba al viento, escapado de su raído bonete azul.

—¿Dónde se aloja? —se recogió el mechón suelto con una mano desnuda, intentando seguir el paso de los hombres que lo portaban—. ¿Cerca de aquí? ¿Lejos?

Apretando los dientes, intentó recordar. Pero no pudo.

—¿Es de aquí? —insistió ella, trotando todavía a su lado—. ¿O está de visita procedente del extranjero? Mencionó antes un hotel. ¿En qué hotel se aloja?

—¿Hotel? —repitió, con un nudo en la garganta—. ¿Cuándo he mencionado yo un hotel?

Lo miró con los ojos entrecerrados, escrutando su rostro.

—No importa. Necesitamos contactar con su familia. Dadme un nombre y una dirección y, después de dejaros en el hospital, yo correré a avisarlos en seguida.

¿Familia? Parpadeó varias veces, levantando la mirada al neblinoso cielo azul mientras se dejaba llevar a un carruaje. Incontables nombres y rostros desfilaban por su mente como las páginas de un libro interminable hojeadas a toda prisa. Strada. Ludovicus. Casparus. Bruyère. Horacio. Lovelace. Shakespeare. Fielding. Pilkington. La Croix. Todos aquellos nombres no podían estar relacionados con él. ¿O... sí?

«Me pusieron el nombre de Robinsón Kreutznaer, que, dada su difícil pronunciación en lengua inglesa, es comúnmente conocido como Crusoe».

Claro. Crusoe. Sí. Ese era un nombre que recordaba muy bien. Robinsón Crusoe, de York. ¿Y si no era él? Tenía que serlo, y sin embargo no podía recordar si lo era o no. Oh, Dios... ¿Qué le estaba sucediendo? ¿Por qué no podía recordar nada?

Esbozó una mueca, dándose cuenta de que lo estaban encajando en el asiento de cuero de un estrecho carruaje. Las firmes manos que lo habían sentado bien derecho empezaron a retirarse conforme los hombres se apartaban y saltaban del carro, dejándolo solo.

Todo se tambaleó de pronto. Entró en pánico, incapaz de controlar su propio cuerpo, y se esforzó por permanecer sentado apoyándose en las dos manos.

La mujer de los ojos verdes se abrió paso a empujones y subió frenética al carruaje, para cerrar de un portazo.

–Le llevaré yo misma. No le abandonaré. Se lo prometo.

El vehículo se puso en marcha cuando ella se dejaba caer a su lado.

–Venga –lo atrajo hacia sí y le hizo apoyar la cabeza sobre su regazo.

Se entregó a aquel delicioso calor, agradecido de no tener que seguir sujetándose solo. Rodeó su rodilla con una mano temblorosa que se enterró en los pliegues de su vestido, consolado de su compañía. Un aroma a sosa y jabón se desprendía de su vestido, que le raspaba la mejilla y la dolorida sien. Con gusto habría muerto allí mismo y disfrutado de la paz eterna.

Ella le frotó entonces un hombro.

–Quiero que hable. Así sabré que está bien. Así que adelante, hable.

Tragó saliva, deseando darle las gracias por la compasión que le había demostrado y por haberle regalado una brizna de esperanza. La muerte, ¿no sería acaso más que un largo sueño?

–¿Señor? –se inclinó hacia él y lo sacudió–. ¡Señor!

Una blanca y ondeante neblina fue lo último que vio, y aunque se esforzó por mantenerse despierto en aquellos celestiales brazos, todo se desvaneció y él también.

Capítulo 2

La cumbre de la inteligencia es ser capaz de disimularla.
François de La Rochefoucauld
Máximas morales (1678)

Nueve días después, media tarde
Hospital de Nueva York

Georgia soltó un suspiro exasperado y se recolocó su bonete, apoyando sus botines sobre la silla de mimbre que tenía delante de aquella en la que llevaba sentada los diez últimos minutos. Se inclinó hacia delante y se aireó las faldas de su vestido pardo de calicó para combatir el calor de aquella habitación.

Recostándose de nuevo en la silla, miró impaciente al médico que parecía más concentrado en su escritorio que en ella.

–¿Cuánto tiempo más tendré que esperar, señor? Todavía he de atravesar de nuevo la ciudad y no tengo muchas ganas de recorrer quince manzanas de noche.

El doctor Carter estiró una mano con gesto ausente y recogió la taza de porcelana que tenía al lado. Llevándosela a sus labios ocultos por el mostacho, bebió un largo trago de turbio café y volvió a dejarla sobre el plato. Luego se inclinó sobre el voluminoso libro de registro que tenía sobre el escritorio y garabateó algo.

–Su condición continúa siendo la misma, señorita Milton. Por tanto, puede marcharse.

Lo fulminó con la mirada.

–Soy «señora Milton» hasta que otro hombre quiera cambiarme el apellido, y no he pagado doce céntimos y medio por el ómnibus para llegar hasta aquí y escuchar eso. La semana pasada usted me dijo que estaba perfectamente recuperado. Esperaba que le hubieran dado el alta. ¿Cómo es que sigue todavía aquí?

La punta de su pluma seguía rascando el papel.

–Porque, *señora* Milton, sigo sin saber de qué manera proceder con él –arrugando el entrecejo, se interrumpió y alcanzó el tintero para mojar la punta de la pluma–. Su estado mental no es el que debería ser. No he desvelado su condición a nadie a excepción de unas pocas personas de confianza, por temor a que pudieran internarlo en un manicomio.

–¿Un manicomio? ¿Pero por qué...?

–Desde que hace nueve días recuperó la consciencia, señora Milton, ha sido incapaz de aportarme un solo nombre o detalle alguno relativo a su vida. Incluso he tenido que instruirlo en los detalles más básicos, como afeitarse o hacerse el nudo del pañuelo de cuello.

Georgia bajó las piernas de la silla y se inclinó hacia delante con el corazón acelerado.

–Dios mío. ¿Qué es lo que piensa hacer?

El médico se encogió de hombros.

–Pretendo darle el alta en una semana. Tan poco sentido tiene que esté aquí como en un manicomio.

–¿Y qué hay de su familia, señor? –inquirió ella, abriendo mucho los ojos–. Tenemos que encontrar una manera de contactar con ellos antes de que usted lo suelte. ¿Y si desaparece y ellos no vuelven a saber nunca de él?

El hombre se la quedó mirando fijamente, retirando la mano del tintero.

–Si él no tiene manera de recordarlos, yo tampoco la tengo de localizarlos. ¿Lo entiende? No hay nada más que yo pueda hacer *físicamente* por él.

–¡Hay muchas más cosas que puede hacer usted *físicamente* por él!

–¿Cómo cuáles? –replicó en médico con tono resignado.

–Puede ponerse en contacto con el consulado británico y preguntar si han echado de menos a algún ciudadano suyo.

–Eso ya lo he hecho. No tienen a ningún ciudadano desaparecido.

Georgia maldijo para sus adentros.

–Bueno... ¿y no se puede mandar llamar a un artista para que haga un retrato de su rostro?

–Eso ya se ha hecho también. De todos mis pacientes ordeno que se hagan retratos. Eso me permite recibir más fondos del gobierno.

–Bien. Entonces tomaremos ese retrato y lo enseñaremos a cada periódico y a cada hotel de esta ciudad. Alguien tendrá por fuerza que reconocerlo, ya que parece que pertenece a la alta sociedad. Aunque no recomiendo ofrecer recompensa alguna. Eso solo serviría para atraer a los impostores.

El doctor Carter dejó la pluma a un lado y se inclinó sobre el escritorio, apretujando su chaleco de rayas grises y su guardapolvo.

–Esto es un hospital, señora Milton, y no una rama de investigación del gobierno de los Estados Unidos. Evidentemente usted no entiende cómo funcionan esas cosas.

Qué típico que la trataran como si fuera una estúpida y

alocada rata que correteara por entre las piernas de la sociedad. Tuvo que contenerse para no saltar y propinarle una bofetada.

–Lo último que sé, señor, y corríjame si me equivoco, es que el hospital de Nueva York está financiado por el gobierno de los Estados Unidos. Y, como tal, usted tiene la obligación de velar por el bien de cada ciudadano que entra por esa puerta, sea británico o no. ¿Acaso esas leyes han cambiado? ¿Es eso lo que me está diciendo?

El médico suspiró.

–Los fondos que recibimos del gobierno son muy limitados. No están para ese tipo de cosas.

Georgia puso los ojos en blanco.

–Todo lo relativo a nuestro gobierno es muy limitado. El gobierno solo ofrece al pueblo lo suficiente para evitar una revolución mientras roba hasta al último hombre. En mi opinión, esos políticos deberían ser puestos a cocer en el mismo whisky que se beben. No les importa nada más que su propia agenda.

De repente alguien tocó a la puerta del pequeño despacho.

–¿Sí? –alzó la voz el médico–. ¿Qué pasa?

La puerta se abrió y entró apresurado un hombre calvo, atándose con las manos desnudas el cinturón del delantal amarillento, y salpicado de sangre, que le protegía chaleco y pantalón.

–El de la dieciséis se está afeitando, pese a la orden de permanecer en cama. Insiste en tomar *otro* baño y en marcharse dentro de una hora. ¿Qué hago con él?

El doctor Carter suspiró.

–No hay nada que podamos hacer. Si insiste en marcharse, yo no puedo retenerlo. Envíemelo a mi despacho. Me aseguraré de que pague la factura y lo remitiré directamente a una de las casas de huéspedes de la ciudad.

–Sí, doctor Carter –el hombre se alejó corriendo.

¿La cama dieciséis? Esa era la cama del Brit. La silla de mimbre de Georgia crujió contra las tablas cuando se levantó de un salto.

–¿Pretende dejarle salir en plena noche pese a su estado? ¿Y hacerle pagar también la factura? –lo acusó con un dedo, deseosa de agarrarle la cabeza y estrellársela contra su propio escritorio–. Un ladrón es lo que es usted. Un vil rufián subvencionado por el gobierno...

–Señora Milton, por favor. No tengo tiempo para esto.

–Pues será mejor que lo consiga, doctor Carter, porque se trata de la vida de ese pobre hombre. Remitirlo a una casa de huéspedes sería como instar a una zorra a que se instalara en una jauría. Al menos debería traspasar su tutela al Estado.

El hombre se frotó una sien.

–Señora Milton –dejó caer la mano y se recostó en su sillón de cuero–. Ese hombre es demasiado mayor como para convertirse en tutelado de cualquier Estado –señaló con desidia la ventana abierta que tenía al lado, por la que se veía una tranquila noche sin luna–. Dado su tamaño y su nivel de inteligencia, dudo que se meta en problemas.

Al muy canalla no parecía importarle que en el preciso instante en que el Brit pusiera sus brillantes botas en una calle equivocada, se convirtiera en hombre muerto. Marchó hacia él y se plantó ante el escritorio.

–Sé que el mundo está lleno de desgracias que no podemos remediar, pero de lo que estoy segura es de que debemos intentarlo a toda costa. Quiero que lo aloje.

El hombre parpadeó varias veces.

–¿Qué? ¿Aquí?

–No, bobo. En su hogar. ¿Qué mejor manera de cuidar a un paciente que darle una habitación contigua a la suya?

El doctor Carter echó la cabeza hacia atrás y suspiró. Después de quedarse mirando al techo durante un buen rato, la bajó y pronunció con tono impersonal:

—No puedo llevármelo a mi casa. A mi esposa le daría un ataque si yo empezara a llevarme a casa a mis pacientes.

—Mejor que lo haga ella a que lo haga yo.

El médico la acusó con el dedo.

—Le pido que se marche antes de que la haga echar por las malas. Ya me he cansado de esto —señaló la puerta—. Fuera.

Era obvio que aquel hombre no la estaba tomando en serio. Apoyando ambas manos sobre sus pilas de libros, se inclinó hacia él y bajó la voz una octava para dejar bien clara su amenaza.

—Antes de que me eche usted por las malas, doctor Carter, quiero que reflexione sobre si su vida significa algo para usted.

El médico se levantó entonces de su sillón, avasallándola con su estatura. Los anchos planos de su rostro se tensaron mientras se inclinaba hacia ella, al otro lado del escritorio.

—¿Me está amenazando? —le espetó, plantando también las manos sobre la mesa.

—Nah. Es solo una pregunta... entre amigos, digámoslo así —Georgia entrecerró los ojos—. Pero imagínese que los Cuarenta Ladrones, que son los hombres que me proporcionan la protección que necesito, llegaran a enterarse de mi apuro. ¿Qué pasaría entonces? Entiendo que ayudar a ese hombre redundaría en el mayor de sus intereses. Porque si no lo hace, yo calculo que la calidad de su vida se reduciría tanto que ni siquiera la Virgen María sería capaz de ayudarlo.

El médico le sostuvo la mirada, con su rígido entrecejo temblando de incertidumbre.

—Soy un servidor del Estado. No hay turba capaz de imponerse sobre mí.

Georgia continuó mirándolo fijamente.

–Intente echarme a las malas y cuente luego a todos los hombres que aparecerán ante su puerta. Adelante, vamos. Écheme.

El doctor Carter se irguió mientras retiraba lentamente las manos del escritorio. Pasándose una temblorosa mano por la cara, se sentó y se removió en el sillón, sin atreverse a mirarla.

–¿Puedo preguntarle por qué está tan determinada a asistir a ese hombre? ¿Es algún cliente que no llegó a decirle su nombre y que le debe dinero? ¿Se trata de eso?

Georgia bajó la barbilla, con el pulso atronándole los oídos.

–¿Cómo se atreve? Vendo maíz tostado cada verano y lavo ropa para los curas de tres parroquias, y todo ello sin comer ni la mitad de lo que come usted en un esfuerzo por parecer respetable –señaló la puerta abierta–. Yo me siento culpable de lo que le sucedió a ese hombre. Lo atropellaron cuando corría detrás de mi *reticule*. Puede que yo no sea de la alta sociedad, señor, pero de ahí a que me llamen mujerzuela…

El doctor Carter volvió a retreparse en su sillón y suspiró.

–Simplemente quería saber a quién me estaba dirigiendo.

–Bueno, pues ya lo sabe. Me dedico a lavar ropa. No me dedico a los hombres.

El hombre carraspeó.

–Gracias por aclararme eso.

–Sigo sin comprender nada. ¿Cómo puede alguien olvidar su nombre y su vida?

El doctor se la quedó mirando mientras se acariciaba el mostacho con las puntas de los dedos.

–De hecho, he leído sobre un caso similar conocido como «vacío de memoria» en una revista médica. Se trataba de un soldado que quedó aturdido tras recibir un fuerte golpe en la cabeza durante la guerra. Yo mismo no lo consideré clínicamente posible, pero es obvio que la memoria de ese hombre está en su mayor parte desaparecida. Quería que fuera consciente de ello, dada la preocupación que demuestra.

Georgia tragó saliva, juntando las manos con gesto nervioso. Aquello era culpa suya. Nunca debió haberle dirigido siquiera la vista a aquel tipo. Quizá si lo hubiera hecho, las cosas habrían sido distintas. Tal vez en ese caso habría conservado la memoria.

—¿No sabe usted nada de él? ¿Nada en absoluto?

—Unas pocas cosas, sí. Por la ropa con que llegó, por su lenguaje y sus maneras, así como por el dinero que portaba encima, resulta evidente que pertenece a la clase acomodada británica.

—Eso ya lo sabía —resopló ella—. Sus botones eran de plata, señor. Ni siquiera los banqueros pueden permitirse botones de plata.

—Entonces sabe usted tanto sobre ese hombre como yo, señora Milton —alzó una mano, removiéndose en su asiento—. Amenazas aparte, estoy de acuerdo con usted en que asistirlo es lo justo, pero mi tiempo es muy limitado, así que voy a pedirle a mi vez su ayuda. Yo trabajo doce horas al día y tanto mi mujer como mis seis hijos apenas me ven. El poco tiempo libre de que dispongo lo paso con ellos y rezo a Dios para que usted no me lo recorte aún más.

Georgia parpadeó varias veces, con un nudo en la garganta. En ese momento se sentía como una canalla de la peor especie por haber amenazado a un padre de familia.

—Yo no pretendía amenazarlo. Pero es que hace mucho tiempo que aprendí que la generosidad y la compasión de la gente no se consiguen más que a la fuerza.

El médico le sostuvo la mirada durante un buen rato.

—Usted resulta ser una mujer bastante más impresionante de lo que aparenta.

—Mi raído vestido suele hacer pensar a la gente que mi carácter también lo está. Pero sigamos con lo nuestro. ¿Qué tengo que hacer? Procuraré ayudarlo. Es lo único que me importa.

—Busque una manera de alojarlo hasta que alguien lo reclame.

Georgia enarcó una ceja. ¿Quería que *ella* lo alojara? Imposible. Solo había una cama en su cuartucho y era suya. Aunque hubiera podido compartirlo con un hombre al que ni siquiera conocía, él habría terminado con los escasos recursos que poseía.

—Siendo como soy una viuda respetable, señor, carezco tanto del dinero como de los medios necesarios.

El doctor Carter se inclinó para abrir uno de los cajones de su escritorio y sacar una pequeña cartera de cuero.

—Le saqué esto de sus bolsillos en cuanto llegó, para evitar que se lo robaran. Los pacientes de este hospital no son muy de fiar —tamborileó con los dedos en la cartera—. Dentro encontrará un reloj de cadena y una billetera conteniendo ciento treinta y dos dólares. Esa cantidad debería bastar para cubrir todos sus gastos. Condonaré incluso la factura del hospital si usted me promete que lo alojará durante el tiempo necesario hasta que lo reclame su familia.

Georgia se quedó mirando boquiabierta la cartera de cuero.

—¿Ciento treinta y dos dólares? ¿Quién se pasea por la ciudad con tanto dinero encima?

El médico sonrió con suficiencia.

—Un pirata, supongo —volvió a removerse incómodo en su sillón—. Porque probablemente debería informarle que afirma ser un pirata de Salé.

—¿Qué quiere decir? —inquirió sin aliento.

El hombre carraspeó.

—Si pretende usted alojarlo, como espero que lo haga, le aconsejo encarecidamente que no exaspere su situación.

No es un hombre en absoluto peligroso, pero irritarlo cuestionando su cordura podría derivar en una paranoia. Si él afirma ser un pirata de Salé, que lo sea. ¿Me comprende usted?

Que el cielo preservara su alma... ¿Dónde se estaba metiendo? Aunque sí, quería ayudarlo, y el hombre le había parecido magnífico cuando se lo encontró, no sabía quién era aquel Brit ni lo que sería capaz de hacer. ¿Y si ya había estado trastornado antes de que lo atropellara el ómnibus?

—Y llámelo Robinsón Crusoe —continuó el médico—. Él lo prefiere así.

Parpadeó extrañada.

—Yo creía que había dicho que no recordaba su nombre.

—Y no lo recuerda. Piensa que Robinsón Crusoe es su nombre.

Georgia esbozó una mueca, sin entender nada.

—Disculpe usted, pero a mí Robinsón Crusoe me parece un nombre perfectamente legítimo.

El médico parpadeó varias veces.

—Obviamente no ha leído el libro.

Aquello sí que no tenía sentido alguno.

—¿Qué libro?

El doctor Carter se inclinó hacia ella, rehuyendo incómodo su mirada.

—Señora Milton.

—¿Sí?

—Robinsón Crusoe es el nombre del personaje de un libro. Una novela antigua y bien conocida. El protagonista es un marinero cuyo barco fue secuestrado por los piratas de Salé, que lo hacen su esclavo. Consigue escapar, pero para terminar naufragando en una isla habitada por caníbales. Ese hombre piensa que es el Robinsón Crusoe de la novela.

Georgia desorbitó los ojos.

–A mí eso no me parece «vacío de memoria». Eso suena más bien a... enajenación.
–Lo sé. Créame que lo sé. Pero no está enajenado. Mientras intentaba diagnosticar su extraño estado, le enseñé un mapa del mundo y le pregunté dónde estábamos y dónde vivía él. Imagine mi asombro cuando señaló Francia y mencionó la *rue des Franc-Bourgeois* de París. Esa es una calle que conozco muy bien, dado que los padres de mi esposa vivieron allí antes de que la Revolución acabara expulsándolos. Sigue siendo un barrio impresionante y frecuentado por gente de dinero, una zona que Robinsón Crusoe jamás habría pisado. He escrito a esa dirección para investigar, pero a falta de un nombre o de un número de casa, puede que no consigamos nada. De modo que ya ve usted, ese hombre no recuerda quién es, pero sí que recuerda algunas cosas reales aparte de su fabulación como Crusoe. Cosas concretas que se refieren a su vida. He concluido por tanto que su condición no es tanto la de una desaforada fantasía como la de una incapacidad para discernir entre los hechos y la ficción. Eso no lo convierte en un enajenado. Solo lo convierte en alguien... en el que uno no puede confiar del todo. Cosa que tendrá usted que tener en cuenta mientras lo aloje –sacó una hoja de papel de su atiborrado escritorio al tiempo que alzaba su pluma ya mojada en tinta–. Necesitaré su nombre y dirección antes de que se marche.

–¿No le parece a usted que un hombre que afirma haber frecuentado a caníbales es una compañía que debería evitar? ¿Y si me devora a mí y a todos mis vecinos en honor a sus amistades caníbales? ¿Qué pasará entonces, señor?

El doctor Carter estalló en carcajadas y se apoyó en el escritorio, mirándola.

–Él no... –volvió a echarse a reír, sacudiendo la cabeza–. No, ese hombre no hará nada de eso.

Georgia apoyó las manos en las caderas.

–Estoy hablando en serio y me gustaría que usted también lo hiciera. He visto demasiadas cosas para preguntarme por lo que es o no es racional. Los hombres nunca son racionales, señor. Solo fingen serlo y a mí lo que me preocupa es terminar nadando en mi propia sangre.

—Yo no puedo predecirle lo que ese hombre hará o dejará de hacer, pero se trata de una persona genuinamente compasiva y protectora hacia los demás. Durante toda su estancia, no ha hecho otra cosa más que sermonearnos sobre nuestra incapacidad para atender debidamente a los pacientes. Siempre está dispuesto a levantarse de la cama para atender a sus compañeros de sala, pese a las órdenes que tiene de descansar. Si todo esto no basta para convencerla, le sugiero que lo deje suelto por el mundo, señora Milton. Porque ese hombre no se encuentra ni bajo su responsabilidad ni bajo la mía. Así que... ¿qué desea que haga? La elección es suya.

Aquello no era justo. Suspiró.

—Encontraré alguna manera de alojarlo —gruñó, señalando el papel—. Mi nombre es Georgia Emily Milton, y mi residencia el número 28 de la calle Orange. Orange. Como el canalla que destruyó Irlanda.

El doctor Carter se interrumpió, se inclinó sobre el papel y escribió su nombre y su dirección.

—Gracias.

Aquello iba a ser un desastre. Probablemente tendría que velar a aquel Brit como una gallina a un huevo cascado. Pero si había alguien que entendía a la gente *cascada*, esa era ella, precisamente.

—¿Durante cuánto tiempo tendré que alojarlo? ¿Exactamente?

—Eso no puedo decirlo. Podrían ser unos pocos días o varios meses, dependiendo del tiempo que tarde alguien en reconocerlo.

Georgia reprimió un gruñido. Aunque detestaba rendirse a la culpa, porque ese era siempre un molesto sentimiento que le causaba problemas, le debía mucho a aquel hombre, dado que era su *reticule* lo que había hecho que se metiera debajo de un ómnibus.

El doctor Carter dejó a un lado su pluma, recogió la cartera y se la entregó.

–Dejaré esto a su cargo y seguiremos en contacto. Procure estirar el dinero. No sabemos cuánto tiempo pasará antes de que alguien lo reclame.

–No se preocupe. Me aseguraré de que tanto él como el dinero duren –estiró una mano y recogió la pequeña y pesada cartera. ¿Por qué tenía el escalofriante pensamiento de que se estaba haciendo cargo de un hombre que estaba a punto de hacer mucho más que arruinarle aquel mes?

Capítulo 3

Ella arriesga, y él gana.
Una comedia escrita por una joven dama (1696)

Un hombre carraspeó sonoramente detrás de Georgia, que seguía esperando ante el escritorio del doctor Carter.

–Me doy cuenta de que la hora es poco oportuna, doctor Carter, pero de todas formas pienso marcharme antes de que termine capitaneando un motín en la sala. Llevamos tres días con las mismas sábanas. Para aquellos hombres que segregan fluidos de manera poco habitual, resulta una situación vil y desagradable. Usted y sus esbirros deberían ser colgados por su miserable desprecio hacia la Humanidad. Colgados.

La áspera voz de acento británico sobresaltó a Georgia, que se volvió hacia el hombre. Instintivamente apretó la pequeña cartera que llevaba en la mano contra su cadera, al tiempo que sus ojos saltaban de su ancho pecho al tenso rostro masculino. Aquel hombre no parecía tan trastornado como le había dado a entender el doctor Carter.

El Brit, que se hallaba a una zancada de distancia de ella, la miró y se interrumpió. Se había peinado el pelo negro hacia atrás con tónico, lo que le daba una apariencia de distinguido caballero, pero la gran costra y el enorme moratón amarillento del lado derecho de la cara le recordaban más bien a uno de los muchachos. La sangre seca del día del accidente salpicaba todavía su pañuelo y algunas zonas de su chaqueta gris, cerca de su hombro izquierdo.

«Dios mío», exclamó para sus adentros. Ni siquiera le habían lavado la ropa. El resto de su persona parecía bien limpio, aunque sospechaba que eso era algo que tenía más que ver con su carácter que con el hospital.

Volviéndose hacia ella, escrutó su rostro y se quedó sin aliento.

–Yo te conozco.

Sonrió, incómoda.

–Ajá. Así que me conoces...

–Así es –su rostro afeitado se ruborizó–. Perdóname. No sabía que vendrías –se adelantó de repente y le tomó una mano, haciéndole casi soltar la cartera que todavía sostenía en la otra.

El corazón de Georgia dio un vuelco cuando lo vio inclinarse para besarle levemente la mano.

Nadie salvo su Raymond le había besado la mano de esa manera. Era como la firma de un caballero que sabía ver más allá de los andrajos. Georgia se tragó el nudo que le subió por la garganta e intentó retirar la mano, solo para encontrarse con que él no se la soltaba.

–¿Podrías... devolverme la mano? ¿O piensas quedártela?

Alzó la mirada y se la apretó. Resultaba evidente que pretendía quedársela.

Con un giro decidido, ella la liberó al tiempo que un rubor se extendía por sus mejillas.

–Me doy cuenta de que estás algo desorientado, pero cuando exijo que me devuelvan algo, me lo devuelven. Tanto si es una mano como si es cualquier otra cosa. ¿Entendido?

Él se le acercó, contemplándola pensativo.

–Me disculpo por no poder recordar los detalles relativos a nuestra relación, pero... ¿tú eres mi esposa, verdad?

Entreabrió los labios. Oh, la mente de aquel pobre hombre estaba completamente ida. No la recordaba en absoluto, y dado su pícaro comportamiento de aquel día, probablemente tenía una esposa, el maldito canalla...

El doctor Carter carraspeó a su espalda.

–Señora Crusoe, le recuerdo que siga mi anterior consejo de no irritarlo para que no caiga en la paranoia. Es lo mejor.

¿Señora Crusoe? Georgia se giró hacia el hombre y lo acusó con el dedo.

Ooh, no. Oh, no, no. No va a ser ni mucho menos así.

–Señora Crusoe –bajó la voz el médico, a manera de advertencia–. La considero responsable de su salud y del delicado estado de su mente mientras esté bajo su cuidado. No diré más.

Aquello no podía ser justo. ¿Cómo podía colaborar en el engaño del hombre del que se hacía responsable? ¡No! Se giró hacia él, decidida a aclarar aquel asunto antes de llevárselo a casa.

–No le hagas caso, Brit. Tú y yo no estamos casados. De hecho, apenas somos amigos.

–¿Que apenas somos amigos? –apretó los labios mientras la miraba fijamente–. No es eso lo que yo recuerdo.

Enarcó una ceja.

–¿Y qué es lo que recuerdas exactamente?

Vio que apretaba la magullada mandíbula y desviaba la mirada hacia el doctor Carter antes de volver a mirarla a ella.

–No considero respetable decirlo, dado que no estamos casados.

Georgia puso los ojos en blanco.

–¿Perdón?

Él se apretó el nudo del pañuelo salpicado de sangre y alzó la barbilla, evitando su mirada.

—Aunque estoy muy contento de volver a verte, porque ya estaba empezando a temer que no vendría nadie, dada mi incapacidad para recordar nombres, te pido que dejemos esta conversación para otra ocasión. ¿Serías tan amable de acompañarme a mi casa? Estoy agotado.
—¿Tu casa? ¿Quieres decir que sabes dónde está?
Él arrugó el ceño.
—Sí y no. Yo pensaba que residía en la *rue des Franc-Bourgeois*, pero el doctor Carter me ha informado de que no estamos en París, sino en Nueva York. Así que supongo que la respuesta es no. No sé donde está mi casa —se encogió de hombros—. Pero eso no importa. Tú sí sabes dónde vivo, ¿verdad?
Georgia se dio unos golpecitos en la sien.
—Si supiera dónde vives, Brit, te dejaría allí ahora mismo y daría gracias a Dios por haberme librado de una culpa que no tengo derecho a sentir.
La miró.
—Percibo cierta animosidad entre nosotros.
—Percibes bien, teniendo en cuenta lo que buscabas de mí antes de que te dieras ese golpe en la cabeza.
—Entiendo —soltó un suspiro y murmuró—: Supongo que eso significa que tendré que buscarme yo mismo un hotel, dado que no voy a poder repetir argumentos que ni siquiera puedo recordar —se interrumpió, palpándose los bolsillos de la chaqueta—. ¿No llevaba una billetera? ¿Cómo voy a poder pagar nada?
El doctor Carter procedió a recoger varios libros de su escritorio.
—Su billetera la tenemos nosotros, señor Crusoe. ¿Cómo se siente?
—Aparte de estos condenados dolores de cabeza, bastante bien. Mejor.
—Bien. Es mi esperanza que esos dolores desaparezcan con el tiempo. Intente descansar —rodeó el escritorio con el

montón de libros en la mano–. Y ahora, si me disculpan los dos, pretendo retirarme temprano esta noche y visitar a un conocido que resulta que es el propietario del *New York Evening Post*. Quizá podamos publicar esta historia en el diario de la mañana. Dada su popularidad, estoy seguro de que otros diarios se harán eco. Comenzaremos por el *Evening Post* y esperaremos a tener suerte –inclinó la cabeza y abandonó el despacho.

Georgia se giró hacia el británico, que la observaba en silencio con marcada curiosidad. La barrió con la mirada de la cabeza a los pies hasta detenerse en sus botas, que asomaban bajo sus faldas largas hasta los tobillos.

–El cuero de tus botas está casi blanco –le comentó–. Deberías comprarte unas nuevas.

Aquel hombre era como un niño.

–Muy observador. Ojalá pudiera permitírmelo –acercándose a él, le agarró una mano enguantada y le puso la cartera en la palma–. Esto es tuyo, Brit. Es todo el dinero que tienes, así que te sugiero que lo guardes bien hasta que hayamos atravesado la ciudad.

Él vaciló, haciendo girar la cartera en su mano antes de guardársela en el bolsillo interior de su chaqueta gris.

–¿Por qué sigues llamándome Brit?

–Porque eso es lo que eres. Un Brit.

–Yo preferiría que me llamaras Robinsón. No me gusta la manera en que pronuncias «Brit».

–Siento decepcionarte, Brit, pero por lo general llano a la gente como quiero. Es mi derecho de nacimiento como ciudadana de los Estados Unidos. Puede que no tenga derecho a votar, pero ningún hombre va a decirme que no debo usar mi lengua –Georgia se interrumpió y señaló la manga de su chaqueta, advirtiendo que el brazalete de luto había desaparecido–. Llevabas un brazalete de duelo. ¿Lo has perdido? ¿O te lo has quitado?

Él bajó la mirada a su brazo.

–¿Yo llevaba... un brazalete de luto?
–Sí. En ese brazo.
Alzó la mirada y escrutó su rostro, con expresión tensa y asustada.
–¿Quién ha muerto?
Georgia sintió que el alma se le caía a los pies cuando lo miró. Había una dolorosa vulnerabilidad en aquellos ojos grises que parecían depender de ella para todo... Y que le hacían a ella desear dárselo todo.

Suavizó su tono.
–No sé quién ha muerto. Lo único que sé es que llevabas uno la última vez que te vi.
Vio que enterraba las puntas de sus dedos en el bíceps de su brazo derecho y esbozaba una mueca.
–¿Por qué no puedo recordar?
–Procura no preocuparte. Recordar está sobrevalorado, al fin y al cabo. Ojalá pudiera yo olvidar la mitad de mi vida –acercándose, lo examinó con la intención de identificar aquello de lo que debería despojarse antes de que cruzaran al otro lado de la ciudad. Palpó el material del dobladillo de su chaqueta. Aquella tela tan fina tenía que valer diez dólares sin el cosido–. Cielos, eres como una tienda andante esperando a ser asaltada. Tendremos que cambiarte de aspecto deshaciéndonos de esta ropa.
Él se tensó con la mirada fija en sus dedos, que seguían palpando el tejido.
–¿Y qué tiene de malo mi apariencia o mi ropa?
–Todo –lo olisqueó. El calor de su cuerpo musculoso despedía una sutil fragancia a tónico y a espuma de afeitar–. Detesto decirlo, pero hueles raro.
Robinsón parpadeó varias veces.
–¿Estás sugiriendo que no me he bañado? Porque acabo de hacerlo. Hace apenas unos minutos.
–No, estoy sugiriendo precisamente lo contrario. Yo solamente me baño cada dos días e incluso eso es considerado un

exceso allí donde vivo. Pero es que yo soy una mujer y tú no. En mi distrito, si un hombre huele demasiado a jabón y a perfume, los demás acaban pensando que lleva ligueros rosa.

–Yo no llevo ligueros rosas.

–Ni yo he dicho que los llevaras. Pero eso no evitará que los muchachos te lo digan. Y seguro que no querrás que te endosen un mote con la palabra «rosa». Así que deshagámonos de esta ropa tan elegante. ¿De acuerdo? –le tocó el pañuelo de cuello–. Fuera con esto.

Él bajó la mirada hasta sus labios.

–¿Quiere esto decir que ya no necesitaré un hotel?

Georgia se alisó nerviosa las faldas de calicó de su vestido, advirtiendo que seguía igual de confuso respecto a quién era ella. Humedeciéndose los labios, escogió cuidadosamente las palabras con la esperanza de no asustarlo.

–Solo puedo disculparme por lo que ha dicho el doctor Carter. Tiene buenas intenciones, pero no sería justo que te indujera a pensar que soy alguien que no soy.

–No comprendo –frunció el ceño.

–Yo no soy tu esposa, ni tu amante, ni quienquiera que creas que soy. Mi nombre es Georgia. Ya sabes, como el Estado. Puedes llamarme así, si quieres. Pero yo prefiero señora Milton hasta que lleguemos a conocernos más –señaló su cuello–. Y ahora, quítate el pañuelo.

La miró fijamente.

–Si alguna vez decidiera desnudarme para usted, señora Milton, no sería bajo su órdenes, sino bajo las mías.

Ella lo fulminó con la mirada.

–Oh, no te pongas pícaro conmigo, Brit. No te estoy pidiendo que te desnudes para mí. Te estoy pidiendo que te desnudes por tu propio bien. No podemos permitir que te pavonees con esa ropa por la calle Orange. Te apuñalarán. Así que quítate eso.

–De ninguna manera –retrocedió un paso–. ¿Qué diría su marido, *señora* Milton?

Georgia apretó los labios. Quizá fuera mejor que pensara que Raymond estaba vivo. Eso evitaría que pensara que estaba lista para un revolcón.

—Diría que, por tu bien y por tu vida, tienes que quitarte el pañuelo.

—Oh, no, no diría eso. Diría: «si te quitas algo en presencia de mi mujer, peligra tu vida».

Ella soltó una exasperada carcajada.

—Por mucho que te encuentre divertido a ti y a esta situación, todos los ómnibus dejan de circular dentro de una hora. ¿Quieres recorrer quince manzanas de noche? Yo no. Y ahora quítate de una vez el pañuelo. Aunque salpicado de sangre, sigues pareciendo un caballero con él.

—Quizá debería recordarte que resulta que me tengo por un caballero.

Georgia enarcó una ceja, desafiándolo.

—¿De veras?

—De veras.

—Yo creía que eras un pirata de Salé. ¿No fue eso lo que le dijiste al doctor Carter?

Él apretó la mandíbula y desvió la vista.

—No puedo confiar en lo que hago, ni tampoco recordarlo.

—Es por eso por lo que tendrá usted que confiar en mí, mi querido señor. Yo no sufro de pérdida de memoria.

Él masculló algo y se pasó una mano por el pelo. De repente esbozó una mueca de dolor y dejó caer la mano.

—Recuérdame que no me toque la cabeza.

Georgia volvió a suavizar su tono, confiando en que una actitud maternal lo animara a colaborar.

—Realmente deberíamos hacer desaparecer ese pañuelo. ¿Podrías quitártelo aunque solamente fuera por mí, por favor?

Acercándose, se puso de puntillas y deshizo el nudo del pañuelo de seda. La tela se deslizaba entre sus dedos como agua tibia. Sus miradas se engarzaron y ella se interrumpió, esforzándose por tranquilizar su respiración.

Él se apartó entonces de golpe, retrocediendo.

–No me siento del todo cómodo con que me toques. Después de todo, eres una mujer muy atractiva y detestaría que todo esto derivara en una situación que ninguno de nosotros pudiera controlar.

Georgia se puso de jarras. Menudo canalla...

–Si estuviera buscando que esto derivara en algo, Robinsón, me lanzaría directamente al pantalón. Quédate tranquilo, que el cuello de un hombre nunca me ha hecho gemir y dudo mucho que el tuyo lo haga tampoco.

Él se la quedó mirando fijamente, con expresión tensa.

–Reprímete por favor de hablarme con tonos tan groseros.

–No tendría que decirte nada si te mostraras más colaborador. Y ahora déjate de estupideces. Estoy aquí para ayudarte –volvió a acercarse y terminó de quitarle el pañuelo, dejando que cayera al suelo.

Vio que en seguida se llevaba una mano al cuello para tapárselo, ruborizándose.

–Realmente no entiendo por qué...

–La seda no es un tejido que usen mucho en mi barrio. La gente de allí es pobre. Algunos *muy* pobres. No hay necesidad de darles motivos para que te odien o te peguen. Con que seas un engreído Brit ya tenemos bastante. Los hombres probablemente se liarán a puñetazos contigo solo por tu acento.

–Ah, ¿y piensas llevarme allí? –enarcó una ceja–. ¿Debo entonces darte las gracias por la absoluta falta de preocupación que estás demostrando ahora por mi persona? ¿O después? ¿Una vez que se hayan liado a puñetazos conmigo?

Ella puso los ojos en blanco.

–No necesitas preocuparte por eso. Ya me encargaré yo de que te protejan los muchachos.

–¿Los muchachos? –bajó la barbilla–. ¿Pretendes colocarme bajo el cuidado de unos niños? Te aseguro que no estoy tan loco.

Georgia soltó una carcajada. Era tan estrafalariamente adorable...

–No, no es eso –desvió la mirada hacia la puerta abierta–. Son hombres que se comportan como muchachos, así que yo los llamo así. Tienen reputación de malos, y créeme, ellos la honran, pero yo sé cómo controlarlos. Simplemente quiero asegurarme de que no te pase nada hasta ese momento.

–¿Y qué tienen que ver esos hombres contigo? –la miró–. ¿Estás relacionada con alguno de ellos?

–De *esa* manera, no. Son más bien como perros pulgosos de los que no puedo librarme –volvió a revisar su ropa y suspiró–. Haré que Matthew te preste parte de su ropa. Eres más o menos de su estatura.

–¿Matthew? ¿Quién es? ¿Tu marido?

–No. Mi hijo.

Se quedó con la boca abierta.

–¿Tienes un hijo de mi tamaño? Pero si no parece que tengas más de veinte años...

Ella sonrió, ladeando la cabeza.

–Gracias, pero los veinte ya los he pasado con creces. Tengo veintidós.

Él escrutó su rostro.

–Aun así, no eres lo bastante mayor como para tener un hijo de mi tamaño. ¿Es verdaderamente hijo tuyo?

–De nacimiento, no.

–¿Entonces cómo puede ser? –inquirió, bajando la mirada hasta su boca–. ¿Y cómo es que te encargas de cuidarlo?

Ella retrocedió un paso.

–No me mires los labios.

–Te los seguiré mirando –avanzó hacia ella– hasta que me cuentes todo lo que quiero saber.

Georgia se asustó, percibiendo que deseaba hacer mucho más que mirárselos.

–Es el chico de Raymond. ¿De acuerdo? No el mío, sino el de Raymond.

–¿Y quién es Raymond?

Ella lo fulminó con la mirada.

–No voy a contarle la historia de mi vida a un hombre que ni siquiera sabe la suya. Ahora dame tu mano. No podemos consentir que lleves esos guantes.

Él escondió las manos detrás de la espalda y la miró expectante.

–No pienso colaborar mientras no me digas quién es Raymond.

–El hombre está muerto –le espetó–. ¿De acuerdo? Y ahora deja de comportarte como un tarado y dame la mano... –le agarró el brazo y tiró de él. Deslizando los dedos bajo el puño de su camisa de lino, logró quitarle el guante de cuero, que arrojó sobre el escritorio.

Sin oponer resistencia, él se dejó quitar el otro guante. Pero su mano grande, de piel notablemente fina, se cerró posesivamente sobre la de ella.

Georgia se detuvo, embelesada por el calor de aquella mano que penetraba en su piel. Su cuerpo parecía tambalearse, aunque su mente permanecía bien anclada y consciente tanto de él como de su mano. Había algo muy diferente en su contacto. Aunque increíblemente firme y fuerte, era también... suave. Volviéndole lentamente la mano, deslizó las yemas de sus callosos dedos por la palma masculina más fina que había tocado nunca. Era como si aquel hombre nunca hubiera tocado nada con aquellas manos.

Georgia alzó la mirada.

–Ciertamente no eres ningún pirata.

–¿Y cómo lo sabes tú? Podría serlo.

Ella le alzó la mano y le volvió la palma para que pudiera vérsela.

—Mírate las manos.

Vacilando, bajó la vista e hizo lo que le decía.

Ella delineó sus largos dedos hasta las puntas, y de vuelta a la grande y fina palma.

—Están intactas, ¿ves? Si fueras un pirata, habrías manejado sogas o cargado cajones, con lo que tendrías las manos llenas de callos. Dada su suavidad, es obvio que tu única ocupación es el dinero —resopló—. Eso explicaría por qué no sabes afeitarte ni hacerte el nudo del pañuelo. Tenías criados que lo hacían por ti.

Robinsón apretó los labios mientras se miraba fijamente la palma.

—Sí que son suaves... —parecía decepcionado.

Pero ella no quería que se avergonzara de sí mismo.

—Lo siento. No era mi intención hacer que te sintieras mal. Eso es una bendición más que una maldición, te lo aseguro. Y también es la señal más segura de riqueza.

Él alzó la mirada hacia ella.

—¿Así que soy un hombre rico?

—Con manos así y tus botones de plata haciendo juego, está claro que lo eres —bajó la voz con un tono de advertencia, apretándole la mano—. Sea lo que seas, sin embargo, no se lo digas a nadie, Brit. Y no andes por ahí con tanto dinero en la cartera. De ahora en adelante solamente debes confiar en mí. ¿Entendido?

Él cerró entonces los dedos sobre los de ella, apretándoselos y sumando su calor al suyo.

—¿Y qué eres tú para mí? —una leve ronquera tiñó su voz vacilante, mientras escrutaba su rostro—. ¿Por qué te preocupas tanto?

De repente le recordó a sí misma cuando era más joven, reacia a confiar en nadie pero obligada al mismo tiempo a hacerlo. Aunque su único familiar, su amado padre, había desaparecido años atrás por razones que nunca llegó a descubrir, ella se encargaría de que la familia de aquel hombre no pasara por aquel mismo sufrimiento. Por fuerza tenía que haber alguien que lo quisiera y lo echara de menos. Y ella se aseguraría de que volviera a sus brazos.

—Considérame una amiga que sabe lo que significa depender del amor y de la generosidad de los demás —retiró la mano y le señaló la doble fila de botones de plata—. Eso también tendrá que ir fuera.

Bajó la mirada a su chaleco, frunciendo el ceño.

—¿El qué? ¿Los botones?

—Sí, los botones. Son de plata, ¿no?

—Supongo que sí. ¿Y?

—Y es probable que te los roben.

Él señaló uno de los botones.

—Pero están cosidos a mi chaleco.

—No por mucho tiempo. Déjame enseñarte cómo se hacen estas cosas en mi calle —se levantó de pronto las faldas hasta la rodilla, revelando una funda de cuero de la que extrajo rápidamente un pequeño cuchillo. Casi al momento volvió a dejar caer las faldas.

Él retrocedió un paso, con la mirada clavada en la hoja.

—¿Qué estás haciendo?

—Confía en mí —lo agarró de la cintura para atraerlo de nuevo hacia sí—. Solo quiero los botones.

Pero él le sujetó la muñeca y se la retorció, de manera que dejara de apuntarlo con la hoja.

—Lo único que te pido es que no me apuntes con eso.

—Oh, deja ya de protestar —liberó su muñeca de un tirón. Sujetando firmemente con la otra mano el botón superior de su chaleco, cortó los hilos que lo cosían a la tela de brocado.

Él no dejaba de mirarla. La resistencia que había ofrecido su cuerpo se disolvió mientras una sonrisa se dibujaba en sus carnosos labios.

—Me gustas.

—Ah. ¿Así que ahora te gusto? —le espetó—. Ya veremos

cuánto dura eso. Las mujeres de lengua rápida no suelen gustar a los hombres.

Mientras le sostenía la mirada, las grandes manos de Robinsón se cerraron sobre su cintura, haciéndola tensarse. Se inclinó luego hacia ella, pese a que la hoja de su mano seguía apuntándolo, y le preguntó con tono suave, seductor:

–Señora Milton, ¿está usted realmente casada? ¿O solamente simula serlo? Porque es usted adorable. De lengua, mente y todo lo demás –se interrumpió para añadir–: Y también la encuentro maravillosamente atractiva.

Aquel hombre había perdido aparentemente el poco juicio que le quedaba y su capacidad para censurar sus propios pensamientos. Bajó la mirada. El calor de aquellas manos le provocaba un cosquilleo en el estómago.

–Ya no estoy casada –admitió con un nudo en la garganta cuando pensó en Raymond–. Lo estuve cuando era más joven, pero él murió.

–Ah –retiró las manos de sus caderas–. ¿Lo amabas?

Se retiró un tanto, asintiendo a medias.

–Sí. Mucho.

–Lo siento.

Volvió a asentir.

–Gracias.

Él se quedó callado durante un buen rato.

–¿Estuviste con tu marido alguna vez en París? Quizá sea de allí de donde te conozca.

Georgia alzó la mirada hacia él. ¿Raymond y ella en París? Precisamente Raymond había odiado a los franceses tanto como había odiado al alcalde y a sus políticos. Mientras que ella solo había sabido de París por Raymond. De los jardines que tenían los parisinos, de los palacios que antaño habían pertenecido a reyes, de la manera como adoquinaban sus calles, de que incluso tenían iglesias que eran casi tan viejas como Dios mismo.

–Raymond estuvo en París, por negocios, en sus años mozos, cuando todavía tenía dinero. En cuanto a mí, jamás he salido de Nueva York. Lo más probable es que muera aquí y me entierren con una lápida de madera que se pudrirá pronto y que hará que todo el mundo se olvide de que nací pelirroja.

Él desvió la mirada.

–Eres demasiado joven para hablar de una manera tan gris.

–Allí donde vivo, el gris es el único color que se puede ver. Pero una acaba por acostumbrarse a ello, sobre todo cuando es lo único que conoce –volvió a concentrarse en su chaleco–. Y ahora quédate quieto.

Se inclinó de nuevo sobre él, cortando con la hoja los hilos de cada botón. Rápidamente retiró todos los botones, hasta que el chaleco quedó abierto, revelando la inmaculada camisa que llevaba debajo.

Le guardó los seis botones en el bolsillo tejido que llevaba debajo de su brazo izquierdo.

–Aquí los tienes.

Volvió a levantarse las faldas de calicó, se guardó el cuchillo en la funda y las dejó caer de nuevo. Percibió que se la había quedado mirando boquiabierto. Habiendo como había vivido rodeada de hombres desde que tenía nueve años, poco después de la muerte de su madre, había perdido todo sentido del pudor.

Pero aquel hombre le hacía ser consciente de lo importante que era precisamente el pudor. El pudor servía para evitarle problemas a una chica.

–No tenías por qué mirar –le dijo, incómoda.

–No he podido evitarlo –tensó la mandíbula–. ¿Te levantas así las faldas delante de todos los hombres?

Georgia frunció los labios, procurando no ofenderse.

–Solo de aquellos a los que pretendo destripar. Así que te sugiero que cuides tu lengua.

—No te preocupes. Pretendo cuidar mi lengua y mis ojos –desvió la vista, tirándose del chaleco para esconder su camisa–. Debo decir que la pródiga destrucción de un buen chaleco hace que le entren a uno ganas de llorar.

—¿Prodi... qué?

—Pródiga.

—¿Y qué se supone que quiere decir eso?

—Derrochadora destrucción. «Pródigo» significa «derrochador».

—¿Ah, de veras? Bueno, nunca había oído la palabra.

—¿Y de quién es la culpa? Mía no, seguro. Cómprate un diccionario, querida.

Georgia lo fulminó con la mirada por ser tan grosero.

—Si me lo pudiera permitir, lo haría. Aunque no me sorprendería que te hubieras inventado la palabra en un patético intento por impresionarme.

Él la recorrió con la mirada de pies a cabeza y esbozó una sonrisa.

—Se me ocurren por lo menos una decena de maneras de impresionarla, señora Milton, e inventarse palabras no es una que se me pase fácilmente por la cabeza.

Georgia esbozó una mueca.

—¿Quieres decir que es una palabra de verdad?

—Sí, por supuesto.

—Oh –lo miró–. Estoy algo confusa.

—¿Por qué? ¿Por la palabra?

—No. ¿Cómo es que recuerdas prodi–lo–que–sea y recuerdas tan poco de todo lo demás?

—Eso no lo sé –se encogió de hombros, desviando la vista–. Solo recuerdo palabras, eso es todo. Las veo. Las oigo. No puedo explicar bien por qué, pero es así. Y, como te dije, la pródiga destrucción de un buen chaleco hace que le entren a uno ganas de llorar.

—Antes de que tus lágrimas inunden esta habitación y la ciudad, debería informarte de que por un botón de plata se pueden conseguir hasta setenta y cinco centavos de dólar en una casa de empeños. Unos cuatro dólares era lo que pregonabas en el pecho hasta hace un momento. No des a nadie un motivo para que te desplumen, si no quieres que lo hagan –retrocediendo, volvió a examinar su aspecto–. Todavía no pareces lo suficientemente tosco. No deberías haberte afeitado.

Se mordió el labio y miró a su alrededor, preguntándose qué podía hacer aparte de reventarle las costuras del traje. Podía ensuciárselo, sí, pero... ¿con qué?

El café. Claro.

Acercándose al escritorio del doctor Carter, recogió la taza de porcelana que había dejado allí y mojó un dedo para asegurarse de que no estaba caliente. No lo estaba.

–No creo que al doctor Carter le importe. Quédate quieto. Brindemos por lo que habría podido ser –y, girándose hacia él, arrojó el entero contenido del líquido oscuro y espeso contra su camisa de lino y su chaleco abierto.

Robinsón perdió el aliento y dio un salto hacia atrás, alzando las manos al aire. Frenéticamente empezó a sacudirse la ropa húmeda y manchada. La fulminó con la mirada, furioso. El pelo le caía sobre la frente, desaparecido su perfecto peinado.

–Maldita seas tres veces en las bocas del infierno, mujer –se señaló su vestimenta, tenso–. ¿Cómo es que consideraste necesario arruinar una camisa de lino tan perfecta como esta?

Ciertamente era un hombre muy presumido, para tenerse por un pirata.

–Improvisación, eso es todo. Allí donde vivo, nadie lleva camisas tan blancas.

–Discúlpame entonces por llevar una. ¿Quieres que la rasgue para complacerte?

Georgia suspiró.

–Si no puedes sobrevivir a lo que te estoy haciendo, te

aseguro que no sobrevivirás al lugar al que te voy a llevar. Mides más de uno ochenta, así que actúa como si contase cada centímetro, ¿quieres? Sé un hombre.

Él se soltó la camisa y caminó hacia ella. Se detuvo tentadoramente cerca.

—Contigo es bien duro ser un hombre. Bien... duro.

Ella puso los ojos en blanco y abandonó apresuradamente el despacho.

¡Hombres! Siempre tan convencidos de su propia superioridad, al margen de la educación recibida o de lo fuerte con que una les golpeara en la cabeza...

Capítulo 4

Antiguamente no existía nada, ni la arena, ni el mar, ni las tibias olas. Ni tierra ni cielo encima. Solo el ancho abismo.

Saemundar Edda, Codex Regius
(principios del siglo XIV).

Entre bamboleos, Robinsón contemplaba con atención las sombras de los edificios de madera a través de la estrecha y sucia ventana del carruaje, esperando reconocer algo. Y sin embargo no reconocía nada. Ni las casas, ni las calles, ni el ómnibus en el que viajaba. Ni siquiera la noche misma. Era como si se estuviera asomando a un abismo que no significara nada para él. ¿Cuánto tiempo tendría que seguir sintiendo que lo estaba viendo todo por primera vez?

Apretó la mandíbula y desvió la mirada hacia la joven sentada a su lado en el banco. Georgia. Como el Estado. ¿Quién diablos le habría dado a su hija el nombre de un Estado? Sería como llamar París a una hija. Demasiada *grandeur* para tan poca presencia.

Sus rizos color fresa, recogidos como al descuido, temblaban bajo su raído y recargado bonete con cada vaivén del ómnibus que hacía que chocaran sus hombros. Pese a los bamboleos que obligaban a sus cuerpos a tocarse, ella permanecía indiferente con la mirada fija en el banco de enfrente, aunque hacía ya rato que se había vaciado de pasajeros.

Algo en ella le resultaba dolorosamente familiar, pero, por algún motivo, no encajaba con ninguna de las eróticas imágenes que evocaba en su mente. Podía ver de manera nítida miembros cremosos y una larga cabellera roja similar a la suya derramada sobre las sábanas, pero simplemente no aparecía ningún rostro asociado. Si no era Georgia, ¿quién era la mujer desnuda que habitaba en su cabeza? ¿Una esposa que no podía recordar? ¿O... una amante?

En cualquier caso, que Dios lo ayudara.

Inspiró profundamente.

–¿Qué es lo que sabes de mí? –le preguntó al fin, haciéndose oír por encima del ruido de las ruedas de hierro.

Georgia se volvió para mirarlo. Sus seductores ojos se encontraron con los suyos bajo el leve resplandor del farol que colgaba sobre la puerta del estrecho vehículo.

–Sé tanto sobre ti como tú mismo.

–¿Estás segura de que nunca mencioné que tenía una esposa?

–Tú me dijiste que no la tenías.

–Oh –¿le habría mentido? No. No era de esa clase de hombres. O mejor dicho, intuía que no era de esa clase de hombres. Se acercó a ella en el banco, rozándole el muslo–. ¿Y cómo nos conocimos?

–Nos encontramos en Broadway. Tú me prendiste una de las cintas del bonete cuando se me soltó, y charlamos un poco.

–Ah. ¿Y fui al menos cortés y respetable contigo en esa conversación inicial?

Georgia lo miró.

–Cortés sí, más o menos. ¿Respetable? No. No teniendo

en cuenta lo mucho que insististe en que me tomara un café contigo. No querías dejarme en paz.

Robinsón carraspeó.

—No hay nada malo en que un caballero insista en invitar a una dama a tomar café, ¿no?

—Si el café es en su hotel, yo diría que sí.

—¿Te hice proposiciones?

—Allí mismo, en plena calle —enarcó las cejas con gesto elocuente y le dio un codazo—. Solo te faltó verterme el café por la garganta.

¿Qué clase de canalla emboscaba a una mujer en la calle e intentaba luego arrastrarla a su hotel con el pretexto de tomar un café con ella? Si alguna vez recordaba ser esa clase de hombre, se pegaría de puñetazos a sí mismo.

—Solo puedo disculparme por mi comportamiento.

—Disculpa aceptada.

Contemplando sus carnosos labios, Robinsón intentó conjurar un recuerdo de lo que habría podido ser. Se habría acordado por fuerza de haber besado una boca como aquella, ¿o no? Pero no podía recordar haber besado ninguna boca. Resultaba alarmante que supiera perfectamente todo lo que solía pasar entre un hombre y una mujer y sin embargo no recordara haber hecho nada con ninguna, más allá de algún ocasional fogonazo de desnudez de cierta mujer que solo Dios sabía quién era.

—¿Qué sucedió entonces entre nosotros? ¿Tú y yo alguna vez…?

Georgia enarcó las cejas.

—¿Por qué clase de mujer me tomas? Te dije que no y te mandé con viento fresco. Fuiste tú quien se puso a seguirme como un perro.

Robinsón se inclinó hacia ella.

—Si nada sucedió entre nosotros, si sabes tanto de mí como yo mismo, ¿cómo es que me estás llevando ahora mismo a tu casa? ¿No te preocupa que pueda estar trastornado, o la manera en que esto pueda afectar a tu reputación? No consigo entender tu razonamiento.

Ella juntó sus manos desnudas, apoyándolas en el regazo de su vestido.

–No compliques las cosas, Brit. Solo estoy haciendo esto porque siento una culpa tan profunda como el río Hudson y tú tienes dinero para mantenernos a los dos. No iba a dejarte vagabundear solo por la ciudad en tu estado.

Él se encogió de hombros.

–Me las habría arreglado.

–Sí. Como te las arreglaste aquel día en la calle para acabar donde estás ahora, completamente olvidado del mundo y de ti mismo.

Robinsón cayó en un inquieto silencio, intentando aferrarse a lo que sí podía recordar. Recordaba el hospital y las filas de camas de bronce alineándose en la sala. Recordaba el enlucido del techo color avena, deteriorado en algunos lugares, encima de su cabeza. Recordaba las interminables conversaciones que había compartido con el señor Carter, que pacientemente lo había ayudado con cosas que ya sabía hacer pero que, extrañamente, no podía recordar cómo se hacían. Como afeitarse, hacerse el nudo del pañuelo o leer poemas de un libro de Robert Burns.

–El doctor mencionó que un ómnibus era el responsable de mi estado, pero se negó a ilustrarme sobre los detalles del accidente. ¿Qué sucedió?

–Fue bastante triste –admitió ella en voz baja–. Un mocoso cortó las cuerdas de mi *reticule* y se largó con ella. Tú saliste corriendo tras él para recuperarla. Fue entonces cuando el ómnibus te arrolló.

Resultaba tan extraño oír cosas de sí mismo de las que no se acordaba en absoluto...

–Muy heroico por mi parte.

–Bueno, aquí en Nueva York lo llamamos más bien una estupidez. Una *reticule* no vale una vida humana. Por el amor de Dios, intentaste pasar por delante de un ómnibus en marcha, y, bueno... esos gusanos conducen como un cura corriendo a confesarse. Nunca paran. Cuando menos te lo esperas... –se inclinó para chocar las manos, palma contra palma–. ¡Pum!

–Pum. Entiendo. Y después ya me desperté en el hospital, ¿verdad?

–No. Estuviste consciente después, aunque no por mucho tiempo. Yo sabía que algo no andaba bien. Apenas podías moverte o hablar. Me quedé contigo durante todo el rato antes de entregarte al doctor Carter. Incluso intenté visitarte cuando recuperaste la consciencia, pero el doctor no me lo permitió, dado que tú y la mayoría de los hombres de la sala estabais medio desnudos. Así que me limité a visitar su despacho para asegurarme de que estabas evolucionando bien.

Robinsón escrutó su rostro.

–¿Qué es lo que te impulsó a preguntar repetidamente por mí?

–Los hospitales no son tan conocidos por sus cuidados como por sus morgues, Brit. Estaba preocupada.

–Sí, cuidados no había muchos. Había pacientes que dormían sobre sus propios vómitos y que rara vez eran limpiados. Yo los asistía, a ellos y a los demás cada vez que podía. Aparte del hedor, no podía soportar el espectáculo de hombres adultos tragándose el poco orgullo que les quedaba.

–¿Qué es lo que te dijo el señor Carter sobre tu estado? ¿Te explicó algo?

–Algo sí me explicó –se encogió de hombros–. Parece pensar que al golpearme contra el suelo, el cerebro resultó dañado y eso afectó a mi capacidad de recordar.

–¿Te dijo que Robinsón Crusoe no es tu verdadero nombre?

Él se la quedó mirando con un nudo en la garganta.

–No. No me lo dijo.

Georgia sacudió la cabeza.

–No entiendo los métodos de la medicina. ¿Cómo esperan que lo asimiles si no te dan los medios para distinguir lo que es real de lo que no lo es?

Apoyó las temblorosas manos sobre las rodillas. ¿Por qué el doctor Carter había dejado maliciosamente que pensara lo que no era?

–¿Pero cómo sabe él que no es mi nombre? Podría serlo. Yo siento que lo es.

–No, según él. Dice que algunos de los sucesos de los que tú hablas, incluido el propio nombre, todo ello procede de una novela sobre un marinero que naufragó.

Treinta de septiembre de 1659. Yo, el infeliz Robinsón Crusoe, tras naufragar, me vi arrastrado a esta desolada isla, a la que he bautizado como la Desolada Isla de la Desesperación, mientras que al resto se lo tragó el tempestuoso mar.

Soltando un suspiro, se esforzó por ahuyentar aquellas extrañas palabras que no cesaban nunca.

–¿En qué año estamos? No se lo pregunté al doctor Carter.

–Julio de 1830.

Oh, Dios. Se presionó las sienes, deseando poder encajar la realidad dentro de su cabeza. ¿Cuándo se levantaría aquella maldita neblina?

–Yo no puedo ser ese Robinsón. No cuando la fecha que tengo en mi cabeza es la de septiembre de 1659. ¿Qué rayos me está pasando? ¿Por qué tengo un... un libro grabado en mi cabeza pero no me acuerdo de nada más? No tiene ningún sentido.

Ella le agarró una mano y se la apretó.

–Procura no irritarte. Date tiempo. No tengo la menor duda de que tu familia vendrá a buscarte en cuanto aparezca.

Él le cubrió la mano con la suya, deleitándose con la inesperada sensación de calidez que le producía su contacto.

—¿Y si no tengo familia? ¿Qué será de mí entonces?

—Oh, calla. Todo el mundo tiene a alguien en su vida. Sea un familiar o no —retiró la mano, dándole unas palmaditas en el brazo antes de volver a apoyarla sobre el regazo—. Ha pasado tiempo más que suficiente para que hayan empezado a buscarte. Y si te están buscando, seguro que leerán los diarios con tu noticia. Vendrán a por ti. Estoy seguro de que lo harán.

Robinson asintió, esperando que tuviera razón, porque de esa manera no deseaba seguir viviendo. Se sentía como un fantasma sin tumba.

—Te agradezco que me hayas acogido.

—No tienes que agradecerme nada. Solo voy a ponerte un tejado sobre la cabeza y a darte de comer. Cualquiera podría hacer eso por un níquel y una moneda de diez centavos.

Dinero. Necesitaría dinero, y a la vista de sus gastadas botas y de su raído bonete, ella no parecía que tuviera mucho. Se tocó la cartera de cuero donde llevaba su billetera.

—Estoy dispuesto a darte la mitad de todo lo que tengo a cambio de tu generosidad.

—No pienso aceptar tanto. Pero si me dieras seis dólares... Me encargaré de que tu comida y la renta corran de mi parte. Ya sé que seis dólares es mucho, pero me ayudaría a completar los ahorros de mi caja. Gano más que suficiente con la lavandería para cubrir los gastos más básicos. No comeremos cordero ni chuletas, pero sí gachas, ostras, boniatos y alimentos asequibles.

Intuyendo que no estaba acostumbrada a pedir nada, Robinsón se apresuró a ofrecerle más:

—Si necesitas más de seis dólares, para que podamos comer mejor y puedas llenar tu caja, solo tienes que decírmelo.

Georgia sonrió, y su expresión se iluminó. Volvió a recostarse en el banco de madera.

–Eres muy amable, Robinsón, pero seis dólares es todo lo que una mujer como yo necesita para construirse una nueva vida.

Él parpadeó extrañado.

–¿Pretendes construirte una nueva vida? ¿Con seis dólares? ¿Es eso posible?

–Por supuesto que es posible –bajó la voz–. Pienso irme al Oeste. A Ohio. Tengo una buena amiga que era vecina mía: Agnes Meehan, que se trasladó allí con su padre poco después de que muriera mi marido. Me escribió diciéndome que la tierra era muy barata, así que si pudiera plantarme allí con cincuenta dólares, los invertiría en medio acre y podría prosperar. He estado ahorrando para ese medio acre desde entonces, y no me faltan más que seis dólares. Así tendré sesenta. Cinco para la diligencia, cinco para la comida y el resto para la tierra.

Volvió a clavar la mirada en el banco vacío que tenía enfrente, con una sonrisa soñadora en los labios.

–Pretendo cultivar ese medio acre y levantar una cabaña. No será gran cosa, apenas cuatro troncos y un pedazo de tierra, pero para mí será más que suficiente. Y detrás de la cabaña plantaré una fila de manzanos que florecerán cada primavera y me darán toneles de fruta. Manzanas, flores y tierra removida que aromatizarán el aire durante el día, y por la noche saldré afuera y me quedaré mirando las estrellas, escuchando el viento... en *mi* tierra –soltó un suspiro y asintió con la cabeza–. Me haré a mí misma. No seré la obra de ningún hombre. Aunque pienso volver a casarme. La perspectiva de vivir sola me deprime.

Robinsón la observaba atentamente, con el fragor de las ruedas ahogando cualquier otro sonido. Cuánto admiraba el eco soñador de aquella voz cantarina... Le hacía desear hacer todo lo que ella le había descrito, con los manzanos y el viento silbando en sus oídos. Todo aquello venía a ser como una divina y pacífica misión a fuerza de trabajo duro y honesto: el sueño y la promesa de que algo podría ser suyo. Comparado con el vacío que se revolvía en su interior, con el temor de que no poseyera nada, ni familia, ni hogar, ni esposa... aquello era el paraíso en su forma más pura.

Ella miró por la ventana.

–El tiempo se ha pasado volando. La siguiente parada es la nuestra. Perdón por mi cháchara –inclinándose hacia delante, apoyó una mano en un muslo para equilibrarse y alcanzar con la otra de la cuerda que el conductor llevaba atada al pie–. A veces estos chóferes se quejan de que no sienten la cuerda. Así que voy a asegurarme de que este lo haga.

Alzó la barbilla y tiró varias veces de la cuerda. Un leve aroma a jabón y a sosa flotó hacia él mientras se balanceaba con cada fuerte tirón.

Un familiar escalofrío de excitación lo recorrió. Aquel aroma. Le resultaba tan persistentemente familiar... Parecía susurrarle que si se enterraba en aquella fragancia, conocería para siempre la compasión, el confort, la paz...

Instintivamente deslizó una mano por su espalda, sintiendo los pequeños broches de su vestido, y la atrajo hacia sí. Estaba desesperado por tocarla.

–¿Georgia?

Ella se tensó y alzó la mirada hacia él, soltando la cuerda. Entreabrió los labios mientras sus ojos verdes escrutaban su rostro.

–¿Qué pasa? ¿Te sucede algo? ¿No te sientes bien?

¿Tienes miedo de ser tú mismo en tu propio acto y coraje, como lo eres en tu deseo?

¿Eran esas *sus* palabras respondiendo a su corazón en aquel preciso momento? No lo sabía, pero algo le decía que si no intentaba hacer suya a esa mujer, perdería la mayor oportunidad que se le había presentado en la vida.

Continuó atrayéndola hacia sí, rodeando con las manos sus finos hombros, y le susurró:
–Quiero besarte. ¿Puedo?
Georgia soltó un tembloroso suspiro, con el calor de aquella boca acariciando la suya.
–Yo no soy muy buena besando.
Acunándola contra la curva de su brazo, la apretó contra su cuerpo tenso.
–Al menos recordarás cómo se hace.
–Estás intentando darme pena –sonrió ella.
–¿Y te la doy?
–Extrañamente, sí. Te compadezco.
–Bien –y la besó. Cerrando los ojos, saboreó el calor de su boca suave y delicada.
Sus húmedos labios se entreabrieron. Aunque deseaba deslizar la lengua en la profundidad de aquella boca y devorarla, no estaba muy seguro de que fuera eso lo que se suponía que tenía que hacer. Así que se lo tomó con calma, esperando a que ella tomara la iniciativa. Apenas podía respirar.
Su lengua ardiente y aterciopelada se pegó de pronto a la suya, rozándole los dientes. Robinsón reprimió su necesidad con un gruñido, mientras una dolorosa ansia inundaba todo su cuerpo. Lentamente se dedicó a acariciarle la lengua con la suya. Sabía a... ¿whisky?
Georgia lo agarró de las solapas de la chaqueta y tiró de él hacia ella, hacia abajo, hasta que prácticamente quedaron colgados fuera del banco. Él la agarró con fuerza de los hombros y de la cintura mientras clavaba los talones en el suelo del ómnibus para evitar que cayeran al suelo.
Apretándose todavía más salvajemente contra él, ella hundió aún más profundamente la lengua en su boca, reaccionando a su lengua con una ferocidad que le aceleró el pulso, incrédulo. Embelesado por la inesperada pasión que mostraba, gozó con la erótica manera en que su húmeda

lengua se movía contra la suya. Si solo disponía de aquel beso para recordarlo, lo honraría durante el resto de su vida, orgulloso.

¡Que un rayo del cielo me consuma, si os adoro de tal manera!

Con una mano sobre su bonete, deslizó la otra por la suave tela de su vestido, ciñendo la firme y encorsetada cintura. Enterró las puntas de los dedos en la tela que separaba sus cuerpos, sintiéndose como si estuviera corriendo contra su propia mente y contra su propio aliento, esforzándose por permanecer anclado en aquella increíble realidad. Subió luego la mano hasta sus senos, gozando con su suavidad y su peso. Su miembro empezó a hincharse, y la necesidad de rasgarle la ropa terminó por consumirlo. La besó con mayor ímpetu, clavando y frotando frenéticamente su erección contra su muslo.

Georgia, a su vez, tensaba los labios en un esfuerzo por succionarle la lengua mientras clavaba los dedos en sus bíceps.

Interrumpiendo a su pesar el beso, Robinsón la alzó en vilo y la sentó de costado sobre su regazo. La acunó en esa postura durante un buen rato; sus temblorosos jadeos eran un eco de los suyos. Era la primera vez en nueve días que experimentaba por fin la sensación de pertenecer a alguien, y se juró a sí mismo que jamás renunciaría a aquello ni se separaría de ella, y menos para que volviera a tragárselo el vacío.

El ómnibus se tambaleó hasta detenerse al tiempo que el chófer gritaba la parada. Ella se removió con la intención de moverse, pero él la retuvo ferozmente sobre su regazo. Alzó una mano para acariciar con las yemas de los dedos la vieja cinta de su bonete hacia la fina curva de su cuello.

–Llévame al Oeste contigo –insistió–. Quiero todo eso de lo que me has hablado. Incluido lo del viento y los manzanos. Te daré hasta la última moneda que llevo encima si me prometes que me llevarás contigo.

Georgia abrió mucho los ojos. Le apartó la mano y forcejeó para levantarse de su regazo. Tambaleándose, recorrió el estrecho pasillo entre las dos filas de bancos que llevaba a la puerta trasera del ómnibus.

–¿Qué quieres decir con que quieres mi tierra y mis manzanos? Apenas nos conocemos. Peor aún: tú ni siquiera sabes cómo te llamas.

Él se levantó.

–Necesitarás que alguien construya tu cabaña, cultive la tierra y corte la leña. Yo puedo hacer eso por ti.

Lo miró haciendo una mueca, sacudió la cabeza y se arregló frenéticamente las faldas.

–No. No juegues así con mis sueños. Son mis sueños, ¿entiendes? No los tuyos. Los *míos*.

Robinsón tragó saliva, con un nudo de emoción en el pecho.

–Necesito ayuda, Georgia. Necesito ayuda si quiero recuperar un mínimo sentido de la realidad. Y creo que tú eres la única que puede ayudarme a conseguirlo.

–Para ya –le espetó, brusca–. No voy a llevarte conmigo y ciertamente no puedo ayudarte de la manera que tú crees.

–Yo sé que puedes. Lo sentí antes y después de que nos tocáramos.

Ella lo fulminó con la mirada.

–Yo sé lo que sentiste, Brit, y no era *eso*. Tengo planes, y lamento decirte esto, porque me caes bien, de verdad que sí, pero esos planes no incluyen a un hombre tan desmemoriado como tú. Una mujer como yo, que tiene tan pocos medios para empezar, necesita un mínimo de seguridad. Y tú no puedes dármelo.

–Pero ese beso...

–No debí haberlo permitido, ¿de acuerdo? No debí haberme aprovechado de ti. Tú no estás en tu sano juicio y ha sido injusto por mi parte. Y ahora… ahora baja de este maldito ómnibus antes de que arranque de nuevo y nos veamos forzados a pasar medianoche caminando –abrió la puerta, bajó la escalerilla y desapareció en la noche, dejándolo nuevamente con la sensación de que no pertenecía ni a nadie ni a nada.

Capítulo 5

Por Navidad no anhelo más una rosa
que deseo una nevada en las floridas tierras de mayo.
William Shakespeare, *A Pleasant Conceited*
Comedie Called, Loues labor loft (1598)

Robinsón saltó detrás de Georgia y cerró la puerta del ómnibus. El carruaje partió de nuevo, con sus ruedas de hierro levantando un polvo que le picó los ojos y se los llenó de lágrimas. Un pestilente olor a aguas negras se le metió en la nariz.

—¡Dios! —gruñó, enterrando media cara en el hueco de su brazo en un intento por no respirar aquel hedor.

Se volvió hacia Georgia, que ya estaba cruzando la ancha y mal iluminada calle. Esquivó a un charlatán y el carro de un vendedor ambulante, hasta que desapareció de su vista.

Bajó el brazo con el pulso acelerado, consciente de que su única conexión con la realidad lo estaba abandonando.

—¡Georgia! —trotó tras ella, con aquel aire acre filtrándose por su garganta. La sensación de náusea amenazaba con vaciarle el estómago—. ¿Piensas odiarme por desear compartir tu sueño de trasladarte al Oeste? A mí eso no me parece nada justo.

Su sombra reapareció en la calle justo en los márgenes de la apagada y amarillenta luz de una farola de gas. Se detuvo y se volvió para mirarlo, soltando los pliegues de su falda.

–Tu familia te está esperando, Brit. Intenta recordar. Alguien está ahí fuera derramando lágrimas por ti, preocupándose mortalmente mientras tú fantaseas con perseguir un sueño que ni siquiera es el tuyo.

¿Por qué tenía la sensación de que estaba tan equivocada? ¿Por qué estaba tan seguro de que no lo esperaba nadie? Ni una madre. Ni una esposa. Nadie.

–Me resulta muy difícil preocuparme por una gente de la que ni siquiera me acuerdo. O imaginarme si derraman lágrimas por mí o no.

Aunque no podía distinguir su rostro entre las sombras, sí que pudo ver cómo se ablandaba su rígida actitud. Georgia suspiró.

–Está bien –le hizo un gesto con la mano–. Ven. No nos entretengamos más. Los problemas se cuecen en estos barrios.

Robinsón atravesó la sucia calle hacia ella, bajo la tambaleante luz de la farola, y barrió los alrededores con la mirada. Destartalados edificios de madera se alzaban en lo oscuro, con lámparas amarillentas iluminando las ventanas rotas con harapos por cortinas. Siluetas de hombres y mujeres merodeaban los callejones o acechaban desde las puertas. Otros deambulaban por la acera en pequeños grupos, riendo y conversando como si estuvieran respetablemente sentados alrededor de una mesa, y no en plena calle.

Un anciano que sostenía una desportillada jarra de cerveza pasó a su lado haciendo eses y cantando con voz desafinada:

–El diablo y yo, orinamos juntos, el diablo y yo...

Robinsón intentó tragarse el nudo que le subía por la garganta. ¿Era allí donde vivía ella? Todo aquello era muy raro. Georgia no encajaba con aquellas mugrientas sombras y aquellas ventanas rotas con andrajos por cortinas. No le extrañaba que soñara con manzanos y campos abiertos.

Un fuerte dolor le atravesó de repente el cráneo y esbozó una mueca en un intento por sobreponerse a aquella súbita incomodidad. Apresuró el paso hasta que se detuvo a su lado, ante la puerta de un edificio de dos plantas.

Algo pasó corriendo y gruñendo entre sus piernas, haciéndole dar un salto de puro susto. Una redonda criatura sin pelo correteó por la calle hasta desaparecer en las negras sombras de la noche. La señaló con el dedo.

–¿Qué diablos ha sido eso?

–Un cerdo –respondió ella, bajando la vista y mirando a su alrededor–. Siempre andan correteando por las calles en busca de comida. Como todo el mundo en estos barrios.

–¿Un cerdo? ¿En la ciudad?

–Detesto decepcionarte, Brit, pero en este distrito, los cerdos son considerados ciudadanos muy respetables.

Percibiendo que seguía todavía molesta con él, se acercó a ella.

–Si hubiera sabido que te enfadarías así, nunca te habría besado.

Ella cruzó las manos sobre el pecho.

–No fue culpa tuya. Fui yo la que te dejé, de buena gana. Es solo... no quiero que esto acabe en un desastre, eso es todo. Tengo planes para una vida mejor y no quiero que esos planes fracasen, ¿sabes? Ya no soy tan joven, y vivir en Five Points te hace envejecer rápido.

Robinsón suspiró profundamente. Le fastidiaba enterarse de que él no era más que una molestia para ella, sobre todo después de aquel beso. ¿Besaría a todos los hombres de aquella misma forma?

–Yo no tengo ninguna intención de imponerme a tus planes.

–Bien. Eso quiere decir que nos llevaremos bien –señaló el umbral que llevaba al pequeño edificio, cuyas escasas ventanas estaban iluminadas detrás de unas cortinas torcidas–. Sígueme y mira bien por dónde pisas.

Esperó mientras ella sacaba una llave de un bolsillo y abría la puerta. Después de hacerle entrar en el neblinoso abismo de una estrecha caja de escalera, Georgia cerró la puerta a su espalda.

Luego, agarrándolo firmemente de la mano, lo guio por la oscuridad.

–No te sueltes.

–No me soltaré –le apretó los dedos, de tacto calloso. Era extraño, pero se sentía como si estuviera bajo su protección y, al mismo tiempo, a su merced.

–Usa la otra mano para apoyarte en la pared mientras subimos. Hay dieciséis escalones. Con el primero tropieza todo el mundo, yo incluida. Así que cuidado.

Robinsón reprimió una sonrisa, conmovido por su consideración. Palpó a ciegas hasta que encontró la pared a la que se refería y alzó el pie para apoyarlo cuidadosamente en el primer escalón.

–¿Haces esto cada noche?

–Tengo que dormir en algún momento, ¿no?

–¿No hay faroles?

–Sí, pero los apagan para las nueve y media. Hemos tenido demasiados incendios en este barrio –le apretó la mano, tirando de él–. ¿No puedes subir más rápido? Raymond tenía cincuenta y tres años el día en que se detuvo su corazón, y aun así subía y bajaba estas escaleras a oscuras como si tuviera veinte.

No era precisamente un cumplido. Robinsón le soltó la mano y subió a paso rápido los escalones que le quedaban, atreviéndose incluso a hacerlo de dos en dos. Adelantándola, se colocó en el rellano de un salto.

–Ya está. ¿Subía Raymond las escaleras a oscuras como yo acabo de hacer?

–No te burles de un hombre muerto que no se lo merece

–lo agarró del brazo y tiró de él hacia lo que parecía un ennegrecido pasillo–. Hay dos plantas con cuatro viviendas en cada una. La mayoría de los que viven aquí son hombres. Todavía sigo sin entenderlo, pero no me tienen mal considerada. Al contrario que ellos, puedo permitirme una vivienda para mí sola. Raymond conocía a la patrona, así que no pago más de tres dólares por lo que fácilmente podrían ser seis –soltándole la mano, le dio una palmadita en el brazo–. Quédate aquí.

Sonó el tintineo de una llave y luego el crujido de una puerta al abrirse.

Sus tacones resonaron en las maderas del suelo. Robinsón distinguió el sonido de un fósforo al ser rascado. Una lámpara de aceite se encendió de golpe, iluminando no solo el pálido rostro de Georgia sino una cocina empapelada con un papel amarillento, tan pequeña que podía recorrerse en tres pasos. Olía fuertemente a almidón, a jabón y a sosa.

–Será mejor que te acostumbres al olor –le dijo ella–. Es mejor que el de la calle, eso es seguro. Realizo todo mi trabajo en la habitación delantera, la que da a la calle. De esa manera no me roban nada.

Dejó la lámpara sobre una mesa de madera, frente a un hogar de chimenea en ladrillo, sobre el que había un caldero. Se desató la lazada de debajo de la barbilla, con las cintas azules cayendo en cascada sobre sus finos hombros. Luego se sacó el bonete oval con un suspiro y volvió a atar las cintas con un lazo perfecto. Dirigiéndose a la pared, lo colgó cuidadosamente de un clavo al lado de otro del que colgaba un viejo rosario de cuentas de madera.

Su cabello casi parecía pardo a la débil luz de la cocina, con algún reflejo rojizo cuando se volvió para recoger un delantal de una silla. Se lo ató a la cintura con tres rápidos movimientos.

Robinsón bajó la mirada de sus finos hombros a su cintura. Era como si fuera su marido y estuviera asistiendo a una íntima rutina. Eso le gustaba. Le hacía sentirse como si acabara de entrar en su propio hogar, a los brazos de una mujer que era la suya.

Cuando evocó la manera en que su ardiente y húmeda lengua se había movido contra la suya, tuvo que apretar con fuerza el marco de la puerta para no volver a desearla de aquella forma. Era evidente que ella no quería seguir por aquel camino. No con él, al menos.

Ella alzó de pronto la mirada y se volvió hacia él.

—¿Piensas seguir ahí para que todo el mundo vea cómo es mi casa? Cierra la puerta.

Robinsón carraspeó y entró en la pequeña habitación. Al cerrar la puerta, reparó en los tres cerrojos de metal.

—¿Quieres que corra los tres?

—Para eso están, Brit. Para protegernos del mundo exterior. A no ser que tus habilidades pugilísticas sean mejores que las mías.

Aquella mujer tenía una respuesta para todo. Corrió los cerrojos y se volvió hacia ella. Percibiendo que todavía seguía molesta con él, alzó ambas manos en son de paz. Pero fue ver su expresión y esconderlas detrás de la espalda.

—No temas. No pensaba hacerte nada...

Ella sonrió mientras sacaba una de las dos sillas que había debajo de la pequeña mesa.

—Siéntate —le señaló una—. Lo tengo superado.

Ojalá le sucediera a él lo mismo.

Fue hasta la silla, todavía con las manos detrás de la espalda, y se sentó. El mueble protestó con un crujido y pareció tambalearse bajo su peso. Acomodándose bien contra el respaldo por miedo a que se rompiera, apoyó las manos sobre las rodillas. Luego miró a su alrededor y estiró el cuello para fisgar las otras dos habitaciones contiguas, a las que no llegaba la luz.

Ella señaló uno de los pequeños cuartos que estaba mirando.

–Eso de ahí es el cuartucho.
–¿El cuartucho?
–Donde duermo.
–Querrás decir la cámara de dormir.
–¿Es así como lo llamáis los Brits? –chasqueó los labios–. A vosotros os encanta hacer que todo suene más elegante de lo que es. Es un cuartucho con un catre de paja y un arcón. Nada más.

Robinsón bajó la mirada a sus botas, percibiendo que no le gustaban especialmente los británicos.

–¿Dónde quieres que duerma?

Georgia suspiró.

–Puedes dormir conmigo en la cama. Hay espacio y a mí no me importa.

La miró. Realmente estaba buscando hacerle sufrir.

–No creo que sea prudente que compartamos el mismo lecho.

–No había ninguna cama en ese ómnibus, Robinsón, y sin embargo ninguno de los dos pudo mantener las manos quietas. Viviendo en estas tres habitaciones tan pequeñas nuestros cuerpos van a tener que rozarse un poco, así que será mejor que te vayas acostumbrando a la idea.

–Puede que yo no sobreviva físicamente ni a ti ni a esto –simuló una carcajada–. Sigo bastante impresionado por ese beso que me diste. Fue lo suficientemente bueno como para que quiera más.

–Estoy de acuerdo con que fue bueno, pero a partir de ahora tendrás que abotonarte bien los pantalones y no dejar escapar lo que llevas debajo. Si la urgencia es particularmente fuerte, pide un poco de privacidad y utiliza tu mano. ¿De acuerdo?

Robinsón apretó la mandíbula, sintiendo cómo le subía la temperatura corporal. Hablaba como si fuera un hombre, y no una mujer.

–Te pido que no me hables así, Georgia. Encuentro tan

inquietantes como vulgares esas palabras que salen de tu boca.

Ella volvió a chasquear la lengua.

—Soy una monja comparada con las otras mujeres de mi ambiente, pero haré todo lo posible por no ofenderte —fue hacia la alacena y señaló una botella con un corcho—. Tengo whisky, si quieres. Es de lo mejor que venden a diez centavos el galón y calienta la garganta.

Robinsón silbó por lo bajo.

—En Inglaterra a ese licor lo llamamos «muerte».

Georgia soltó una carcajada. Se volvió hacia él, ladeando la cabeza para observarlo mejor.

—¿Recuerdas algo de Inglaterra?

—No. En realidad, no.

—Ah, mejor así. Bastante tienes con lo que tienes. Y ahora... ¿qué tal si te bebes una buena taza de whisky? Te ayudará a dormir.

Sacudió la cabeza.

—Preferiría que no. Mi mente ya está bastante aturdida sin...

Un golpe resonó de pronto con fuerza en la pared, haciendo temblar todo el cuarto.

Robinsón se levantó rápidamente.

—¿Qué ha sido eso?

Georgia esbozó una mueca y señaló la pared que tenían delante.

—Es John Andrew Malloy. Siente la necesidad de entretener a las masas de cuando en cuando.

—¿Quieres decir que reúne a gente en su casa? ¿A estas horas?

Ella frunció los labios, mirándolo como si fuera un completo imbécil.

Los golpes fueron creciendo en ritmo e intensidad al tiempo que gritos ahogados empezaban a traspasar la pared.

—Así es, Georgia. Vamos... Quiero oírlo...

Una mujer gritó, mezclándose su voz con los gruñidos.

Robinsón enarcó las cejas mientras un rubor de estupefacción se extendía por su rostro. Miró a Georgia y señaló la pared.

—Por Dios. ¿Acaba de... pronunciar tu nombre? ¿O lo he imaginado?

Ella se volvió de golpe y se dirigió a la alacena para ponerse a ordenar y a reordenar todos sus platos. Pese a que ya estaban bien colocados.

Al parecer, no se había imaginado nada.

Rápidos y febriles golpes hicieron temblar hasta los platos que Georgia estaba intentando ordenar.

—Tómalo, Georgia. Toma hasta la última...

Una mujer gritó en medio de un golpe que hizo vibrar el suelo bajo las botas de Robinsón.

—¡Hey, hey, no tan fuerte, John!

Georgia se encogió y se dio la vuelta, con una mano en la boca.

A Robinsón se le hizo un nudo en la garganta. La necesidad de proteger el honor de Georgia se abatió sobre él como una enorme ola. Podía ver que aquello, a ella, no le gustaba nada. Y a él tampoco.

Acercándose a la pared, la golpeó varias veces con el puño.

—¡John Andrew Malloy! —tronó, inclinándose sobre la pared y golpeándola de nuevo—. ¡A no ser que quieras que un puño atraviese este tabique y encuentre tu cráneo, te exijo que desistas de utilizar el nombre de una mujer con la que ni siquiera estás!

Georgia ahogó una carcajada.

—¡Calla, que te va a oír!

Robinsón se apartó de la pared y se ajustó la chaqueta con irritada agitación.

—Rezo a Dios para que me oiga. Eso es una vileza. No deberías escuchar eso. Y yo tampoco.

Georgia soltó un gruñido y se tapó con el delantal la cara.

—Si John entra aquí, me moriré.

—Si John entra aquí, se morirá él.

Un gemido angustiado y un último «Georgia» vibraron en el aire. Muy pronto todo quedó en silencio.

Georgia se quedó al pie de la alacena, todavía con la cabeza debajo del delantal. En realidad se estaba muriendo de risa.

—Nunca podré salir de aquí debajo sabiendo que tú has oído eso —sofocó otra carcajada—. Nunca, nunca, nunca.

Al menos tenía sentido del humor.

—Tendrás que salir en algún momento.

—Ni hablar.

Robinsón se acercó a la puerta cerrada y, a pesar de que no escuchaba nada, anunció:

—Oigo pasos.

Ella se retiró el delantal de la cara y exclamó:

—¡No es verdad!

—No, no es verdad. Pero tú acabas de salir de debajo del delantal, ¿no? —apoyando la espalda en la puerta, cruzó los brazos sobre el pecho. Se esforzaba por aparentar indiferencia pese a que por dentro no podía sentirse más consternado—. ¿Con cuánta frecuencia te hace él eso? ¿Y por qué?

Georgia puso los ojos en blanco, ruborizada.

—Se ha encaprichado un poco conmigo.

—¿Un poco? Estaba gritando tu nombre.

—Oh, de acuerdo, es algo más que un capricho —desvió la mirada hacia la pared y bajó la voz, señalándolo—. Esto no tiene que salir de aquí.

—No diré una palabra.

—John Andrew y esa pelirroja de Anthony Street empezaron a verse hará como un mes. Yo creía que acabarían casándose y hasta me alegré por él. Luego me encontré con la mujer una mañana, cuando estaba comprando boniatos, y ella me dio las gracias por el negocio que le estaba proporcionando. Yo le dije que no sabía de qué estaba hablando y entonces ella se echó a reír y me contó que John Malloy le pagaba cincuenta centavos por montarla por un agujero que *no* debería, y todo esto llamándola «Georgia» –resopló–. Casi me desmayé. Pero mejor ella que yo, ¿no? Eso es lo que me digo.

Robinson inspiró profundamente. Iba a despedazar a aquel John Andrew Malloy.

Se quedaron callados cuando oyeron una puerta cerrarse. Unos pasos firmes se fueron acercando procedentes de la vivienda contigua, seguidos de un golpe que hizo temblar la puerta en la que Robinsón seguía apoyado.

–¡Hey, Georgia! –gritó un hombre al otro lado–. Abre.

Georgia abrió mucho los ojos al tiempo que daba un pisotón en el suelo.

–¡Maldito seas tú y tu boca, Robinsón! Apártate antes de que me haga trizas la puerta.

–Yo pretendo hacerle trizas a él. Perdón –se lanzó hacia la puerta y empezó a descorrer los cerrojos. Iba a desparramar las tripas de aquel canalla por el pasillo.

–¡No! –Georgia lo apartó de la puerta con un empujón y señaló la pared del otro lado que quedaba en sombras, a donde no llegaba la luz de la lámpara–. Escóndete allí y pega la cabeza a la pared. No quiero que te vea la cara.

–¿Estás defendiendo a ese hombre?

–No, te estoy defendiendo a ti –bajó la voz–. Resulta que John es uno de los muchachos, y la regla aquí es no remover la olla antes de que tengas la oportunidad de meter algo dentro. No quiero que vaya por ahí difundiendo rumores para que la gente empiece a darte caza. Esas cosas se le dan bien. Así que escóndete ya.

Él alzó las manos, exasperado, y se dejó caer en la pared en sombras que tenía detrás.

–No digas una palabra hasta que me deshaga de él –lo señaló con el dedo por última vez, como si así pudiera mantenerlo inmóvil, terminó de descorrer los cerrojos y abrió la puerta.

Robinsón enarcó las cejas cuando vio lo que vio a la débil luz de la lámpara, apenas a un par de pasos de su escondite.

Un joven alto y sin camisa, apenas lo suficientemente mayor como para afeitarse de cuando en cuando, se apoyaba con gesto relajado en el marco exterior de la puerta. Su rostro y su pecho lampiño y musculoso brillaban con una fina lámina de sudor, consecuencia del ejercicio sexual. Unos pantalones de lana colgaban precariamente de sus estrechas caderas. Sus grandes pies estaban tan desnudos como el día en que nació. Al acercarse a Georgia, largas guedejas rubias le cayeron sobre los ojos.

–He tenido un día muy largo, Georgia. No lo alargues más todavía diciéndome lo que puedo o no puedo hacer en mi propia habitación.

–Estás tocado de la cabeza, John. Tocado –se tocó la frente con un dedo–. A mí no puede importarme menos lo que hagas en tu habitación. Simplemente no quiero oírlo. Ya haces suficiente ruido.

John esbozó una media sonrisa.

–Solo imagínate el ruido que haría si todo eso estuviera sucediendo en *tu* habitación.

Georgia se puso en jarras.

–Te chascarías al primer empujón, John. Eres demasiado flojo.

Robinsón reprimió una carcajada. Aquella mujer sabía manejar la lengua.

–¿Era Matthew? ¿Era él quien estaba aporreando la habitación como un redomado imbécil? –pasó por delante de Georgia, entró del todo en la cocina y se detuvo en seco al descubrir a Robinsón. Abrió mucho los ojos mientras su rostro bañado en sudor enrojecía aún más–. ¿Quién es este tipo? ¿Y qué está haciendo en tu vivienda?

Robinsón entrecerró los ojos y se apartó de la pared, dispuesto a expulsar a aquel bribón a puñetazos.

–De vuelta contra la pared, Robinsón –le advirtió Georgia, señalándolo con el dedo–. Y no digas una palabra.

Apretando los dientes, Robinsón volvió a dejarse caer contra la pared, pero sostuvo la mirada del joven, como desafiándolo a que se acercara.

John se apartó el pelo de los ojos y se inclinó hacia ella, con su pecho desnudo subiendo y bajando agitado.

–Cielos, Georgia. No puedes confiar en desconocidos. Deshazte de él. Antes de que lo haga yo.

–No te hagas el indignado, John, mientras te acuestas con tus mujerzuelas haciendo ruido suficiente como para despertar a todo el edificio –Georgia agarró al joven por el brazo y lo encaminó hacia la puerta abierta–. Debo un dólar cuarenta y cinco centavos de renta desde que me robaron el bolso y voy a alojarlo aquí para poder pagar la deuda, eso es todo. De modo que no me mires así. Sé lo que estoy haciendo –intentó empujarlo hacia el pasillo.

Pero John liberó su brazo y se giró hacia ella.

–Estás haciendo algo más que alojarlo –se pasó una mano por la cara–. Te lo estás cepillando para sacar dinero extra con el que viajar al Oeste, ¿verdad?

–¡Yo no me lo estoy cepillando!

–¡Pues claro que sí!

Robinsón negó entonces con la cabeza, de lado a lado.

–Tenga usted un poco más de respeto por la mujer –le dijo desde la pared a la que seguía condenado a estar–. Y de paso, señor, póngase una camisa si no quiere escandalizarnos a todos con su falta de refinamiento.

John abrió los ojos de par en par.

–¡Que me aspen! Es un maldito inglés. ¡Señor y todo! –pasando de nuevo al lado de Georgia, John se dirigió hacia Robinsón y pronunció entre dientes–. Será mejor que te marches, si no quieres que la mujerzuela de tu madre en Inglaterra vea la cara que te voy a dejar...

Robinsón se apartó de la pared y se irguió cuán alto era. Con su uno ochenta y cinco de estatura, le sacaba cabeza y media al joven.

–Me gustaría ver cómo lo intentas, pequeño John.

–¡Fuera! –gritó, y le lanzó un puñetazo dirigido al rostro.

Robinsón se hizo a un lado y el puño de John se estrelló en la pared que tenía detrás, horadando el yeso con un golpe sordo que resonó en la habitación.

–¡John! –agarrándolo de la cintura, Georgia tiró de él hacia sí–. Basta. ¡Basta ya!

Robinsón alzó una mano a manera de advertencia, aunque lo que quería realmente era hacer pedazos el cráneo del muchacho.

John se quitó entonces de encima a Georgia y se volvió de nuevo hacia él, respirando aceleradamente.

–Nadie toma a Georgia por una mujerzuela. Nadie, y menos aún un maldito británico.

Sosteniendo la mirada del joven, Robinsón se quitó la chaqueta y la arrojó sobre la silla, como preparándose para lo que estaba a punto de suceder.

–El único que está tomando a Georgia por una mujerzuela eres tú, John. Te sugiero que te marches. Antes de que ella sea testigo de algo que no debería.

Georgia agarró al joven por el brazo con ambas manos y tiró de él hacia atrás, haciendo palanca con su propio peso.

–Como puedes ver, John, a pesar de ser británico, es un caballero que sabe controlar sus puños. Al contrario que tú –enfilándolo hacia la puerta, lo empujó de nuevo al pasillo–. Y ahora vuelve con tu chica.

–No es mi chica –le espetó, girándose hacia ella–. Solo me la estoy cepillando para no volverme loco, porque vivir al otro lado de tu tabique cada hora es como vivir junto al jardín del Edén. ¡Con serpientes y todo!

–No te preocupes, que esta Eva va a trasladar muy pronto su Edén al Oeste. Buenas noches... Adán –cerró de un portazo y corrió los tres cerrojos.

–¡Georgia! –la puerta tembló–. Georgia, por favor, no me hagas esto. Tengo ahorrados dos dólares con treinta y cuatro centavos. El dinero es tuyo si lo necesitas y ten por seguro que no te pediré nada a cambio. Simplemente no... no te lo cepilles.

Georgia descargó entonces un fuerte puñetazo en la puerta.

–¿Es esa la idea que tienes de mí? ¡Vete al diablo, sinvergüenza, antes de que le diga a Matthew que te trocee como un pastel de crema y te sirva a los clientes!

Se oyó un murmullo mientras los pasos se apagaban. Finalmente, un portazo.

–Miserable y vil gusano... –masculló Robinsón–. ¿«Cepillar» significa lo que creo que significa?

Georgia lo fulminó con la mirada.

–Si hubiera sido Matthew o cualquier otro, ahora mismo estarías muerto. No creas que porque mides más de uno ochenta puedes intimidar a esos hombres. Esto no es Broadway, donde la gente arregla sus asuntos con un poco de conversación. La gente de aquí quiere sangre. Quiero que recuerdes esto la próxima vez que abras la boca.

Robinsón apretó la mandíbula.

–Te estaba faltando al respeto a ti y a mí.

–Pues acostúmbrate a ello. Eso es la vida. A veces tienes que tragarte tu orgullo para seguir viviendo –recogió la lámpara de la mesa y desapareció en la habitación contigua, dejándolo momentáneamente a oscuras.

Con gesto cansado, Robinsón se pasó una mano por la cara y esbozó una mueca cuando sus dedos tropezaron con la costra de la herida. Se apoyó en la pared.

–¿Qué edad tenía ese canalla, por cierto? Parecía bastante joven para comportarse así.

–Veintiuno –respondió ella desde la otra habitación. Estaba desdoblando ropa de cama y extendiéndola sobre el jergón de paja–. No es tan pequeño como crees. Yo tenía dieciocho años cuando me casé.

Se la quedó mirando fijamente.

–Eras bastante joven.

–¿Joven? No seas tonto. La mayor parte de las chicas se casan pronto para evitar ir a parar a un burdel, y yo, al contrario que ellas, me casé por amor. Y un gran amor que fue –asintió con la cabeza–. Aunque no durara mucho.

Inclinada sobre la cama, continuó arreglando y volviendo a arreglar las sábanas como si nunca estuviera contenta. Robinsón sospechó que lo hacía para evitar seguir hablando de su matrimonio.

Deslizó una mano por el irregular enyesado de la pared mientras se acercaba a ella.

–¿Así que John es uno de los muchachos?

–Sí. Sabe leer y escribir gracias a ellos.

–De poco le ha servido. Parece un demente.

Ella se volvió para mirarlo, irguiéndose.

–Cumple su función, paga su cuota de sus ganancias semanales y trabaja durante las campañas políticas. Eso es todo lo que los chicos quieren y necesitan. Y aunque John no lo demuestra por miedo a las burlas, tiene un gran corazón y siempre está ayudando a los demás. Hace apenas un año que lo iniciaron en el grupo, después de que uno de nuestros muchachos muriera apuñalado en los muelles –suspiró–. Qué horrible fue aquello.

Robinsón enarcó las cejas.

–¿Quieres decir que cuando uno de ellos muere, lo sustituyen por otro? ¿No encuentras eso terriblemente inquietante?

–No es tan distinto que cuando un club de caballeros

de Broadway pierde a un miembro y lo sustituye por otro. De hecho, hay una lista de solicitantes muy larga. Medio distrito siempre se está quejando a Matthew y a Coleman de que el grupo debería ampliarse. Esos dos, sin embargo, consideran que cualquier número que supere los cuarenta no es ya económicamente excesivo, sino desafortunado.

–¿Y eso por qué?

–Porque son conocidos como los Cuarenta Ladrones. No los cincuenta y seis o los ochenta y dos ladrones.

Robinsón se vio asaltado por una extraña sensación de familiaridad. Parpadeó varias veces, preguntándose cómo era posible que él supiese algo de aquellos hombres. Los cuarenta ladrones.

Dejemos que Alí Babá disfrute del comienzo de su buena fortuna y regrese con los cuarenta ladrones.

«Espera un poco», se dijo.

¿No era eso un cuento?

¿Un cuento que conocía y que había leído en su infancia?

En cierta ciudad de Persia vivían dos hermanos, uno de ellos de nombre Cassim, el otro Alí Babá. Cuando su padre, a su muerte, no les dejó más que una pequeña propiedad que dividió equitativamente entre los dos, habría sido de esperar que sus fortunas fueran las mismas; la suerte, sin embargo, ordenó lo contrario.

«Dios mío». Era indudablemente un cuento, una historia. Al igual que la novela *Robinsón Crusoe*. ¿Qué diablos le estaba pasando?

–¿Los cuarenta ladrones? ¿Como en... Alí Babá y los cuarenta ladrones?

La expresión de Georgia se iluminó.

–Sí. ¿Conoces la historia?

–Es extraño, pero sí. Procede del libro *Las mil y una noches*. Debo de haberla leído. Porque la conozco. En el momento en que mencionaste los cuarenta ladrones, recordé la historia casi entera.

–¿De veras?

Asintió.

–Ese tipo de cosas también me sucedían en el hospital.

Georgia escrutó su rostro durante un buen rato.

–*Robinsón Crusoe* es un libro. Y lo mismo *Las mil y una noches*. Es muy... extraño. Parece que recuerdas los libros. Si puedes recordar algunos de los libros que has leído, imagino que serás capaz de recordar otras cosas también, ¿no te parece?

–Supongo que sí.

–El doctor Carter mencionó que confundías la ficción con la realidad, lo que quiere decir que todo lo que sabes sobre ti mismo no está necesariamente perdido. Puede que esté enterrado, nada más.

–¿Enterrado? –masculló–. ¿Dónde?

Georgia se encogió de hombros.

–No lo sé. ¿No es raro que recuerdes cosas que no estaban allí antes? Te aconsejo que pases más tiempo excavando en esa cabeza tuya. Puede que seas capaz de recordar algo de valor.

Robinsón se inclinó hacia delante.

–He estado excavando como tú dices, Georgia. Créeme, llevo nueve días excavando en mi mente, intentando encontrarle algún sentido, pero mi pala no es lo suficientemente grande y el montón de tierra demasiado alto. No entiendo por qué mi mente no puede recordar ciertas cosas –se acercó al umbral, impidiéndole el paso–. Pero dejemos esta conversación. Solo consigue enervarme. Quiero, sin embargo, saber más sobre esos hombres que se llaman a sí mismos los Cuarenta Ladrones. ¿Son peligrosos? ¿Descuartizan a la gente y la meten en una cueva llena de tesoros que se abre al grito de «Ábrete, Sésamo»?

–Corren todo tipo de leyendas negras sobre ellos, y los

chicos gozan con ellas, pero no son asesinos, Brit. Son rebeldes de baja estofa que buscan prosperar apropiándose del tipo de cosas que nuestro gobierno no les proporciona, dado que todos son o negros o irlandeses. Cuando Matthew y Raymond llegaron por primera vez a la calle Orange, decidieron crear un grupo con la intención de rebelarse contra el gobierno y solucionar el caos en que se habían convertido las calles. Aunque Raymond murió antes de que el grupo estuviera consolidado del todo, Matthew y los chicos han estado en pie de guerra en su honor desde entonces. Todos son unos bobos, si quieres saber mi opinión. Matthew piensa que puede cambiar el mundo, aunque apenas es capaz de mantenerse a sí mismo.

¿Rebeldes de baja estofa alzándose contra un poder corrupto? Ignoraba por qué, pero le caía bien esa clase de gente. La clase de gente que se negaba a resignarse a lo poco que les había sido dado.

—Los hombres que buscan cambiar el mundo para mejor son dignos de admiración, Georgia, que no de burla.

—Oh, yo no me burlo ni de él ni de los demás. Solo me burlo de la manera en que trabajan. Matthew siempre está robando para cubrir los gastos que eso acarrea y eso acaba minando su código ético. Es lo que yo llamo un santo sin corona.

—Me gustaría conocer a ese Matthew tuyo. Me intrigan sus motivaciones.

—¿Te intrigan? En el nombre de Belcebú, ¿qué crees que es todo esto? ¿Un espectáculo de feria? —se dirigió hacia él, sacudiendo la cabeza—. Tú no entiendes lo que es que te sangren los nudillos en nombre de la pobreza. A ti nunca te han escupido a la cara y te han llamado «negro» aunque tu piel es blanca. Los hombres de este distrito, Brit, son negros, judíos, italianos o irlandeses y se meten a robar. No porque quieran, sino porque el mundo no les da ninguna oportunidad de conservar su dignidad. Y que no recuerdes la bonita vida que llevabas en Broadway no quiere decir que de repente seas uno de nosotros. Será mejor que recuerdes esto cada vez que te sientas *intrigado* por algo.

Robinsón se apoyó en el marco de la puerta, sosteniéndole firmemente la mirada.

—Quizá mi vida no sea tan bonita como tú piensas. Quizá no recuerde una maldita cosa sobre mi vida, Georgia, porque no exista absolutamente nada de valor que recordar.

Georgia parpadeó rápidamente.

—No digas esas cosas a menos que sean ciertas.

Él la fulminó con la mirada, tenso.

—¿Importa acaso lo que yo pueda decir cuando tú pareces tan decidida a insultarme a mí y a una vida que ni siquiera puedo recordar?

Georgia bajó la vista, jugueteando con el borde de su delantal.

—Lo siento. No quería ser dura, pero Matthew y los chicos son más irlandeses y más negros que nadie, y yo quería advertirte antes de que te asociaras con ellos. Con gusto te sacarán tu dinero y hasta las botas. Así es como son. Y a pesar de lo que puedas pensar, yo no soy como ellos —soltó su delantal y alzó la mirada hacia él—. Siento haberte insultado.

Conmovido por su candidez, Robinsón asintió con la cabeza.

—Me conmueve sinceramente, madame, que me hayáis pedido disculpas. Gracias.

Georgia sonrió levemente.

—Otra vez a vueltas con el madame —blandió un dedo ante su cara, con gesto juguetón—. Será mejor que no uses eso con las mujeres.

—Ah. ¿Y eso por qué?

—Porque cada mujer de este distrito se abalanzará sobre ti solo por la oportunidad de escucharlo. Están acostumbradas a tratar con los caballeros de la pala, la escoba y la azada, y no con un caballero con un rostro y un cuerpo impresionantes.

A Robinsón le temblaron los labios mientras se esforzaba por reprimir una sonrisa.

—¿Te parecen impresionantes mi rostro y mi cuerpo?

—Oh, ahora que no se te suba eso a la cabeza. Solo era un aviso. Aquí los hombres son monstruosamente territoriales por lo que se refiere a sus mujeres. Una mirada equivocada a la mujer equivocada y estás muerto. Procura recordarlo.

Enarcando una ceja, Robinsón señaló la pared con el pulgar.

—Eso explicaría la reacción de ese John Andrew Malloy. ¿Tú y él alguna vez...?

Georgia desvió la vista y suspiró.

—No duró mucho. Él no quería viajar al Oeste y yo no quería verme encadenada a una vida llena de bebés en esta casa. Así que lo dejé antes de que la cosa se pusiera seria y el pobre no se ha recuperado desde entonces.

Experimentó una violenta punzada de celos cuando pensó que probablemente ella había hecho mucho más que besar al tipo, dada la necesidad que sentía el canalla de montar a mujerzuelas.

—¿La cosa fue más allá de un beso?

Georgia lo fulminó con la mirada.

—No veo qué puede interesarte eso.

—Teniendo en cuenta que esquivé un puñetazo suyo por tu culpa, yo diría que sí me interesa. ¿Cómo es que te relacionaste precisamente con ese tipo y con esos otros hombres, por cierto? ¿Qué son ellos para ti?

Georgia se desató el delantal y lo arrojó contra la cama.

—Raymond fue uno de los fundadores del grupo. Al casarme con Raymond, me casé también con su forma de vida, y cuando él murió, me quedé con Matthew, Coleman y un puñado de hombres que seguían pensando que yo era una especie de reina necesitada de que me mimaran. Estúpidos. Me muero de ganas de deshacerme de ellos.

Robinsón cruzó lentamente los brazos sobre el pecho y bajó la mirada al suelo de tablas, sintiéndose momentáneamente confuso. Aquel nombre. Coleman. ¿De qué lo conocía?

–¿Quién es Coleman?

–Es un alma negra, negra. Después de la muerte de Raymond, Matthew y él se dividieron la autoridad sobre el grupo y así ha sido desde entonces.

Señor Coleman, vuestros propios documentos son suficientes para condenaros.

Alzó la mirada, enarcando las cejas.

–Qué extraño... Edward Coleman es el nombre de un dignatario eclesiástico inglés que fue colgado y descuartizado por traición en 1678. Aunque, evidentemente, dada esa fecha, no puede tratarse del mismo Coleman.

Georgia alzó la mirada hasta su rostro.

–Recuerdas cosas muy raras. Si pudieras recordar algo que nos fuera de utilidad... ya sabes, algo como tu nombre y tu dirección. Incluso el nombre de tu perro sería de mayor ayuda que el de un católico que murió en 1678.

Robinsón no pudo evitar preguntarse si la única razón por la que quería que recordara no sería la de poder recoger el dinero que le había ofrecido y perderlo así de vista.

–Solo espero que no te desilusiones pensando que mis seis dólares no van a acarrearte otra cosa que una decepción.

–No me hables con esa altanería cuando hace un rato lo que querías era mi tierra y mis manzanos.

Él alzó la barbilla, irritado.

–Eso no fue más que un momentáneo lapso en mi buen juicio que pretendo no vuelva a repetirse.

–¡Bah! Te has picado porque sabes que tengo razón. Y ahora, a la cama –volviéndose hacia el espejo resquebrajado de la pared que tenía detrás, se quitó las horquillas del pelo. Con un rápido movimiento, la abundante masa de rizos se derramó como una cascada sobre sus finos hombros, cubriéndole toda la espalda.

Robinsón retrocedió, resistiendo su propio estúpido impulso de desnudarse del todo y acostarse con ella.

—Probablemente no debería dormir contigo.

—No hay que darle demasiada importancia a eso, Robinsón. Las camas también están hechas para dormir, ¿sabes?

—No —sacudió la cabeza—. Si me meto en una cama contigo, dormir será lo último que tenga en mente. Eso es seguro. ¿Hay algún otro lugar donde pueda dormir?

Georgia suspiró.

—Si quieres romperte la espalda y compartir el suelo con las cucarachas, tú mismo. A mí no me importa. Yo solo estaba intentando ser hospitalaria.

Lo de las cucarachas pintaba mal. Las conocía de su estancia en el hospital. Estaba escuchando ya el sonido de sus patitas de alambre lanzándose a por él.

—Dormiré en una silla.

—Veremos cuánto tiempo dura usted sentado, señor Botones de Plata. En la habitación delantera tienes una palangana con agua limpia si necesitas lavarte. Tengo jabón de sobra y otro cepillo para los dientes, también. En cuanto al retrete, está en la parte trasera del edificio. Y ahora... buenas noches, Brit.

—Buenas noches —dijo mientras se instalaba en la silla. Se removió en el desvencijado mueble, se detuvo y volvió a removerse, incapaz de encontrarse cómodo. Claramente aquel iba a ser el principio de un infierno.

Capítulo 6

Es común maravilla de todos los hombres que, entre tantos millones de rostros, ninguno sea igual a otro.
Thomas Browne, *Religio Medici* (1642)

Qué raro.

Georgia abrió de golpe los ojos, creyendo haber escuchado su nombre a lo lejos. Se revolvió en la cama, arrastrando consigo la áspera sábana, y parpadeó varias veces hasta que descubrió que todo estaba en calma. La radiante luz del verano se colaba por la puerta abierta del cuartucho, procedente de las estrechas ventanas de la habitación delantera. ¿Era ya de mañana?

La puerta de la vivienda tembló de pronto en sus goznes, haciéndole dar un respingo.

–¡Georgia Emily! –tronó Matthew–. Abre la puerta. ¡Ahora!

El corpachón de Robinsón se incorporó de la silla en la que había estado durmiendo en la cocina. Buscando su mirada a través de la puerta abierta, le dijo:

–Tú.

–Sí, yo –repuso, haciendo a un lado las sábanas–. Espero que te acuerdes de mí.

—Demasiado bien —recogió su chaqueta del respaldo de la silla y se la puso, cubriéndose la camisa y el chaleco sin botones. Volvió a mirarla, carraspeó y se peinó su negro pelo hacia atrás, con los dedos.

Un potente crujido resonó en la habitación cuando la puerta volvió a temblar sobre sus goznes.

—¡Georgia! —vociferó Matthew desde el otro lado—. ¡Abre!

Robinsón señaló la puerta con el pulgar.

—Espero fervientemente que no le dejes entrar. No parece de muy buen humor.

Ella ahogó una carcajada y se cubrió las desnudas piernas con las faldas del camisón, antes de bajar de la cama.

—No es tan malo —y se apresuró a salir del cuartucho.

La puerta tembló otra vez, con sus tres cerrojos.

—¡Georgia!

—¡Ya te oí la primera vez! —replicó, encogiéndose para pasar al lado de Robinsón.

Robinsón se apartó y levantó ambas manos como para no tocarla.

—Deberías vestirte —gruñó, desviando la mirada—. Puedo distinguir tu camisola y tu corsé a través de ese camisón tan fino.

—Se trata de Matthew. El chico de Raymond. Podría pasearme desnuda delante de él y ni siquiera me miraría. Y no es que vaya a pasearme desnuda. Era una forma de hablar.

Robinsón se apretó todavía más contra la pared y clavó los ojos en el techo.

—¿Vas a pasar de una vez?

Georgia se le acercó entonces a propósito, sabiendo lo mucho que lo turbaba su proximidad. Era demasiado tentador.

—Puede que esta sea tu única oportunidad de ver todo lo bueno, Brit. Disfruta mientras puedas —con la lengua entre los dientes, le clavó un dedo en el pecho en un gesto juguetón–. Quédate donde estás y no abras la boca, y menos aún para repetir lo que dijiste ayer.

Dirigiéndose descalza a la puerta, descorrió los cerrojos.

Apenas había entreabierto la puerta cuando vio asomar una bota. Saltó hacia atrás en el instante en que la puerta se abrió de par en par y golpeó la pared, haciendo temblar la vajilla de la alacena.

–¿Era eso necesario, dado que ya estaba abriendo la puerta?

Matthew apareció en el umbral, mirándola con su único ojo, negro como el carbón. El viejo parche de cuero que le cubría el otro estaba torcido, como si se lo hubiera puesto a toda prisa, con una correa que le atravesaba el pelo castaño decolorado por el sol. Llevaba abierta la deshilachada camisa y ni siquiera se había molestado en meterse los faldones debajo del pantalón de lana.

Georgia alzó una mano.

–Estás exagerando. Sabes que John sigue aún dolido porque no me quedé con él, así que yo no me creería nada de lo que dijera.

Matthew bajó el mentón, sombreado por la barba.

–Si ese petimetre inglés tuyo no se ha quedado a pasar la noche, entonces nada tiene que temer, ¿verdad? –dijo, y entró en la habitación. Al descubrir a Robinsón, sacudió la cabeza–. Pero veo que sí se ha quedado. Así que es hombre muerto.

Llevándose una mano a la espalda, sacó la pistola de la funda de cuero que llevaba sujeta a la cintura y encañonó con ella la cabeza de Robinsón. La amartilló.

–Salga fuera, Brit. No quiero manchar de sangre las paredes.

–¡Matthew! –Georgia se interpuso entre ambos, con el pulso rugiendo en sus oídos, y se apretó con gesto protector contra el cuerpo de Robinsón–. ¿Te acuerdas del hombre al que hospitalizaron por intentar recuperar mi *reticu-*

le? ¿Aquel del que te hablé? Bueno, pues es este. Lo estoy alojando. Me prometió que me daría seis dólares por alojarlo durante todo el mes y ya sabes que necesito el dinero para viajar al Oeste.

Matthew no se molestó en guardar la pistola. En lugar de ello, lanzó a Georgia una mirada irónica al tiempo que bajaba amenazadoramente el cañón hacia ella.

—¿Seis dólares de renta? ¿Cuando fácilmente podría alojarse por tres centavos al día? ¿Me estás tomando el pelo, Georgia? Diablos, por seis dólares, hasta me lo cepillaría yo.

Ella entrecerró los ojos, nada divertida.

—Que me lo cepille o no me lo cepille no es asunto ni tuyo ni de John —alzó una mano y apartó la pistola de su cara con un gesto de disgusto—. Mírate. Apuntándome con la pistola. ¡Si te viera tu padre! Puede que sea más joven que tú, Matthew, pero legalmente sigo siendo tu madre y todavía puedo darte unos buenos azotes. Así que lárgate, ¿me has oído? Lárgate y no vuelvas a tocar a este hombre ni a encañonarlo con tu pistola... ¡o por Dios que me lo cepillaré delante de ti y de todos los vecinos de Five Points solo para acallaros de una vez!

Se hizo un silencio en la habitación.

Georgia sintió de pronto la gran mano de Robinsón en la parte baja de su espalda, cerrándose posesivamente en torno a la cintura de su camisón y acelerándole el pulso. La atrajo entonces hacia el calor de su cuerpo musculoso con orgullosa posesividad.

Ella inspiró profundamente, intentando no pensar en el hecho de que toda su espalda y su trasero estaban en ese momento en contacto con el cuerpo de Robinsón. Apoyándose en él, le dio un fuerte pellizco en el muslo por haberse atrevido a meterle mano con Matthew apuntándolo todavía con la pistola.

Matthew suspiró y bajó el arma.

–¿Cuál es su nombre?
–Robinsón Crusoe –respondió ella.
Matthew arqueó una ceja.
–¿Se llama Robinsón Crusoe? –resopló, escéptico–. Puede que te olvides, *mamá,* que tuve tutores de niño y leí ese maldito libro en su integridad a una edad en la que tú todavía gateabas. ¿Cuál es su verdadero nombre?
–No lo sabe, Matthew –explicó con un suspiro–. Y no ha sido capaz de recordar gran cosa desde que se despertó en el hospital. El doctor Carter está intentando localizar a su familia, y yo me he ofrecido a alojarlo y cuidarlo hasta que la encuentre.
Matthew la miró bizqueando con su único ojo visible.
–Diablos. ¿Ni siquiera recuerda el nombre con que le bautizaron?
–No, no puede –insistió–. El doctor Carter lo llama «vacío de memoria».
–¿«Vacío de memoria»? ¿Qué diantres es eso?
–¡No lo sé! Simplemente no se acuerda de las cosas.
–¿Puede al menos hablar? ¿O acaso también se ha olvidado de eso, por su propia conveniencia?
–Puedo hablar, señor Milton –intervino Robinsón con tono de reproche–. Y a pesar de sus dudas relativas a mi condición, le aseguro que estar en mi propia cabeza es en estos momentos algo extremadamente inconveniente. Le sugiero que guarde la pistola.
Pero Matthew alzó el arma y le encañonó la sien.
–Yo no hago las cosas porque me las diga nadie. Puede que Georgia no tenga una reputación que mantener, pero yo sí.
Georgia saltó ante aquel insulto, amenazándolo con el puño.
–¡Vas a llevarte unos buenos azotes!
Robinsón alzó una mano, obligándola a apartarse de Matthew.

—Señor Milton. Georgia mencionó que podría estar usted necesitado de fondos. Yo estaría más que dispuesto a hacer una contribución económica con tal de poner fin a esta hostilidad.

Georgia bajó el puño y miró a Robinsón, que seguía sosteniendo firmemente la mirada de Matthew, nada intimidado por la pistola con la que le apuntaba la cabeza.

«Bravo», exclamó para sus adentros. Parecía que Robinsón era más despabilado de lo que había imaginado. Matthew, después de todo, era como una casa de beneficencia andante dispuesta a hacer lo que fuera por dinero.

Bajó la pistola.

—Considéreme entonces un amigo desde el momento en que su generosidad favorezca esta mano, señor Crusoe —se guardó de nuevo el arma en la funda de la cintura, bajo los faldones de la camisa. Después de secarse la palma en el pantalón, le tendió la mano—. Nunca antes había estrechado de buena gana la garra de un inglés, pero ante todo soy un hombre de negocios, y mi negocio principal es proveer a mis muchachos.

Georgia vio que Matthews se ajustaba su viejo parche de cuero como solía hacer cada vez que estaba entusiasmado con algo, mientras le preguntaba con naturalidad:

—¿Exactamente de cuánto dinero estamos hablando? Necesito ropa, botas, comida, mapas, papel, tinta, cera, plumas y libros. Y esa es la lista corta. Mientras Coleman adiestra a los chicos en la lucha, yo les enseño a leer y a escribir para que puedan ejercer sus derechos tal y como está escrito en la Constitución de los Estados Unidos. Porque mi lema es el que tenía mi padre. De nada sirve el músculo si no hay un cerebro detrás. Fue así como Alí Babá acabó con los cuarenta ladrones, y es justamente por eso por lo que nos llamamos de esa manera.

Robinsón silbó admirado.

—Eso no es en absoluto lo que había esperado de un grupo de ladrones callejeros.

Matthew inclinó la cabeza.

—Solo robamos cuando nos vemos obligados a ello. Que, tristemente, es la mayor parte del tiempo, dados los gastos que exige mantener y educar a cuarenta hombres —señaló la pared—. John *todavía* tiene un nivel de lectura que avergonzaría a un irlandés y aún no es capaz de escribir de manera legible. Se lo dije esta misma mañana, cuando vino a quejarse sobre usted y Georgia: que hasta que no alcanzara un respetable nivel de educación, ninguna mujer lo respetaría. Especialmente Georgia, que fue educada por mi propio padre. Yo apenas tenía veinte años cuando la conocí. Estaba hecha una pena cuando él se la encontró dormida dentro de un bidón de carbón, como el angelito tiznado que todavía es. En aquel tiempo, ni siquiera sabía para qué diantre servía una pluma. Mírela ahora. Lee y escribe mejor que yo, es más lista que yo y hasta encuentra tan estúpidos a los hombres de este distrito que ha decidido marcharse al Oeste.

Robinsón se volvió entonces para mirarla. En sus ojos grises brillaba una genuina admiración.

—Yo la encuentro absolutamente extraordinaria —admitió con voz ronca.

Aquello aceleró el pulso de Georgia.

Desviando de nuevo la mirada hacia Matthew, Robinsón añadió con naturalidad:

—Ladrones y pistolas al margen, señor Milton, admito su voluntad de educar a esos hombres. Sin una educación esos muchachos no pueden pensar por sí mismos, y mucho menos elevarse por encima de su situación.

Matthew le dio una fuerte palmada en la espalda.

—Ahora entiendo por qué John estaba tan molesto. Es usted un gran tipo y eso debió de hacerle sentir lo poca cosa que es él.

—Me halaga usted —sonrió Robinsón—. Ese chico podría hacer que cualquier hombre a su lado pareciera bueno.

—Tiene toda la razón, Brit. Toda la razón. ¿Llegamos pues a un mutuo acuerdo? Durante todo el tiempo que permanezca usted en este distrito, estará bajo mi protección. ¿Que qué quiere decir eso? Quiere decir que, para el final de esta jornada, hasta el último hombre de este distrito sabrá que aquel que le ponga una mano encima, me la pondrá a mí. Y a mí no me gustan los hombres que me ponen la mano encima. Así que tampoco me gustarán los que se la pongan a usted. ¿Suena sucio? Créame que lo es.

Georgia vio que Matthew señalaba el rostro de Robinsón y la señalaba luego a ella.

—Y ahora, sea lo que sea lo que esté sucediendo entre ustedes dos, yo no quiero saberlo. Pero aunque vaya a dejarlos jugar a los dos en paz, no se piense usted que podrá apuñalar el corazón de esta niña, señor Crusoe. Porque si lo hace, no solo le sacaré los ojos con mis pulgares, sino que lo entregaré a los muchachos durante una noche entera, muy larga, que solo terminará cuando la última gota de sangre de su cuerpo se cuele por la alcantarilla. ¿Entiende usted?

Robinsón alzó ambas manos.

—Ciego. Sangre. Muerte. Lo entiendo. No le apuñalaré el corazón. Tampoco pensaba hacerlo.

Matthew sonrió.

—Es listo, el tipo.

Georgia se cruzó de brazos.

—Más que tú, seguro.

Matthew se volvió de nuevo hacia Robinsón.

—Si Georgia se ha llevado seis dólares por ofrecerle un techo, yo le pediré otros seis por conservarle la vida. Menos de seis sería un insulto, teniendo a cuenta la oferta.

Robinsón echó mano al bolsillo interior de su chaqueta.

—Una vez que le haya entregado a Georgia los seis que

le debo, le daré a usted la mitad de lo que me quede. ¿Le parece bien?

Georgia perdió el aliento y lo agarró de las solapas de la chaqueta, frenética.

—¡Ni se te ocurra hacer eso! ¡Ni siquiera lo has contado!

Robinsón bajó la mirada hacia ella y replicó con un tono inusualmente frío:

—Es solo dinero, Georgia. Y ahora suéltame la chaqueta.

Se la soltó, suspirando.

—Robinsón...

—Basta —la fulminó con la mirada y sacó su cartera de cuero—. No soy tan inconsciente como parezco.

Que San Pedro los salvara a todos, pensó Georgia. Lo rodeó nerviosa y agarró a Matthew del brazo, sacudiéndoselo.

—Matthew. No aceptes la mitad. Este hombre no tiene la menor idea de cuándo vendrá su familia a rescatarlo.

Matthew alzó una mano.

—Es él quien me la ofrece.

—Ya lo sé, pero no está en su sano juicio —meneó la cabeza y fulminó con la mirada a Robinsón—. No les des más de seis. Es un ladrón que merece que lo cuelguen, no que lo mimen.

Robinsón desató el cordón de su cartera de cuero, ignorándola. Luego se volvió hacia la mesa y volcó encima su contenido. Un reloj de bolsillo rodó por la madera blanquecina, junto con una billetera de piel. Sacudió nuevamente la cartera y cayó un grueso taco de billetes doblados.

Ver todo aquel dinero sobre la mesa fue como ver una criatura mitológica en carne y hueso.

Mathew soltó un silbido y se abalanzó sobre la mesa.

—¿Es esto todo lo que tiene?

Georgia lo golpeó en un brazo.

—¿Te parece poco?

Robinsón levantó el reloj, sosteniéndolo de la cadena y balanceándolo de un lado a otro.

—Esto es todo lo que tengo. Ni siquiera puedo recordar cómo llegó esto a mi poder —dejó caer el reloj sobre la palma de su otra mano y acarició el cristal con el pulgar.

Matthew inclinó la cabeza para ver si podía oír el tictac.

—¿Tiene una llave para darle cuerda?

—No —Robinsón frunció el ceño mientras se acercaba la esfera a los ojos—. Tiene el número 365 y se puede leer *Thomas Hawkins, Londres* —alzó la mirada—. Debe de ser de allí de donde procedo.

—¿De veras? —inclinándose más para poder examinar mejor el reloj, Matthew rascó el metal con la uña. Rápidamente miró a Robinsón, sorprendido—. Diablos. Esto no es latón pintado. ¿Quién diantres es usted? ¿Algún rico comerciante?

Robinsón bajó de nuevo la mirada al reloj.

—Si supiera quién soy, señor Milton, no estaría aquí entregándole estos billetes. Tendremos que llegar a conocernos más. Me gusta hacer amistades.

Georgia puso los ojos en blanco.

—No le hables así. Él no es un político al que puedas comprar. Sal de aquí. Recoge tu maldito dinero y márchate, Matthew. Vete. Ahora.

—Yo solo estoy intentando ayudar, Georgia —la reprendió Matthew mientras se inclinaba hacia Robinsón y señalaba el reloj—. La gente suele grabar sus nombres en el dorso para evitar que se los empeñen otros. Quizá el suyo tenga una inscripción. ¿Ha mirado?

Aquello llamó la atención de Georgia.

—No sé cómo no se me ha ocurrido antes. ¿Hay algo grabado?

Robinsón volvió el reloj y lo examinó.

—No. Me siento como si tuviera en la mano la llave de

una puerta que se niega a abrirse –de repente dejó caer el reloj sobre la mesa y se volvió para mirarla, tenso–. ¿Sabías cuánto dinero tenía en la cartera antes de que me la entregaras? ¿Es por eso por lo que te dio tanto miedo que le diera la mitad a Matthew?

Lo miró nerviosa.

–El doctor Carter me dijo la cantidad, pero te juro que en ningún momento abrí la cartera ni la toqué. Te la di en el mismo momento en que entraste al despacho.

Robinsón frunció el ceño.

–¿Entonces por qué solamente me pediste seis dólares, sabiendo que tenía mucho más?

Fue como si por fin se hubiera dado cuenta de que ella no era una ladrona.

–Pedirte más de lo que necesito es avaricia. Algo de lo que Matthew se enorgullece, no yo.

Robinsón volvió a mirar el montón de billetes.

–Señor Milton, no puedo darle la mitad.

Matthew se encogió de hombros

–Lo único que necesito son los seis dólares.

–Bien –Robinsón recogió varios billetes del montón, los contó y los dobló. Volviéndose hacia ella, se los entregó–. Cuarenta y cuatro dólares para cubrir tu viaje y tu tierra. Tómalos.

Georgia se lo quedó mirando estupefacta. No había conocido tanta generosidad ni tanta amabilidad en un hombre desde que Raymond la encontró dentro de un bidón de carbón y le descubrió un mundo de palabras, paciencia y respeto que jamás antes había imaginado.

Tragó saliva y sacudió la cabeza.

–Yo solo necesito seis.

La mirada de Robinsón se suavizó.

–Necesitarás más.

Volvió a sacudir la cabeza.

–No puedo aceptarlo, Robinsón. Es demasiado.

Matthew le quitó los billetes de la mano y los puso en la de Georgia. Acto seguido, agarrándola de los hombros, la empujó contra Robinsón.

–Dale las gracias a este hombre, en lugar de hacerte la estirada. Lo necesitarás para tus elevados planes de jugar a granjera.

Estrujando los billetes en su mano temblorosa, Georgia alzó la mirada hacia Robinsón, que seguía aún ante ella, expectante. Aquel hombre era su billete para el Oeste. Sonrió.

–Solamente los acepto porque probablemente los necesitaré. Gracias. Significa mucho para mí saber que te importo.

Él inclinó la cabeza.

–Me importas mucho más de lo que crees –volviéndose, contó el resto del dinero y volvió a dividirlo. Apartando la mitad, dobló los billetes y se los entregó a Matthews–. Cuarenta y cuatro. He decidido dividirlo todo en tres partes. Me parece justo.

Matthew vaciló.

–¿Está seguro de que quiere entregarme tanto?

Robinson hizo un gesto.

–Tómelo.

Matthew recogió el dinero y se lo metió en un bolsillo del pantalón.

–Gracias. Yo... –carraspeó, mostrándose inusualmente incómodo–. No se arrepentirá de haber invertido tanta generosidad en mí y en el distrito.

Robinsón cruzó los brazos sobre el pecho.

–Eso espero.

Matthew frunció el ceño. Vaciló, palpándose el bolsillo. Miró a Georgia y luego otra vez a Robinsón.

–Estos billetes son suyos, ¿verdad?

–Estaban en mi bolsillo –Robinsón se giró hacia el resto de billetes que quedaban sobre la mesa y empezó a recogerlos y a alisarlos–. Todos parecen muy nuevos, como si me hubiesen sido entregados por el mismo banco. Así que probablemente sí, son míos.

–Puede que no lo sepa, pero los bancos guardan registro de todo lo que entra y sale de sus cajas. Si llevo estos billetes al banco que los emitió, puede que sean capaces de rastrear su origen, lo cual podría proporcionarnos un nombre. Quizá incluso su nombre.

Robinsón lo miró.

–¿Haría usted eso por mí?

–Por supuesto. Considérelo una muestra de agradecimiento por la inesperada generosidad que ha mostrado con Georgia y conmigo –volviéndose hacia ella, juntó las manos–. Cuarenta y cuatro dólares y ni siquiera he tenido que usar la pistola. Me cae bien.

Georgia puso los ojos en blanco.

–¿Podrías dejarle después algo de ropa? Solo tiene la que lleva puesta.

–Claro que sí, cariño –caminó hacia la puerta, salió y cerró con un entusiasta portazo. Sus pasos se fueron apagando en las escaleras.

Georgia se encontró con la mirada de Robinsón y sacudió lentamente la cabeza.

–Haberle dado a Matthew una cantidad tan obscena de dinero no hará sino volverlo todavía más codicioso de lo que ya es. Eres consciente de ello, ¿verdad?

Robinsón se volvió para terminar de recoger su dinero, que volvió a guardar en la billetera de cuero.

–Mejor pagar a un codicioso en dinero que en sangre –todavía de espaldas a ella, dejó el reloj sobre la billetera y le preguntó con tono malhumorado:

–¿Por qué me odias?

Georgia parpadeó asombrada. Estrujando los billetes en la mano, se le acercó.

–Yo no te odio –situándose detrás de él, le tocó un brazo con su mano libre–. ¿Por qué dices eso?

Sintió la tensión de sus músculos bajo sus dedos cuando se volvió del todo hacia ella, rozándola con su cuerpo. Se le acercó demasiado y de manera deliberada, como si quisiera intimidarla físicamente.

–Porque tu tono no siempre es tan amable como a mí me gustaría. ¿Te gusto acaso?

Era tan enternecedoramente directo y real... Hacía que a su alma le entraran ganas de derretirse como mantequilla en una sartén.

–Me gustas, Robinsón.

–¿De veras?

–Por supuesto que sí.

Le sostuvo la mirada.

–¿Lo suficiente como para que me beses otra vez?

Ella reprimió una sonrisa.

–Me gustas lo suficiente como para darte un beso en la mejilla. ¿Te sirve?

–No. Quiero que me beses en la boca.

–Te besaré en la mejilla y luego decidiremos si hay más o no. Lo tomas o lo dejas.

Él vaciló en un principio, pero luego se inclinó hacia ella, ofreciéndole la mejilla buena.

–Está bien.

Descalza como estaba, Georgia se puso de puntillas. Agarrándose a su camisa para sujetarse, acercó los labios al calor de su mejilla. La barba la raspó ligeramente. Besó con ternura aquella piel, una y otra vez, descubriendo de pronto que deseaba mucho más que eso. Deslizando las manos por sus sólidos hombros, lo besó todavía una vez más.

La mano de Robinsón rodeó entonces su cintura, con su ancho pecho subiendo y bajando contra el suyo mientras deslizaba a su vez los húmedos labios por su mejilla, cada vez más cerca de su boca.

Georgia se apoyó en él con los ojos medio cerrados, incapaz casi de respirar. Luchaba contra el impulso de apoderarse de aquella boca que se hallaba tan cerca de la suya. Luchaba también para no bajar las manos a la bragueta de su pantalón, para no alzarse las faldas y montarlo allí mismo, contra la mesa, solo para saber lo que se sentía. Dudaba que él se resistiera, pero dado lo perdido y desorientado que estaba, lo último que ella quería era aprovecharse.

–Hazlo –murmuró Robinsón contra su piel. Sacó la lengua y delineó eróticamente el contorno de sus labios con su húmedo calor.

El estómago de Georgia dio un vuelco, consciente de que le había leído el pensamiento. Le soltó la camisa y se apartó.

–No deberíamos.

Él se apoyó pesadamente en la mesa, haciéndola crujir y tambalearse bajo su peso, y se agarró con fuerza al borde. La gruesa forma de su erección resultaba visible en la bragueta del pantalón.

–¿Por qué no? ¿No soy lo suficientemente atractivo?

Solo un hombre que había perdido el juicio habría necesitado una explicación acerca de por qué no debían ceder al deseo. Alzó rápidamente el fajo de billetes.

–Tengo que guardar esto.

–No has respondido a mi pregunta. ¿No me encuentras atractivo?

–Nos estamos implicando demasiado, Robinsón. No es que no te encuentre atractivo. Es todo lo contrario, créeme… Es que ni siquiera sabemos quién eres y me preocupa que esto no acabe bien para ninguno de los dos –se volvió para retirarse apresurada a la habitación delantera.

Aunque nada habría sido más fácil que desnudarlo y dejar que lo que estaba bullendo entre ellos explotara, estaba segura de que nada bueno habría salido de ello. Los ricos caballeros no se casaban con las muchachas pobres de Five Points. Solo se las «cepillaban». Eso lo sabía ella, aunque él no. Y aunque ella no tuviera ningún escrúpulo en ceder al burbujeante deseo que hervía en su interior, porque no era ninguna remilgada virgen, intuía que era mucho más que su cuerpo lo que Robinsón podía llegar a «cepillarse». Su sueño de tener una tierra propia y convertirse en una mujer independiente, hecha a sí misma, quedaría arruinado. ¿Y si terminaba embarazándose?

Se apresuró a correr las remendadas cortinas de las tres ventanas que daban a la calle, atenuando la luz que entraba a raudales en la habitación. Robinsón entró también en la habitación y cruzó los brazos sobre el pecho, apoyándose en la pared opuesta.

—¿Qué estás haciendo?

—Asegurarme de que nadie vea dónde guardo el dinero —se acercó a la pared que había forrado desde el suelo hasta el techo con carteles y hojas volantes que Raymond había coleccionado de los mítines políticos en los que había participado. A ella nunca le había interesado la política, pero aquellos papeles se habían revelado muy útiles, porque escondían los agujeros de las paredes.

Se detuvo ante un cartel con el eslogan *Los verdaderos demócratas se reúnen aquí*. Se volvió para mirar a Robinsón y entonó:

—Ábrete, Sésamo.

Volviéndose de nuevo, desclavó las chinchetas de la parte baja del cartel y metió la mano en el agujero irregular que había detrás. Palpó el interior hasta que sus dedos encontraron la caja.

Agarrándola, la sacó cuidadosamente para no volcarla. Era de madera tallada. Limpió el polvo de la tapa, con un adorno floral en relieve. Luego la abrió y guardó en ella los billetes que le había dado Robinsón, que fueron a juntarse con otros billetes y con monedas de todos los tamaños.

Cerró la tapa y la acarició con genuino orgullo, consciente de que al fin había conseguido lo que nunca había creído posible. Tenía noventa y ocho dólares con noventa y seis centavos gracias a Robinsón, cuando solamente había necesitado sesenta para viajar al Oeste y reclamar su medio acre de tierra.

Sonrió, tocando la caja como para asegurarse de que era real.

–Mi padre me dio esta caja. Como si supiese que yo la llenaría con un sueño del que él nunca podría formar parte.

Sintió una mano grande en su cintura y dio un respingo. Miró a Robinsón por encima del hombro, dándose cuenta de que había estado detrás de ella durante todo el tiempo.

Él le apartó la larga melena suelta sobre un hombro. El roce de las yemas de sus dedos le arrancó un estremecimiento. Su mirada resbaló hasta la caja que tenía en las manos.

–¿Qué le sucedió a tu padre? –le preguntó él con una voz tan suave que le hizo desear volverse y apoyar la cabeza en su pecho.

Bajó los ojos a la caja, apretando su alisado borde contra su estómago. Se le cerró la garganta. Rara vez hablaba de su padre.

–Nunca lo sabré.

Robinsón la obligó suavemente a volverse, acercándola hacia sí.

–Perdona. No tienes ninguna obligación de contarme nada de él.

–No. Quiero hacerlo. Cuando lo hago, me siento como si lo estuviera honrando de alguna forma –se apoyó contra su pecho–. Mi padre trabajaba en los muelles pintando barcos y cargando cajones desde que yo tengo recuerdo. Nunca faltaba al trabajo. Ni siquiera cuando estaba enfermo. Un día de salario significaba para él más que su salud, por mucho que yo lo incordiara con ello. El cinco de junio, me pellizcó la mejilla como solía hacer cada mañana antes de salir para el trabajo e insistió en que una vez que vendiera todos mis fósforos, me mantuviera alejada de los chicos y preparara una sopa de nabos para los dos. Así que salí a cumplir con mi jornada y cuando terminé, hice la sopa y le dejé preparado el plato con la cuchara a las cinco menos cuarto, como siempre hacía –acariciando todavía la caja, tragó saliva–. Estuve esperándolo durante dos horas. Aquello era tan raro en él... Siempre era muy puntual en todo. Así que fui a buscarlo a los muelles. Todos los hombres seguían allí, incluido el capataz. Todos dijeron que no había aparecido aquella mañana a trabajar. Era la primera vez en trece años. Me aterré y fui directamente a la policía, sabiendo que algo no iba bien. La policía no hizo nada y solo me llamó para identificar unos cuerpos, ninguno de los cuales era el suyo. Con quince años como tenía y ochenta y dos céntimos en el bolsillo, me dediqué a vender todos los fósforos que pude, rezando al mismo tiempo mi rosario para que volviera –se le llenaron los ojos de lágrimas cuando recordó todas las noches que había pasado apretando contra su pecho las ropas de su padre, incapaz de respirar o de pensar.

Robinsón le acariciaba tiernamente la espalda, con su gran mano deslizándose hacia arriba y hacia abajo.

–¿Qué sucedió entonces?

Georgia soltó un tembloroso suspiro, apoyando la mejilla contra su pecho.

–Nunca volvió y su cuerpo jamás fue encontrado. Fue entonces cuando el patrón empezó a acosarme para que le pagara la renta. Yo le pregunté si podía ofrecerme algún trabajo, dado que no tenía el dinero –sacudió la cabeza, asqueada–. Su respuesta fue desabrocharse la bragueta y preguntarme si era virgen. Me marché de allí corriendo sin recoger siquiera mi ropa.

De nuevo suspiró profundamente evocando la solitaria noche que pasó escondida en un bidón de carbón, temiendo que surgiera alguien de la oscuridad para violarla y matarla.

−Mi padre, maldita sea, siempre me enseñó a pensar lo mejor de las personas. Incluso aunque la realidad no fuera así. Yo intenté honrarlo manteniendo siempre la cabeza bien alta. Tuve suerte de que Raymond me acogiera. Mucha suerte.

Las lágrimas la cegaban. Ahogó un sollozo y enterró la cara en el pecho de Robinsón.

−A veces... imagino todavía que papá se ha ido al Oeste a empezar una nueva vida y que quizá yo lo encuentre allí cuando llegue. Eso es mejor que imaginármelo degollado en una cuneta de las afueras de la ciudad, sin la dignidad de haber sido al menos enterrado por su propia hija.

−Oh, Georgia... −susurró Robinsón, consternado.

Ella se sorbió la nariz, retiró una mano de la caja y le clavó un dedo en el pecho.

−Y es por eso por lo que tenemos que conseguir que tu familia te encuentre. Tanto si los recuerdas como si no, igualmente están sufriendo por ti. Y tú no deseas eso para ellos. Se merecen tenerte de vuelta. Yo querría tenerte de vuelta si fueras algo mío.

Las manos de Robinsón recorrieron su espalda, cerrándose sobre sus hombros y ascendiendo hasta su melena. Acunando las húmedas mejillas entre sus palmas, le enjugó las lágrimas con los pulgares.

Nublada la vista, Georgia vio su propio dolor reflejado en aquel rostro de rasgos duros, como si él mismo hubiera sufrido todo lo que ella acababa de confesarle. Eso hizo que le entraran aún más ganas de llorar, porque era la primera vez en años que alguien, aparte de su querido Raymond, la había acompañado sinceramente en su dolor. Aunque siempre se había esforzado por ser exteriormente tan dura como el acero, a veces una chica sencillamente no podía poner buena cara y fingir que no le dolía. Sobre todo cuando le dolía tanto.

Robinsón le besó la frente varias veces.

–Yo te prometo, Georgia –murmuró– que nunca más volverás a encontrarte dentro de un bidón de carbón o en las manos de villanos deseosos de arrebatarte la honra. No mientras siga con vida.

Ella apretó la caja que se interponía entre sus cuerpos y deslizó una mano por su cintura, reacia a separarse de él.

Después de depositar un último beso en su frente, Robinsón la soltó y retrocedió un paso.

Georgia permaneció durante unos segundos en la misma posición, con los ojos cerrados. Era injusto y terriblemente egoísta anhelar que aquel hombre extraordinario estuviera tan solo en el mundo como ella, y que nunca pudiera recordar quién era o lo que había sido antes. De esa manera, ella habría podido ser su igual, y habrían podido viajar al oeste para tomar posesión de aquel medio acre de tierra juntos. Eso habría sido maravilloso.

Capítulo 7

Si tienes grandes talentos, el trabajo los mejorará.
Si tienes capacidades limitadas,
el trabajo suplirá sus deficiencias.
Joshua Reynolds, *Discurso a los Estudiantes*
de la Real Academia (11 de diciembre de 1769)

Robinsón al fin entendía la razón por la que aquella rosa de pelo rojo había sacado su espina. Aquella espina había brotado de su desgracia y de su orgullo, decidida a destrozar todo aquello que se atreviera a tocar sus delicados pétalos. Y aunque no quería renunciar a la dulzura de aquel rostro cremoso y bañado en lágrimas, comprendió que lo mejor era apartarse de ella, para no besar más sus labios.

Soltándola delicadamente, se liberó de su abrazo pese a que anhelaba desesperadamente aliviar de alguna forma el dolor que ella había soportado a manos de su vil destino. Cada vez tenía más claro que él nada tenía que ofrecerle, aparte de palabras y contacto físico. Aquella mujer increíble se merecía un hombre en plena posesión de su inteligencia, que supiera perfectamente cuál era su lugar en el mundo.

Georgia permanecía inmóvil ante él, con la melena suelta derramada sobre sus finos hombros. El escote de pico de su camisón revelaba la cremosa curva de su cuello, insinuando el valle que se abría entre sus pequeños senos. Seguía con los ojos cerrados, aferrando la caja con las dos manos.

Robinsón retrocedió otro paso, pegando las manos a los costados para no abalanzarse sobre ella. Con unas pocas lágrimas, aquella mujer le había hecho darse cuenta de lo absolutamente impotente que era en su actual condición.

Cuando ella se despertó por fin de su ensueño, sus ojos verdes se encontraron con los suyos. Aunque seguían brillantes por las lágrimas, irradiaban un calor y una dulzura tan vívidos con inesperados.

Tragó saliva sin saber qué decir o hacer en respuesta a lo que estaba viendo en aquellos ojos. Lo único que sabía era que una nueva intimidad había nacido entre ellos y que ya nada volvería a ser lo mismo.

Ella se volvió rápidamente hacia la pared y levantó el cartel para guardar la caja en el agujero. Cuidadosamente fijó de nuevo la parte baja del cartel y, cuando terminó, se giró hacia él con la cabeza bien alta, recuperado su aspecto de querer comerse el mundo.

—Bueno, basta ya de lágrimas y de charla. Tengo mucha ropa que lavar y todavía no me he vestido ni peinado.

—¿Quieres ayuda? —alzó ambas manos—. Estas manos son tuyas para que hagas lo que quieras con ellas. Empecemos ya.

Ella esbozó una sonrisa, con las manos en las caderas.

—Aunque agradezco la oferta, dudo mucho que seas capaz de aguantar mi trabajo.

El bajó las manos y se la quedó mirando burlón.

—Dame la oportunidad de demostrarte que estás equivocada.

—¿Realmente quieres ayudarme?

—No me habría ofrecido si no fuera así, Georgia.

—De acuerdo. ¿Puedes ir a buscar agua a la fuente pública, justo en esta calle? La bañera de lavado ya está llena. Necesito diez cubos de agua para la de aclarado.

—Hecho.

Georgia sonrió.

—Eres fantástico.

Robinsón se llevó una mano al pecho e hizo una reverencia.

—Procuro serlo. Salgo ya. ¿Dónde está la fuente?

Ella señaló las cortinas cerradas, y luego a la derecha.

—Nada más salir del edificio, gira a la derecha. La fuente está a tres manzanas, en un estrecho callejón a tu derecha. Hagas lo que hagas, no te salgas nunca de la calle Orange. La jurisdicción de Matthew cambia de calle a calle, así que será mejor que no te despistes.

—Sí, madame. ¿Puedo preguntar dónde está el cubo?

Ella señaló un cubo de latón mellado al lado de dos gigantescas bañeras montadas sobre dos toscos caballetes de tablas. Ocho sacos de tela, llenos hasta los topes de ropa de hombre, esperaban apilados contra la pared.

Se encogió por dentro al ver aquellos sacos. Aunque no sabía gran cosa sobre lavar ropa, le parecía una enorme cantidad de trabajo.

Se dirigió hacia el cubo.

—Una vez que traiga el agua, te ayudaré con lo demás —se inclinó para recoger el cubo.

—Gracias. Hace un día soleado, así que hará calor. Será mejor que te quites la chaqueta y el chaleco. Y échalos de paso en la bañera. Los lavaré yo, ya que no lo hizo el hospital.

—Te lo agradezco —Robinsón volvió a dejar el cubo en el suelo y se despojó de la camisa y del chaleco sin botones, para lanzarlos a la bañera grande.

Arremangándose la camisa hasta los codos, se volvió

para recoger el balde. De repente se detuvo al ver a Georgia abandonando la habitación delantera para entrar en la cocina. Tenía las manos levantadas mientras se recogía la melena en lo alto de la cabeza para hacerse un moño. Sus caderas estrechas pero bien formadas se balanceaban bajo su raído camisón, hasta que desapareció en el cuartucho y se puso a arreglar las sábanas del catre. Durante todo el tiempo estuvo tarareando una melodiosa cancioncilla, como feliz de que fuera él quien tuviera que ir a buscar los diez baldes de agua.

Todos los músculos de su cuerpo se tensaron mientras continuaba observándola con un anhelo que le quitaba la respiración. Cómo anhelaba sustituir el fogonazo de desnudez de aquella desconocida que bailaba en su mente por Georgia. Lo único que tenía que hacer era entrar en aquel cuarto, levantarle el camisón y desahogar su deseo en ella para hacerlo real.

Tragó saliva y desvió la vista. Al parecer estaba listo. Porque no solo quería perderse en alma y cuerpo en ella: quería seguir viendo a aquella mujer durante cada maldita mañana que le quedara de vida.

Suspiró y recogió el balde vacío. Se dirigió a la cocina y abrió la puerta.

—Deberías comer algo por el camino —le gritó Georgia desde su cuarto mientras sacaba un camisón del baúl—. Seguro que tendrás hambre. En la alacena tengo un tarro con el dinero que reservo para las comidas. Con dos níqueles tendrás de sobra. Tómalos. Aquí nadie te dará cambio por un dólar.

Robinsón sonrió al pensar en comida y se volvió hacia la alacena.

—No lo dudes. Estoy muerto de hambre —al ir a pasar por delante del umbral del cuartucho, la vio quitándose el camisón. Por el rabillo del ojo pudo distinguir sus cremosas piernas.

La sonrisa se borró de sus labios mientras desviaba la vista. Se acercó apresuradamente al tarro de cristal, metió la mano dentro y pescó dos monedas del montón. Se las guardó en el bolsillo derecho del pantalón y salió a toda prisa, mirando al frente y procurando no distraerse de su plan original de marcharse.

–Te sugiero que le compres un boniato asado a Martha –le gritó ella de nuevo–. Está de camino a la fuente y se te hará la boca agua. Dile que te he mandado yo y solamente te cobrará un penique.

–Así lo haré –cerró la puerta a su espalda y momentáneamente se apoyó en ella, sujetando el cubo entre las rodillas. Iba a tener que hablar con Georgia acerca de la necesidad de establecer ciertas reglas. No podía consentir que volviera a desnudarse en su presencia de esa manera. No a no ser que ella lo quisiera entre sus muslos... Suspiró y se apartó de la puerta.

Se dirigió a la estrecha escalera iluminada por una única y sucia ventana, que proyectaba desde lo alto una luz sesgada, y empezó a bajar los peldaños de roble. Salió al lóbrego vestíbulo y atravesó la puerta que alguien había dejado abierta. La calle estaba llena de carros, caballos, hombres, mujeres y niños corriendo afanosos de un lado a otro. El hedor de la noche anterior volvió a asaltarlo. Apretó con fuerza el asa del cubo y se tragó la náusea que le subía por la garganta, recordándose que si Georgia podía sobrevivir a aquel aire, él también.

Giró a la derecha y se perdió en la bulliciosa y vociferante multitud. Pasó por delante de filas de sucias y desvencijadas ventanas y de pequeñas y estrechas puertas que llevaban a tiendas de comestibles y de cachivaches diversos.

El calor del sol penetraba el lino de su camisa y le calentaba la piel. Cada paso que daba lo convencía de que en pocos minutos acabaría empapado en sudor. Arrugando la nariz, rodeó un montón increíblemente grande de heno y coles podridas que alguien había amasado hasta convertirlo en forraje para caballos. Resultaba obvio de donde procedía todo aquel hedor.

Se detuvo en el cruce de dos anchas calles. Carros y caballos se abrían paso entre multitudes sucias y sudorosas que ofertaban sus productos y servicios. A la derecha descubrió un carro con aspecto solitario, apoyado en el edificio que se alzaba a su lado.

Una mujer baja de tez negra y pelo negro ensortijado, que llevaba recogido debajo un pequeño sombrero de paja, se apoyaba en un carro de madera con un cartel torcido en el que podía leerse, en letras torcidas: *boniatos asados*.

Había encontrado su primer destino: el desayuno. Gracias a Dios.

Acercándose al carro, el aroma dulzón de aquello que estuviera vendiendo ahuyentó momentáneamente el hedor de las calles y le hizo darse cuenta de que no solo tenía apetito, sino que estaba verdaderamente hambriento. Se inclinó hacia la mujer.

–¿Es usted Martha? Buenos días. Georgia me dijo que debía visitarla si quería que se me hiciera la boca agua. De modo que aquí estoy.

La mujer sonrió, con sus dientes destacándose muy blancos contra su tez oscura. Inclinándose a su vez hacia él, lo miró de pies a cabeza.

–Eres un blanco muy guapo.

Robinsón se ruborizó ante aquel inesperado cumplido. Carraspeó.

–Oh, gracias.

–¡Ah, y tímido también! No hay muchos así por aquí –riendo, se acercó a él mientras se limpiaba las manos en el delantal. Señalando el pequeño montón de tubérculos pardos, de extrañas formas, le dijo–: Elige uno gordo.

Examinó visualmente el montón y señaló uno bien grueso.

—Ese tiene buen aspecto.

Agarrando un tenedor, la mujer pinchó el elegido y se lo ofreció.

—Un penique. Visto que conoces a Georgia.

Robinsón sonrió y tomó el tenedor. Bajando el cubo, con la otra mano hurgó en su bolsillo y sacó un níquel. Desclavó luego cuidadosamente el boniato de los dientes del tenedor.

Ella tomó la moneda, recuperó el tenedor y volvió a clavarlo en uno de los boniatos del carro. Acto seguido se sacó un monedero de cuero que llevaba colgado al cuello, oculto debajo del vestido. Guardó el níquel dentro y rebuscó luego en otro monedero oculto esa vez debajo del delantal. Sacando un puñado de peniques, le devolvió cuatro y le hizo un guiño.

—Asegúrate de volver.

Robinsón se guardó los peniques en el bolsillo y recogió el cubo. Inclinándose hacia ella, sonrió.

—Si estos boniatos son tan buenos, madame, me volverá a ver dentro de una hora.

La mujer se echó a reír y le dio una fuerte palmada en la espalda.

Robinsón dio un respingo de sorpresa y rodeó el carro antes de que la mujer le diera otra palmada. Cuando se hubo alejado lo suficiente, redujo el paso y se llevó, vacilante, aquel tubérculo de extraño aspecto a la boca. Mordió la blanda carne y su dulce calor se extendió por su lengua como azúcar y melaza. Gruñó de asombrado placer, cayéndose casi sobre la pared que tenía al lado. Era lo más sabroso que había probado desde que se había despertado en el hospital. Cuando acabara de acarrear toda el agua para Georgia, definitivamente volvería a por más.

Una flacucha muchacha de pies sucios y pelo rubio despeinado, ataviada con un mugriento vestido, se plantó delante de él. Sostenía una cesta de mimbre llena de atados de fósforos.

–A un centavo la pieza –estiró su delgado cuello para poder mirarlo a los ojos.

Se metió el resto de boniato en la boca y lo masticó, negando con la cabeza hasta que la súplica de aquellos enormes ojos azules resultó imposible de ignorar. Alzó un dedo como para indicarle que esperara y clavó una rodilla en tierra. Cuando por fin tragó el bocado, sonrió.

–¿A un centavo la pieza?

La niña asintió, frunciendo los labios.

Al diablo el resto de su desayuno. Rebuscando en su bolsillo, sacó todo lo que tenía y se lo presentó en la palma abierta.

–Si sabes contar cuánto tengo aquí, tuya es la venta.

La niña lo miró y se inclinó rápidamente sobre su palma abierta, frunciendo el ceño. Con un dedo diminuto cubierto de mugre fue señalando cada moneda y pronunciando la cantidad por lo bajo. Cuando terminó, alzó la mirada y anunció:

–Nueve centavos.

Robinsón sonrió, genuinamente impresionado.

–Muy bien. Pareces una mujer de negocios. Ahora estira la mano.

Así lo hizo, mirándolo expectante. Intentando componer una expresión seria, Robinsón fue colocando cada moneda en su palma, como subrayando la solemnidad del intercambio.

–Ya está –anunció–. Nueve centavos.

Después de guardarse el dinero en un bolsillo de su sucio delantal, la niña comenzó diligentemente a preparar los atados de fósforos que se correspondían con la cantidad.

–Solo necesito uno –dijo Robinsón.

La niña alzó la mirada y dejó caer los atados en la cesta.

–¿Quiere que le devuelva los ocho centavos?

Él negó con la cabeza, sin dejar de sonreír.

–No. Solo necesito un atado de fósforos, pero tú te has ganado ocho centavos extra por haberlos contado tan bien.

La chiquilla sonrió, descubriendo los dos dientes que le faltaban, y se apresuró a ofrecerle su atado.

–Habla usted como un caballero.

Inclinándose hacia ella, recogió el atado de fósforos.

–Eso es porque *soy* un caballero. Ha sido un placer hacer negocios con usted, señorita.

–Lo mismo digo –ensayó una cortesía y lo rodeó para desaparecer rápidamente.

Robinsón se irguió, recogiendo su cubo, y se guardó el paquete de fósforos en el bolsillo ahora vacío. Era un dinero bien gastado. Recorrió el tramo que le restaba de calle hasta llegar a la fuente del callejón lateral, a su derecha, y se detuvo.

Una larga cola de mujeres blancas, negras y mulatas aguardaba pacientemente con sus cubos a que una anciana negra terminara de llenar el suyo. Al acercarse, se dio cuenta de que era el único varón de toda la concurrencia.

La anciana se detuvo para enjugarse el sudor de la frente con los faldones de su mugriento delantal. Suspiró y continuó bombeando agua con movimientos temblorosos. Aquel temblor, su delgado brazo y el vestido salpicado de agua hablaban de las varias visitas que había hecho ya.

Negándose a verla sufrir, pasó rápidamente al lado de la fila, dejó el cubo al pie de la fuente y se acercó a la anciana.

–Permítame. Por favor.

La anciana alzó la mirada, soltando el mango de la bomba, y lo miró a través de los rizos canosos que escapaban de su sombrero ladeado. Su demacrado rostro estaba lleno de pequeñas cicatrices similares a la marca de un látigo, con lo que sus enormes ojos negros resultaban todavía más impresionantes. Evidentemente aquel pobre y marcado rostro había visto muy poca bondad en su vida.

Percibiendo su desconfianza, Robinsón le sonrió y señaló el mango de la bomba.

–Solo pretendo asistirla, madame.

La mujer se apartó, poco a poco, hasta dejarle sitio.

Agarrando el mango con la mano derecha, lo alzó para bajarlo con fuerza y el agua empezó a caer dentro del cubo oxidado. Lo llenó con tres enérgicos movimientos. Se agachó, recogió el pesado cubo y se lo tendió.

–Aquí tiene.

La anciana se acercó apresurada. Recogiendo el cubo con las dos manos, le dijo:

–Tu madre te ha criado bien. Bendito tú y bendita ella –asintió como dándose la razón a sí misma y se volvió para marcharse bamboleante.

Robinsón sonrió mientras la veía alejarse. Su madre, quienquiera que fuese, lo había criado bien si todavía era capaz de recordar cómo se comportaba un caballero. Aquello le permitía esperar que tal vez Georgia tuviera razón. Tal vez alguien, quizá incluso su propia madre, estuviera esperándolo.

Volviéndose para recoger su balde, se detuvo con la mano en el aire. La larga cola de mujeres con sus cubos vacíos se había acercado llamativamente a él. Algunas murmuraban entre sí mientras que otras se ponían de puntillas para verlo mejor por encima de los sombreros de sus compañeras.

Se comportaban como si nunca hubieran visto un hombre antes.

–Buenos días, señoras –las saludó con un tono de disculpa–. No pretendía colarme. Simplemente yo…

–No se preocupe. Usted debe de ser nuevo en el barrio –una joven morena de senos generosos se acercó apresurada arrastrando las faldas de su vestido, para dejar su cubo bajo el grifo. Acto seguido retrocedió un paso y se quedó expectante, alisándose las faldas y sonriendo como si él se hubiera ofrecido a llenarle su cubo.

Robinsón vaciló. No queriendo ser grosero ya que evidentemente la mujer pensaba que se había ofrecido a ayudarla, se volvió hacia la bomba. Agarrando el mango de madera, le preguntó:

—¿Quiere que la ayude, madame?

La mujer sonrió, retorciéndose las manos.

—Sería usted el primero en hacerlo.

—Espero no ser el último —miró el pequeño callejón atestado de mujeres—. ¿Dónde están los hombres de este barrio, por cierto? Deberían estar aquí, ayudándolas.

Se alzó un coro de risas.

Robinsón parpadeó extrañado. ¿Pensaban acaso que había hablado en broma? Aunque si todos los hombres de ese barrio eran como John y como Matthew, no era de extrañar que aquellas pobres mujeres tuvieran que bombearse su propia agua.

Una vez lleno el cubo, la joven morena lo recogió apresurada pero se demoró para hablar con él.

—Vivo al cabo de esta calle, en el 31, con mi madre. Ella espera que me case pronto. Yo he estado buscando un hombre, pero encontrar uno que merezca la pena es difícil en estos barrios —se interrumpió para añadir—: Hago los mejores panes de maíz de la ciudad. Debería pasar por mi casa algún día.

—Ah —imaginaba que su invitación era de agradecimiento, pero con la descarada indirecta de una proposición de matrimonio. Inclinó la cabeza con la mayor cortesía posible—. Ya estoy en tratos con una hermosa dama a la que espero hacerla mía, pero agradezco de todos modos la oferta. Que pase usted un buen día.

Mientras la morena se alejaba, una preciosa mulata con unos impresionantes ojos azules se apresuró a adelantarse y dejó su cubo bajo el grifo. Alzó la barbilla, apoyando sus manos de color caramelo sobre sus curvilíneas caderas.

–Y yo que creía que no había un maldito caballero en este distrito infestado de cerdos. Amén por usted. Amén.

Robinsón se echó a reír y volvió a empuñar el mango de la bomba. Parecía que Georgia no iba a tener su agua pronto. Aunque... quizá aquello pudiera terminar bien. Porque quizá, solo quizá, si flexionaba los músculos lo suficiente, Georgia podría acudir en su busca y él aprovecharse de su popularidad en la fuente, logrando así que se diera cuenta de que *podía* serle útil a una mujer, aunque no tuviera nombre ni memoria.

Capítulo 8

—Debes sentarte —dijo el Amor— y saborear mi carne.
Así que me senté y comí.

George Herbert,
El Templo, «Amor (III)» (1633)

El sol se había movido en el cielo, produciendo un cambio de luz en la pequeña habitación delantera que hizo que Georgia dejara de frotar una camisa. Devolviéndola al agua jabonosa, que hacía rato que se había vuelto gris, se secó las manos en el delantal y se volvió hacia la cocina vacía.

Para haber ido a buscar un solo cubo de agua, ciertamente Robinsón estaba tardando demasiado. Debía de haber pasado más de una hora desde que se marchó. Se dirigió apresurada hacia la puerta, rezando para que no le hubiera pasado nada malo. Recogió la llave de la mesa, abrió la puerta y abandonó la vivienda.

Se recogió sus faldas de calicó y bajó las escaleras. Atravesó trotando el vestíbulo y salió a la calle. De repente se detuvo y miró en la dirección de la fuente, guiñando los ojos por el resplandor del sol. A través de la bulliciosa nube de polvo, gente, carros y caballos, era imposible distinguir nada.

Recogiéndose de nuevo las faldas, se fue abriendo paso hasta que encontró el carro de boniatos de Martha. Agarró a la anciana del brazo.

–Martha. ¿Te ha comprado algo durante la última hora un caballero alto y moreno, con magulladuras en el rostro? Yo lo envié para aquí.

El redondo rostro de Martha se iluminó.

–Ese hombre era más sabroso que cualquier cosa que yo tuviera que vender.

Georgia suspiró.

–¿Por dónde se fue?

Martha alzó su mano negra y rugosa y señaló la calle.

–Por allí. Llevaba un cubo.

Georgia le apretó el brazo.

–Gracias, Martha.

Dejó atrás el carro y volvió a abrirse paso entre la gente, rezando para que Robinsón estuviera todavía en la fuente y que la cola hubiera sido más larga de lo habitual debido al sofocante calor. El sudor le corría por la cara mientras aligeraba el paso. Al llegar al callejón, se detuvo al ver una larga fila de casi tres decenas de mujeres.

Un hombre estaba bombeando agua de la fuente. El negro cabello le caía sobre los ojos con cada empujón de su musculoso brazo.

Era Robinsón. Había llegado bien a la fuente. Gracias a Dios.

Robinsón se detuvo y señaló con gesto solemne el cubo lleno, ofreciéndoselo a la primera mujer de la cola.

Georgia parpadeó asombrada cuando la mujer se inclinó hacia él y pronunció un entusiasta comentario que arrancó una leve sonrisa a Robinson, antes de volverse y retirarse con el cubo.

Otra joven con las faldas llenas de remiendos se adelantó para dejar su cubo vacío bajo el grifo. Y se hizo a un lado, expectante.

Agarrando de nuevo el mango de la bomba, Robinsón lo accionó con un gesto algo angustiado.

Georgia desvió la mirada a la larga fila de mujeres que lo contemplaban extasiadas como si fuera un vestido extraordinariamente hermoso expuesto en un escaparate. Abrió la boca de asombro.

¡No se extrañaba que no hubiera vuelto!

Sacudiendo la cabeza, pasó por delante de la cola de mujeres y se plantó junto a la fuente. Entre admirada y divertida contempló los abultados músculos de su brazo en acción, visibles bajo la camisa salpicada de agua. No solo sus impresionantes brazos, sino sus anchos hombros y su sólido pecho se delineaban claramente bajo la tela. Al igual que las demás mujeres, fácilmente se habría quedado todo el día allí mirándolo. Solo que tenía la maldita ropa que lavar.

—Señor Robinsón Crusoe —le dijo con voz cantarina, cuando él aún no había advertido su presencia—. ¿Se puede saber qué está haciendo usted?

Robinsón dejó de accionar la palanca y alzó la mirada, con el rostro acalorado. Alzó las cejas con una lenta y pícara sonrisa.

—Bueno, bueno, bueno... Si es Georgia, que ha venido a buscarme —con gesto engreído, continuó bombeando con fuerza. La miraba con toda intención, ardientemente—. ¿Me has echado de menos? Dime que sí y me aseguraré de que el siguiente cubo sea el tuyo.

Lo miró incrédula.

—¿Estás flirteando conmigo? ¿Aquí en la fuente, delante de todo el distrito? ¿De verdad?

—De verdad —sin dejar de mirarla, se sirvió del peso de su cuerpo para seguir accionando la bomba y llenando el cubo. Era una imagen evocadora, como si ella fuera el recipiente y él el agua—. ¿O preferirías que lo hiciéramos en otra parte, Georgia? Porque bien podríamos hacerlo.

Una oleada de excitación la recorrió desde el estómago hasta los dedos de los pies, calzados con sus botines. ¿Qué diantres le había pasado a Robinsón? Aunque le gustaba aquella nueva faceta suya, tan terrenal y salvaje, estaba algo preocupada. Porque si aquella nueva versión de Robinsón decidía arrastrarla a su cuartucho, ella sabía que no sería capaz de decirle que no.

Inspirando profundamente, se le acercó.

–Te sugiero que termines de llenar ese cubo, llenes el mío y volvamos para hacer la colada antes de que se ponga el sol, ¿te parece?

–¿Celosa? –le preguntó a su vez sin dejar de accionar la bomba.

–Solo porque llevo una hora esperando un solo cubo de agua.

Cuando la mujer que había estado esperando se alejó con el cubo lleno, Robinsón agarró el de Georgia, lo colocó debajo del grifo y ofreció su último espectáculo. Alzó la palanca y la bajó hasta el fondo. Apretando los dientes, continuó accionándola.

Una vez lleno el balde, Georgia lo recogió.

–Gracias, Robinsón –le sonrió.

Él enarcó las cejas.

–¿Crees que merezco un beso por esto?

–Eres un seductor de la peor especie.

–Estás avisada, esto es solo el principio. He decidido hacerte mía.

–¿Ah, sí?

–Sí –soltó el mango de la bomba y señaló el cubo–. Permíteme –y lo levantó.

Abandonaron juntos el callejón, seguidos por las miradas de todas las mujeres.

Georgia alzó la barbilla y se colgó con gesto satisfecho de su musculoso brazo, de la misma manera que una esposa habría hecho con su marido. Por muy feo que estuviera, eran muy pocas las veces que había alardeado de algo, y ese hombre ciertamente era algo de lo que merecía la pena alardear, tan caballeroso como era.

Mientras recorrían la calle del brazo, Georgia alzó la mirada hacia él con una sonrisa soñadora. Desde Raymond, no había conocido un caballero tan amable y refinado.

Pero de repente parpadeó, desaparecida su sonrisa.

Vio que tenía la mirada fija al frente y fruncía el ceño como si estuviera contando los pasos. Su mandíbula sin afeitar estaba extrañamente tensa y un músculo latía convulsivamente bajo su pómulo. Parecía como si estuviera sufriendo.

Le soltó el brazo, tenso.

—¿Te encuentras bien?

Sus rasgos se suavizaron cuando bajó la mirada hacia ella, sin romper el paso.

—Por supuesto que sí. ¿Por qué me has soltado el brazo? Estaba disfrutando mucho.

Tranquilizada, se burló:

—Creo que allí estuviste disfrutando mucho más.

Sonrió incómodo, agarrando mejor el cubo.

—Es como si nunca hubieran visto un hombre antes.

Ella se echó a reír.

—En la fuente no, desde luego. Espero que no estuvieras bombeando agua para aquellas mujeres durante todo el tiempo...

—No todo —admitió con tono brusco—. Me dio tiempo a comerme un boniato y a gastarme cinco centavos en un atado de fósforos antes de verme atrapado en un mar de ojos y de risas.

—¿Cinco centavos por un atado de fósforos? —gruñó Georgia y le dio un manotazo en el brazo—. ¿Estaban forrados de oro? Solo vale un centavo la pieza.

—Lo sé —inclinándose hacia ella, pronunció con voz embelesada—: Deberías haber visto a esa pequeñita. Unos ojos azules tan grandes como flores de maíz. Una sonrisa dulce como el azúcar, pese a que le faltaban dos dientes. Con gusto le habría dado más si hubiera tenido.

«Que Dios bendiga su bondadoso corazón», pensó Georgia.

–Fuiste muy amable, Robinsón, pero no puedes ir por ahí regalando dinero a la gente. Terminarás desplumado y aun así no les darás de comer a todos.

–Sí –murmuró, asintiendo–. Lo sé.

Nada más entrar en su edificio, Georgia se recogió las faldas y subió corriendo las escaleras.

–Eso solo ha sido el primer cubo, Brit –gritó mientras Robinsón la seguía, corriendo también–. Todavía te quedan nueve, así que te sugiero que bombees únicamente para nosotros, o nunca acabaré la colada.

–Sí, madame.

Abriendo con su llave, empujó la puerta y se acercó apresurada a las bañeras.

–¿Dónde te echo el agua? –le preguntó él.

Georgia agarró una pesada camisa empapada que tenía en la bañera de lavado y la retorció con fuerza, escurriendo el agua jabonosa. Luego la lanzó sonoramente a la de aclarado y la señaló con el dedo.

–Aquí. Gracias.

–De nada –vertió el gran cubo de agua en la bañera.

Georgia se sorprendió al ver que algunas gotas teñidas de rojo caían del cubo sobre la camisa recién lavada.

Pero Robinsón se giró en seguida para dirigirse hacia la puerta, con el cubo ya vacío en la mano. No tardó en desaparecer, dejando la puerta abierta de par en par.

Georgia miró de nuevo la camisa manchada que acababa de lavar, advirtiendo que el agua para aclarar que acababa él de verter en la bañera tenía un extraño tono amarillento. Las gotas de la tela, sin embargo, tenían un tono rojo oxidado.

Rojo de sangre.

«Oh, Dios», exclamó para sus adentros. Probablemente Robinsón se había dejado en carne viva aquellas manos suyas tan finas, después de que estúpidamente hubiera bombeado agua para medio distrito.

Después de secarse rápidamente las manos en el delantal, corrió detrás de él y lo llamó por el hueco de la escalera.

–¿Robinsón? Robinsón, ¿quieres volver a subir, por favor?

Él se detuvo en la planta baja. Frunció sus negras cejas mientras subía trotando de nuevo, balanceando el cubo. Se plantó en el rellano ante ella.

–¿Qué pasa? –sonrió–. ¿Te preocupa que no vuelva a tiempo? Porque te prometo que esta vez lo haré.

Georgia se acercó a él, le quitó el cubo de la mano y lo dejó a un lado. Mirándolo fijamente, le dijo con tono suave:

–Estuviste bombeando agua durante mucho tiempo. ¿Cómo tienes las manos?

Él las cerró y se encogió de hombros.

–Enséñame lo bien que están. Solo entonces te dejaré ir a la fuente.

Rehuyendo su mirada, Robinsón se inclinó para recoger el cubo.

–Necesitas agua.

–No a este precio –lo agarró del brazo–. No irás a por más.

–No hay necesidad de que me mimes, Georgia –liberó su brazo, se volvió y bajó corriendo de nuevo las escaleras–. Ahora vuelvo.

Georgia soltó un suspiro exasperado y lo maldijo en silencio. Aquel hombre solo iba a conseguir hacerse aún más daño. Recogiéndose las faldas, bajó apresuradamente las escaleras y corrió tras el. Antes de que Robinsón pudiera alcanzar el portal, lo adelantó y cerró la puerta de roble para que no pudiera marcharse.

Se giró hacia él, con las manos en las caderas.

—Ha terminado por hoy. Anda, sube.

Él se inclinó hacia ella.

—Tu boca es mucho más grande que el resto de tu persona. Creo que tienes tendencia a olvidarlo —la rodeó y se dirigió resuelto hacia la puerta.

—¡Robinsón! —volvió a plantarse delante de él y lo empujó. Intentó arrebatarle el cubo—. Dámelo.

Él lo alzó entonces en el aire, poniéndolo fuera de su alcance.

—Si crees que voy a dejar que bombees agua por mí, te engañas de medio a medio, mujer. Te engañas. No vas a volver a tocar este cubo. Y ahora muérdete la lengua durante un rato y sube de nuevo —rodeándola, bajó el balde protegiéndolo con su cuerpo y se acercó a la puerta.

Debía de ser el único hombre del distrito deseoso de proteger las manos de una mujer. Georgia trotó detrás, lo aferró del brazo y tiró de él.

—Robinsón, mis manos están acostumbradas al trabajo. Si quieres, mañana volverás a bombear agua, después de que nosotros...

Él volvió a liberarse de un tirón.

—Si quiero bombear agua para ti, al margen de que tenga la mano en carne viva o no, tú no tienes nada que decir al respecto —la hizo a un lado.

Abalanzándose sobre él, Georgia le arrebató el cubo de la mano izquierda y lo lanzó contra la pared más cercana.

—He dicho que has terminado por hoy.

Él entrecerró los ojos mientras la rodeaba para recuperar el cubo.

—Oh, no lo vas a conseguir —apretando los dientes, lo agarró de la tela de la camisa y recurrió a toda su fuerza para empujarlo contra la pared que tenía detrás.

Él alzó las manos para sujetarla y evitar que cayeran los dos al suelo. Georgia lo fulminó con la mirada, inconsciente de que se había arrojado sobre él como una mujer lasciva necesitada de un rápido dólar.

–Llevo haciendo esto toda mi vida –masculló, agarrándose a su camisa para no perder el equilibrio–. Mucho antes de que aparecieras tú con tus maneras caballerescas, mis manos y yo estábamos aquí. No hay necesidad de que te desuelles las tuyas en un estúpido esfuerzo por demostrarme algo. ¿Quieres demostrar algo? Pues ten un poco de respeto por tus manos, porque eso es todo lo que quiero y que necesito de ti ahora mismo.

La mirada de Robinsón se ensombreció.

–Déjame decirte lo que quiero y lo que necesito *yo*. Puedo asegurarte que no tiene nada que ver con el agua –la agarró con fuerza de la cintura y se giró con ella, tan rápidamente que le robó el aliento.

Al final fue él quien la empujó a ella contra la pared. Inmovilizándola con su cuerpo, bajó la mirada y observó cómo sus manos subían por su cintura para cerrarse sobre sus senos, para terminar acariciando la curva de su cuello. Sensualmente le acarició la fina piel con los nudillos hasta que enterró los dedos en su melena recogida.

Georgia apenas podía respirar bajo el contacto de aquellas manos.

Con los dedos todavía enterrados en su pelo, Robinsón le acercó el rostro al suyo. Su pecho subía y bajaba trabajosamente contra sus senos mientras la apretaba con fuerza contra la pared.

–Mis manos no me importan. Eres tú la que me importas. ¿Entiendes? Tú. Si quiero desollarme las manos para hacerte la vida un poco más fácil, tendrás que permitírmelo. O por Dios que te arrancaré la ropa para hacerte sentir una mínima parte de lo que está corriendo por mis venas en este momento. ¿Lo entiendes?

Georgia tragó saliva mientras sus alientos se mezclaban. Ahora sabía que aquel hombre tan increíble no deseaba solamente su cuerpo, sino también su mente y su corazón. Los de Georgia Milton. De la calle Orange.

La erótica tensión de su cuerpo musculoso y la manera en que aquellos fuertes dedos se hundían en su cabello le hacían querer arrancarle la ropa a *él*.

–Si quieres arrancarme la ropa –jadeó–, entonces hazlo. Pero no volverás a la fuente.

–¿Me dejarías que te arrancara la ropa?

Georgia tragó saliva de nuevo, incapaz de respirar o de pensar. Lo único que le importaba en ese momento era entregarse a la cruda, carnal pasión que latía entre ellos.

–No tendrías que hacerlo. Con gusto me la quitaría yo —le contestó.

Le sostuvo la mirada durante unos largos, ardientes segundos.

–¿Me estás diciendo que quieres esto? –se apretó todavía más contra ella, para que pudiera sentirlo por entero–. Dime que me deseas, Georgia. Necesito oírtelo decir.

Georgia sintió que se humedecía de deseo como reacción a aquel desvergonzado frotamiento. Inmovilizada como estaba contra la pared, inclinó la cabeza hacia él.

–Te deseo.

–Se supone que tienes que decirme que desista, Georgia. Por el amor de Dios, dime que desista antes de que te haga el amor aquí y ahora. No creas que no lo quiero. Ahora mismo no puedo pensar en otra cosa.

Era caballeroso hasta en el más inoportuno de los momentos.

–Todavía no has hecho nada. Haz algo. Ya.

La miró fijamente antes de apoderarse de sus labios. Cambiando de posición, apretó su erección contra su estómago y continuó reclamando su boca, sin detenerse ni una sola vez. Se besaron de manera implacable, con sus lenguas batallando una contra otra, mezclándose sus ardientes alientos hasta que se quedaron sin respiración.

Bajando a tientas las manos por su duro pecho, Georgia alcanzó sus musculosos muslos y empezó a acariciárselos. Habían transcurrido cuatro largos años desde que había conocido la pasión. Nunca había imaginado que sería capaz de volver a sentirla. Hasta ahora. Cuando encontró el rígido miembro que presionaba contra la braguet del pantalón, acarició la redonda punta a través de la fina lana.

Él la agarró todavía con mayor fuerza, tirándola del pelo. Interrumpió el beso.

–Georgia... –jadeaba mientras se movía contra su mano, empujando con las caderas–. Aquí no. Arriba. Quiero desnudarte y contar cada peca de su cuerpo.

Ella volvió a acariciarlo a través de la tela del pantalón.

–Aunque lo de contar las pecas sería divertido, lo que quiere todo hombre es acostarse con una mujer. Pero tú no eres cualquier hombre, Robinsón, y yo no soy cualquier mujer. Es por eso por lo que lo haremos aquí y lo haremos ahora.

Él la miró, deteniendo el movimiento de sus caderas.

–¿En público?

Ella interrumpió también sus caricias.

–¿Es que no tienes sentido de la aventura, oh, pirata de Salé? Estoy hablando de una aventura en alta mar.

–No es la aventura en alta mar lo que me preocupa –miró la puerta cerrada que llevaba a la calle–. ¿Y si entra alguien?

–Pues que entren –empezó a desabrocharle frenéticamente la braguet, para apartarle la ropa interior y alcanzar su duro y cálido miembro. Un tembloroso suspiro de incredulidad escapó de su garganta mientras rodeaba con los dedos su aterciopelada dureza. No podía creer que lo estuviera tocando de aquella forma.

Robinsón buscó su rostro mientras la abrazaba con fuerza.
—Georgia, no puedes estar hablando en serio...
Ella se interrumpió para replicar:
—Estás echando a perder el momento. Me siento como Eva discutiendo con un cura sobre lo que hacer con la manzana.
—Cuidado con esa lengua —gruñó Robinsón sin dejar de presionarla contra la pared—. Puede que tú seas Eva, pero yo no soy ningún cura —le levantó las faldas y colocó su mano grande y ancha entre sus muslos, obligándola a separarlos—. Algo me dice que deberíamos empezar por aquí. ¿Que te parece?
Georgia perdió el aliento mientras él se servía de su humedad para acariciarla mejor. Apenas podía respirar mientras su dedo se movía cada vez con mayor rapidez.
—¿Más? —la miraba intensamente.
—Sí. Más —constreñido el pecho, respiraba a jadeos mientras las sensaciones le atravesaban el estómago para bajarle por los muslos. Temblaba y empujaba las caderas contra aquella mano, desesperadamente deseosa de más. Agarrándose a sus brazos en un esfuerzo por mantener el equilibrio, sostuvo su feroz mirada mientras sentía cómo su humedad empapaba lentamente los dedos que continuaban frotándola y acariciándola, frotándola y acariciándola...
Reprimió un gemido de angustia, empujada como se veía hacia aquel increíble abismo de felicidad. Su cuerpo temblaba como consecuencia de aquellos movimientos tan intensos. Era como si estuviera liberando al hombre que estaba enterrado en el interior de Robinsón. Saber que estaba penetrando en su alma con su propia pasión la hacía sentirse increíblemente poderosa, salvaje, feroz.
—Hazlo —susurró.
Soltando su humedad, la agarró de los muslos con las

dos manos y la alzó en vilo para que enredara las piernas en torno a su cintura.

–Tu mano...

–No estoy pensando en la mano –le apartó las faldas, sujetándola entre la pared y su propio cuerpo–. Estoy pensando en *esto*.

El dolor y la quemazón que sentía en los muslos se incrementaban conforme se abría a él, entregándosele.

Una vez guiada con un rápido movimiento de su mano la punta de su miembro hacia su humedad, Robinsón empujó con tanta fuerza que la aplastó contra el yeso de la pared, haciéndola temblar.

Georgia perdió el aliento, con su sexo amenazando con rompérsele y estallar contra su rígido miembro mientras él se hundía en ella una y otra vez en un interminable *crescendo*.

Percutía contra ella, quitándole la respiración con su enorme y musculoso cuerpo. Su amplio pecho subía y bajaba con cada ardiente respiración mientras aceleraba el ritmo con el movimiento de sus caderas.

Aunque se arañaba la espalda y los hombros con cada implacable embate, que la aplastaba repetidamente contra la pared de yeso, la sensación no hacía más que subrayar de manera erótica el placer que arrasaba sus sentidos.

Sintiéndose cada vez más cerca del clímax, se aferró a él mientras disfrutaba de la contemplación de su acalorado rostro ante la inminente liberación. El sudor le resbalaba por el labio superior, apretada la mandíbula en un desesperado esfuerzo por mantener el control.

Podía sentir la creciente tensión de sus hombros bajo sus dedos mientras cerraba los puños sobre la tela de su camisa.

–Georgia... –gruñía entre cada embate. Bajó la cabeza y clavó la barbilla en su pelo, recolocando las manos sobre su cintura–. Por el amor de Dios, hazlo. Hazlo antes de que yo...

Ella boqueaba sin llegar a respirar, desesperada por cumplir con su demanda cuando un gemido le explotó en los labios, liberando la marea de placer que tanto había anhelado. Sucumbió al temblor que sacudió su sexo y a la sensación de su cuerpo tensándose al máximo de gozo. Gritó una vez y otra, empujando y frotándose contra su miembro, incapaz de creer que su clímax no había acabado aún.

Cuando terminó, apoyó lánguidamente la cabeza contra el yeso de la pared, dejando que Robinsón continuara empujando febril.

Nunca antes le había durado tanto. Aquello no era real.

–Sácala a tiempo –masculló entre jadeos.

Robinsón fue reduciendo su empuje mientras capturaba su mirada con ojos brillantes de deseo. Sujetándola con mayor firmeza contra la pared, deslizó los dedos bajo sus muslos y la acarició con destreza, dentro y fuera, dentro y fuera, sosteniéndole la mirada durante todo el tiempo como para demostrarle que era él quien estaba al mando. De pronto, se salió de ella al tiempo que la apartaba de sí.

La bajó al suelo de madera y le arregló las faldas.

Acorralándola contra la pared, se quedó mirando fijamente su boca con su mano todavía entre sus cuerpos. Se tensó.

–Quiero que me acaricies –gruñó él–. ¿Podrás hacerlo? –cerró los ojos.

Percibiendo que estaba ya cerca del orgasmo, Georgia se agachó y se apoderó de su miembro duro y aterciopelado, tal y como le había pedido. Usando las manos y la boca, procedió a acariciarlo rápidamente.

Robinsón jadeó y se quedó inmóvil, tensos los músculos mientras la agarraba del pelo y temblaba como reacción al clímax, con el calor de su semilla vertiéndose en su boca. Gruñó y volvió a gruñir mientras ella succionaba y se lo tragaba hasta que no quedó nada.

Soltándolo, se incorporó lentamente y se apoyó en la pared, tímida, con la esperanza de que hubiera sido tan increíblemente maravilloso para él como lo había sido para ella.

Él la abrazó y se apoyó en ella. Su musculoso pecho se agitaba bajo la tela de su camisa.

—Georgia —jadeó—. Cásate conmigo. Cásate conmigo para que podamos estar juntos siempre.

Ella inspiró profundamente, estupefacta. «Oh, Dios mío», exclamó para sus adentros. No solo había seducido su cuerpo. Había seducido su alma. Y eso era un error. Un condenado error, nada justo ni para él ni para ella.

Agachándose, le abrochó la bragueta con manos temblorosas.

—No puedo casarme con un hombre sin nombre. No sería legal.

—Entonces dame tú uno —insistió, con la boca contra su pelo—. Tomaré cualquier nombre que me des.

—Aun así, seguiría siendo ilegal —incorporándose, Georgia le acunó el rostro entre las manos y le besó la nariz, la frente y las magulladuras que le cubrían todavía el lado derecho del rostro—. Tú y yo debemos esperar. Debemos esperar a que tu familia aparezca, y entonces decidiremos.

—¿Y si no aparece nadie? ¿Qué pasará entonces?

Entonces aquel anhelo sería también el suyo.

—No me casaré con un huérfano a no ser que lo sea de verdad.

Robinsón se apartó de ella.

—¿Cómo has podido entregarte a mí de una manera tan íntima, para luego retraerte desde el momento en que te pedí que fueras mía? ¿Crees que, porque no tengo nombre, tampoco tengo corazón?

Se tragó la angustia que él le estaba generando. Intentó acercarse.

–Oh, Robinsón. Nadie tiene más corazón que tú...

–Y sin embargo no es suficiente, ¿verdad? Tú reclamas un nombre, y un hombre con pasado, y no un simple corazón –apretó la mandíbula y volvió a apartarse, taladrándola con sus ojos grises. Con un tono duro y bajo que no se parecía al suyo, añadió–: ¿A cuántos hombres les has permitido que te toquen de la misma manera que yo acabo de hacer? Quiero saberlo.

Georgia se lo quedó mirando fijamente.

–Yo no hago esto todos los días, Robinsón.

Él se inclinó hacia ella y entrecerró los ojos.

–¿Es esa tu respuesta? O quizá sean tan numerosos que no puedan contarse. ¿Es eso?

Georgia retrocedió, tambaleándose. Su voz era como una navaja afilada que estuviera cortando en rebanadas su alma ingenua. ¿Era esa su verdadera personalidad? ¿La de un hombre que había sido lastimado hasta lo más profundo de su ser por otras mujeres?

Entrecerró también los ojos.

–Uno. Ese es el maldito número que me pides. *Uno*. Y ese uno era mi marido. Y ahora te pido que dejes de denigrarme. Sobre todo teniendo que cuenta que me atrevería a decir, señor Crusoe, que dada su extraordinaria actuación, el número de usted probablemente sea mucho más alto que el mío.

Robinsón bajó la mirada. Al cabo de un largo silencio, cerró los ojos y se llevó una mano temblorosa a la frente.

–Perdóname, Georgia. Perdóname por haber sugerido que tú... –esbozó una mueca, parpadeando rápidamente como si hubiera empezado a dolerle la cabeza–. Yo no tenía intención de... Yo... –abrió de nuevo los ojos, brillantes por las lágrimas–. Lo estoy estropeando todo. Soy un... estúpido.

Georgia se acercó a él, conmovida de ver cómo había entrado en pánico por haberla juzgado tan mal.

–Shh... No, no lo eres. No pasa nada. Simplemente no quiero que me hables así. No es justo, dado que lo único que quiero es lo mejor para ti. ¿No entiendes que aceptarte ahora, cuando no tienes a nadie a tu lado, no es justo? –le pidió que le enseñara la mano–. Y basta de orgullo, por favor. Muéstrame la palma.

Él se la enseñó. Tenía la palma entera, desde la base hasta el comienzo de los dedos, en carne viva y cubierta de sangre reseca.

–Oh, Robinsón... –susurró, tomándole la mano con suavidad–. No vuelvas a sufrir así por mí.

Él se inclinó hacia ella, con el rostro contorsionado de dolor.

–Sufro más sabiendo que acabo de acusarte de...

De repente la puerta se abrió de golpe, haciéndoles dar un respingo de sorpresa.

Matthew entró con un saco de lana al hombro y un periódico doblado en su mano libre. Se detuvo de golpe al verlos.

–¿Interrumpo... algo?

A Georgia le ardieron las mejillas mientras intentaba aparentar indiferencia. Gracias a Dios que no había entrado unos minutos antes.

–No. Simplemente estaba... examinándole la mano.

Matthew se quedó sorprendido.

–¿Qué diablos te pasa en la mano?

–Me la he herido.

–¿De veras? –Matthew dejó el saco en el suelo y entregó el periódico a Georgia–. Enséñame la mano, Brit. Yo soy bueno con las heridas.

Pero Robinsón retrocedió hacia la escalera, escondiendo la mano detrás de la espalda.

–Un hombre tiene su orgullo.

–No mientras viva en Five Points –Matthew se acercó hacia él y le agarró la mano. Volviéndole la palma hacia arriba, sacudió la cabeza–. Maldita seas. Te has desollado la piel. Mantenla en alto –echando mano a un bolsillo de su remendado chaleco, sacó una petaca que descorchó con los dientes–. Canta conmigo –le ordenó con tono entusiasmado, todavía con el tapón en la boca–. El dolor es maravilloso, divino. ¿Por qué? Porque significa que todavía respiras. Y ahora quédate quieto.

Georgia se mordió el labio, arrugando con los dedos el periódico que le había dado Matthew. Observó con una mueca cómo Matthew vertía el contenido entero de su petaca de whisky sobre la palma en carne viva.

–¡Cristo! –Robinsón se giró y sacudió repetidas veces la mano–. Quema más que la herida...

–Claro –Matthew volvió a guardarse la petaca en el chaleco–. Ya está. Acabo de volver de Wall Street. El empleado del banco me dijo que, de aquí a ocho días como poco, tendrá el nombre y la dirección de la persona que recibió tus billetes.

–¿Ocho días? –Robinsón se giró para mirarla.

Georgia se entristeció. Aunque Robinsón la quería, desde el momento en que apareciera su familia para devolverlo a su lujoso estilo de vida y le informara de quién era realmente, todo aquello tocaría a su fin.

Matthew recogió su periódico de manos de Georgia y lo desplegó, señalando una noticia.

–Felicitaciones, Crusoe. Oficialmente eres la noticia más importante de esta ciudad. Hasta el maldito empleado del banco sabía lo tuyo, razón por la cual se mostró tan dispuesto. El *New-York Evening Post* es muy popular entre los círculos de negocios.

Georgia se inclinó y recuperó el periódico de manos de Matthew. Leyó el titular: *Caballero británico necesitado de urgente asistencia*.

El artículo ofrecía una pequeña pero ajustada semblanza de su aspecto físico, con la ropa que había llevado cuando apareció en el hospital, y pedía a quien pudiera reconocerlo que se pusiera en contacto con el doctor William Carter, del hospital de Nueva York.

Bajó el periódico y se lo tendió a Robinsón.

–Dios bendiga a ese médico. Se ha dado muchísima prisa. Debe de tener muchos y buenos contactos.

Mientras Robinson leía la noticia, Matthew recogió el saco con el que había entrado y se lo entregó a Georgia.

–Toma. Es ropa de mi baúl. Espero que le quede bien.

–Gracias, Matthew.

Robinsón alzó la mirada del periódico.

–Sí. Te lo agradezco.

–No hay problema. Ah, Georgia... –se acercó a ella. Er... deberías limpiarte las manchas de sangre que tienes en el cuello. No tienes muy buen aspecto –sonrió–. ¿Os habéis divertido?

Georgia puso los ojos en blanco mientras apretaba el saco contra su pecho, con ganas de meterse dentro y arrojarse al río.

–Largo.

Matthew se recolocó el viejo parche de cuero en el ojo.

–No soy ningún imbécil. Y solo quiero que sonrías otra vez, como antes –se interrumpió–. Llévale al baile en algún momento. Te vendrá bien –la apuntó con el dedo–. Y recuerda que no pienso convertirme en tío de un niño medio británico en este distrito. Tendrás que largarte al Oeste con él, porque yo tengo una reputación que mantener. Sigo siendo irlandés, ¿sabes?

Georgia frunció los labios avergonzada mientras Matthew se volvía para abandonar el edificio, dejando la puerta abierta de par en par. Miró a Robinsón, temiendo lo que el pobre pudiera estar pensando.

Robinsón dobló el periódico y se inclinó para tomar el saco de ropa de sus manos. Sin mirarla, se volvió hacia las escaleras.

Georgia tragó saliva, viendo cómo subía lentamente los escalones como esperando a que ella dijera algo.

Matthew tenía razón. Cuatro tristes años habían pasado desde la última vez que había bailado en los brazos de un hombre, y evitar el baile no le iba a devolver a Raymond.

–Este viernes –alzó la voz, esperando romper el incómodo silencio–. Después de terminar la colada y de cenar un poco, ¿te gustaría ir a bailar? En este barrio no todo es sufrimiento. La gente también se divierte.

Robinsón la miró desde arriba, tenso. Se giró para mirarla de frente, apoyado el hombro en el muro de la escalera.

–¿Quieres que vaya? ¿O me lo estás pidiendo simplemente porque Matthew insistió en ello?

Ella parpadeó sorprendida.

–Bueno, yo...

–No tienes ninguna obligación para conmigo. Yo solo... necesito saber lo que es real y lo que es mío, dado que apenas existo en mi propia cabeza. Te confesaré que me siento ya ligado a ti, Georgia, y no solo en un sentido físico. En verdad, dudo que fuera capaz de alejarme de ti o de todo esto. Incluso aunque tú me lo ordenaras.

Las lágrimas quemaron los ojos de Georgia ante aquella inesperada confesión. Realmente era un alma bella.

–Si me prometes que no me romperás el corazón, Robinsón, te prometo que yo no te romperé el tuyo.

Él se apartó de la pared, sin dejar de sostenerle la mirada. Con el saco en los brazos, dijo con tono bajo y suave:

–Tu corazón está a salvo conmigo –se interrumpió y alzó la mano, con la palma en carne viva brillante todavía por el whisky que le había echado encima Matthew–. Probablemente debería vendarme esto –murmuró–. Lamento no haberte hecho caso antes. Yo... me preocupaban demasiado tus manos –dicho eso, se volvió en silencio y continuó subiendo las escaleras con su saco.

Georgia apoyó una mano en la barandilla de madera, contemplándolo fijamente hasta que desapareció en la puerta abierta de su vivienda. Le asustaba saber que su pobre corazón podía resultar roto por permitirse amar a aquel hombre sin nombre. Pero quizá, solo quizá, podrían terminar juntos y tomar el mundo, o el Oeste, por asalto.

Capítulo 9

*Todo el mundo se queja de su memoria,
pero nadie se queja de su juicio.*
François de la Rochefoucauld,
Máximas Morales (1678)

Mucho después de que Robinsón hubiera terminado de ayudar a Georgia a recoger la ropa seca de la azotea, y de que hubieran degustado la sabrosa cena de ostras y coles que ella había preparado, se puso la raída camisa de Matthew y sus remendados pantalones de lana. Aunque el pantalón le quedaba demasiado prieto por detrás, no había riesgo de que se le rompiera al sentarse.

Georgia se dirigió apresurada hacia él, ataviada con un sencillo vestido azul que resaltaba no solo su rostro sino sus preciosos ojos verdes. Llevaba el cabello suelto.

—Toma —señaló el cepillo que le tendía—. Está usted tardando demasiado, *señorita* Robinsón Crusoe.

Era como si llevaran años casados. Robinsón no podía sentirse más feliz.

—Ya casi he terminado.

Mojando el cepillo en el agua limpia de la palangana, y cuidando de no mojarse el vendaje de la mano, se inclinó sobre el resquebrajado espejo de pared. Se peinó varias veces el negro pelo hacia atrás y se miró de cerca.

—Necesito bañarme y afeitarme. No huelo mal, ¿verdad?

—Te lo habría dicho si fuera así. En cualquier caso, mañana es día de baño. Conseguiré una bañera de pie para los dos.

Bajó el peine.

—¿Quieres decir... bañarnos juntos? ¿Desnudos?

Ella puso los ojos en blanco y le quitó el cepillo de la mano.

—Quiero decir que podemos compartir el agua. En una bañera de pie apenas cabe una persona, y mucho menos dos. Y ahora ve a esperarme en el rellano antes de que terminemos haciendo el amor contra otra pared. A este paso no nos iremos nunca. Yo salgo ahora mismo.

—Está bien —se retiró, incómodo por la imagen que ella acababa de conjurar. Abrió la puerta y salió al estrecho pasillo. Soltando un suspiro exasperado, se acarició la venda de la mano mientras esperaba anhelante a que Georgia terminara de arreglarse. Desde que la había tomado salvajemente contra la pared, satisfaciendo su deseo como si fuera un animal, no había sido capaz de pensar en otra cosa. Evidentemente, no era ningún caballero. En el fondo, al menos.

El eco de unos pasos en la escalera le hizo volverse. Enarcó las cejas cuando descubrió a John, luciendo un chaleco gris, una vieja chaqueta negra y un pañuelo flojo y torcido, necesitado de un buen remiendo. Llevaba en su mano libre una solitaria y casi marchita margarita.

Plantándose en el rellano a su lado, carraspeó y anunció tranquilamente:

—He venido a ver a Georgia.

Pese a aquel lastimoso pañuelo, Robinsón casi se sentía desnudo en comparación, llevando como llevaba una raída camisa y unos pantalones demasiado apretados.

—Ella y yo vamos a salir —dijo, cuadrando los hombros.

John desvió la mirada y preguntó:

—¿Adónde?

—Al baile.

Josh lo miró.

—¿Quieres decir que ella te va a llevar a bailar?

—Sí. ¿Por qué?

John parpadeó varias veces y bajó la vista de nuevo, jugueteando con la flor que llevaba en la mano.

—Le gustas de verdad —masculló—. Ella nunca sale. No con su historial.

—¿Qué historial? —inquirió Robinsón, frunciendo el ceño.

John se inclinó para decirle con tono bajo y áspero:

—Hagas lo que hagas, Brit, no juegues con su corazón. Puede que yo la decepcionara estúpidamente no compartiendo su sueño de viajar al Oeste, pero yo nunca jugué con su corazón. Ni siquiera después de que me abandonara sin darme oportunidad de aclarar las cosas.

Robinsón se lo quedó mirando fijamente. Aparentemente algo oscuro y trascendental le había sucedido a Georgia en el baile. Algo que ella todavía no le había dicho. Flexionó los dedos, detestando no haber estado durante todo aquel tiempo a su lado para protegerla del mundo.

Georgia apareció de repente en el umbral, con su abundante melena rojiza recogida en dos largas y juveniles trenzas.

—Ya estoy lista —se detuvo con la llave de hierro en la mano y miró a John—. Vaya, John. Te has vestido de chaqueta y pañuelo. ¿Quién se ha muerto?

—Nadie. Me apetecía vestirme bien, eso es todo —le entregó la mustia margarita—. He oído que vas a ir al baile. También para mí ha pasado mucho tiempo. ¿Puedo ir contigo?

Robinsón sacudió lentamente la cabeza. Georgia suspiró, aceptó la flor de John y se la puso en el pelo, detrás de la oreja.

–Estoy con Robinsón y no pienso bailar con nadie que no sea él.

Reprimiendo una sonrisa, Robinsón intentó no sacar demasiado pecho. Si Georgia ya estaba anunciando a otros hombres que era suya, le gustaba la perspectiva de la noche que se avecinaba.

John bajó la mirada y repuso con tono suave:

–No pretendo molestar. Es que detesto la idea de quedarme solo en mi cuarto esta noche.

El muy canalla sabía cómo provocar la compasión de una mujer, pensó Robinsón.

Georgia suspiró, se giró para cerrar la puerta y guardó la llave en el pequeño bolso que llevaba bajo el brazo. Cuando se volvió de nuevo, no solo se agarró del brazo de Robinsón, sino también del de John.

–Puedes venir si quieres. Pero no montes gresca. Me gustaría que los dos llegarais a conoceros mejor, peleas aparte. Puede que descubráis que tenéis mucho en común.

John miró escéptico a Robinsón por encima de las trenzas color fresa de Georgia. Robinsón le devolvió la mirada mientras bajaban las escaleras, rozando la pared con los hombros en tan exiguo espacio.

Salieron y se internaron en la negra y húmeda noche. Pese a lo avanzado de la hora, grupos de hombres de rostros duros y sin afeitar acompañaban a otras tantas mujeres de labios muy pintados y mejillas llenas de colorete. Llenaban las calles, apareciendo y desapareciendo entre las sombras, a su alrededor.

Georgia giró con ellos a la izquierda, agarrándolos con fuerza del brazo.

–No deberíamos estar tan callados. Es incómodo hasta para mí. ¿De qué podemos hablar?

–Hablemos de que no me voy a perder un solo baile contigo –dijo John, engreído–. Porque los ingleses son tan negados para la música como para las mujeres y la vida en general.

Robinsón se contuvo de propinarle una bofetada.

–Con esa actitud acabarás bailando con la pared, o como mucho con unas cuantas sillas.

John se inclinó hacia él, por delante de Georgia.

–Te crees muy gracioso, ¿verdad? Pues bien, no lo eres. Eres un estúpido.

Georgia los sacudió de cada brazo.

–Aunque me siento halagada de ser el centro de esta encantadora atracción, no es muy impresionante ver a hombres adultos discutiendo como dos verduleras.

Tanto él como John se quedaron callados.

Doblaron una esquina y atravesaron en silencio unos callejones oscuros, pasando por delante de achaparrados edificios apenas iluminados por las farolas. Conforme se iban acercando, empezaron a escuchar un ruidoso jaleo y el rítmico atronar de pies en el suelo. Por la puerta entornada de un sótano, una intensa luz amarilla se proyectaba sobre la sucia calle, donde esperaban varios hombres con cigarros entre los dientes. Los animados acordes de un violín y los rápidos golpes de una pandereta parecían atravesar el aire húmedo.

Georgia los soltó y, con una lenta sonrisa, empezó a seguir el ritmo con el pie.

–Puedo sentir cómo se comunica ese violín con mi pie –de repente, recogiéndose las faldas, desapareció escaleras abajo.

John se volvió entonces hacia él.

–Te aconsejo que no hagas el ridículo. Bailar con una mujer es un arte –y se coló por la entrada del sótano, detrás de Georgia.

–¿Tan difícil puede ser? –gritó Robinsón, bajando a la carrera los escalones.

Se agachó para no golpearse la cabeza con el marco de la puerta y entró en una gran sala que había sido despejada de muebles, a excepción de unas pocas sillas alineadas contra las paredes y de filas de toneles llenos de jarras.

Del techo de vigas de madera colgaban sucios farolillos, iluminando los brillantes rostros de los hombres y mujeres, tanto negros como blancos, que bailaban felices al son del violín, la pandereta y el atronar de los pies en el suelo.

Descubrió una fila de hombres apoyados en la pared, a cada lado, aplaudiendo y siguiendo el ritmo con los pies. Algunos se interrumpieron para observarlo.

Georgia ignoró a John, que acababa de tenderle la mano.

–Después, John. Voy a bailar primero con Robinsón.

Dicho eso, lo agarró del brazo y se internó con él en la multitud, con sus trenzas balanceándose sobre sus finos hombros.

Robinsón se volvió hacia John y le gritó, engreído:

–¡Veo una pared de muy buen aspecto detrás de ti! Te sugiero que entables conversación con ella. ¡Quién sabe, quizá tengas suerte!

John entrecerró los ojos y se volvió para acercarse a una mesa llena de botellas de whisky. Lanzó una moneda a un hombre y se llevó dos botellas.

Robinsón siguió a Georgia por entre el caos de faldas al vuelo y manos batiendo palmas. Ella se volvió hacia él y giró sobre sí misma antes de alzarse las faldas sobre los tobillos y empezar a bailar, toda sonriente.

–¡No puedo crees que esté haciendo esto! ¡Han pasado años!

–¿De veras? Bueno, tú al menos recuerdas cómo se hace. Yo ni siquiera sé lo que tengo que hacer –con gesto incómodo, se llevó una mano detrás de la espalda e intentó obligar a sus pies a seguir el ritmo de lo que estaba sonando. Tropezó con las gastadas botas de cuero de un barbudo que bailaba a su lado y alzó una mano a modo de disculpa, pero el tipo le palmeó la espalda como asegurándole que no tenía importancia. Tenía la sensación de que se le iban a romper las piernas en sus intentos por seguir la música.

Georgia lo agarró de la cintura, acercándolo hacia sí.

—¡No levantes tanto las rodillas! —gritó—. ¡Si lo haces, perderás el ritmo y fallarás los pasos!

Así lo hizo, sintiéndose como un bufón de corte borracho. Soltó una carcajada.

—¡No puedo bailar! —gritó, inclinándose hacia ella—. ¡Me voy a caer de un momento a otro!

Ella se echó a reír.

—¡Lo estás haciendo bien! —le acunó el rostro y le acarició rápidamente la nariz con la suya, antes de soltarlo.

Aquella increíble y amorosa caricia le hizo desear no ya bailar, sino cantar a voz en grito. Sin importarle ya hacer el ridículo, se puso a aplaudir y a saltar mientras se dejaba arrastrar por la música. Con una sonrisa, vio que Georgia giraba hacia la izquierda y luego a la derecha, moviendo rápidamente los pies.

Sus brillantes ojos verdes lo miraban en cada giro y en cada vuelta. El entusiasmo que irradiaba le contagiaba una sensación de libertad y de felicidad que deseaba capturar y retener durante el resto de su vida.

Fuera cual fuera la historia de aquel lugar, no parecía tener consecuencia, porque lo único que veía era una genuina felicidad que estallaba en las risas y en el baile. Saber que *él* estaba allí para compartir aquella alegría le suscitó una sensación de orgullo.

Cuando la música cesó al fin y Robinsón dejó de moverse, un sonoro aplauso estalló a su alrededor, ensordeciéndolo momentáneamente.

Georgia se puso entonces a saltar, gritando por encima de las cabezas:

—¡Tocad una antigua melodía de amor! ¡He traído a mi amante esta noche y quiero que esta sea una noche para recordar! —se giró hacia él y lo agarró del brazo, apretándoselo con fuerza–. Acabo de anunciarle al mundo que eres mío. ¿Estás contento ahora?

–Me honras –la miró sonriente mientras los demás se ponían a aplaudir.

El negro larguirucho que había estado tocando el violín se subió a su silla, se ajustó la gorra y señaló a Georgia con la punta de su arco, sonriente. Empuñando rápidamente su instrumento, atacó una lenta y dulce melodía que logró derretir el corazón de cada alma que había en la sala.

Georgia se volvió hacia él con una tímida sonrisa y le puso una mano en el hombro. Con la otra tomó con cuidado su mano vendada, asegurándose de no hacerle daño, y anunció:

–Es así como bailan las damas de tu ambiente. ¿Verdad?

–Sinceramente, no lo sé. Pero me gusta.

Robinsón apoyó instintivamente la otra mano en la parte baja de su espalda. Inspirando profundamente, la separó de la multitud y la fue guiando mientras giraba lentamente. Ajustó su paso, sosteniéndola con firmeza. De manera también instintiva dio un paso adelante y otro atrás, y luego uno lateral, para continuar desplazándose por el suelo de tablas.

Era... el vals.

Sí. Lo conocía. Extrañamente lo conocía muy bien, y aunque el baile en sí no encajaba bien con la música que estaba sonando, sentía que esos eran los pasos adecuados. Con cada paso y con cada elegante giro, se daba cuenta de que no solamente sabía bailar el vals, sino que podía hacerlo fluidamente, muy bien.

Georgia entreabrió los labios de asombro mientras intentaba seguirle el paso. Bajó la mirada a sus pies y la levantó de nuevo hasta sus ojos.

–¿Qué es esto?

–El vals –respondió él, pasando por delante de las demás parejas que se habían detenido para verlos bailar–. O al menos creo que era así como se llamaba.

–Me gusta.

–¿Te gusta?

–Mucho. Me hace sentirme más... *civilizada*. ¿No te sientes civilizado?

Él bajó la cabeza hacia ella y murmuró:

–Sí. Porque antes no lo hemos sido mucho, contra aquella pared.

Encontraron más espacio para bailar, porque los otros habían empezado a apartarse para contemplarlos. Robinsón sonrió mientras la guiaba. Desfilaban por su mente imágenes de multitudes bien vestidas y parejas bailando y deslizándose por un reluciente suelo de madera, iluminadas por arañas de cristal y filas de espejos. Por unos instantes estuvo allí de nuevo, con aquella gente.

Continuó bailando con Georgia mientras intentaba aferrar aquella imagen, ignorante de dónde procedía. Los vacilantes pasos de ella fueron adaptándose a los suyos hasta que la sintió entregarse a los repetidos movimientos y al balanceo de sus cuerpos. No dejaba en ningún momento de mirarlo, levemente ruborizada, escrutando su rostro.

Cuando cesó la música, Robinsón se detuvo y suspiró mientras un aplauso se alzaba en el aire. Georgia no se separó de él, con una mano sobre su hombro y sosteniéndole todavía la mirada, incluso mientras el violín y la corneta comenzaban una alegre canción que puso a bailar otra vez a todo el mundo.

Ella le dijo algo, pero aunque él no pudo oírla debido al alboroto y a la música, no necesitó escuchar las palabras. Podía ver su expresión de embeleso. Un conmovedor embeleso que le hablaba de amor.

Solo que... algo se estaba desenredando, aclarando. Algo que le hacía sentirse como si aquel para siempre y un día que él buscaba en sus brazos estuviera a punto de serle arrebatado. Aunque intentó expulsar todos los pensamientos de esa clase, estaba empezando a preguntarse cómo era posible bailar tan bien con una mujer sin recordar cómo se hacía. Aquello le sugería ominosas posibilidades que se había negado a considerar en su desesperada necesidad por estar cerca de Georgia.

¿Y si había bailado de aquella forma, tan íntima y amorosamente, con la mujer sin cara que acechaba en el fondo de su mente? ¿Y si había mentido a Georgia cuando se la encontró por vez primera en la calle, solo para poder meterse en su cama y luego desentenderse de ella? Quizá el hombre que había surgido para poseerla de una manera tan salvaje contra la pared fuera, de hecho, *él*. Un hombre que solamente buscaba... acostarse con mujeres.

Tragó saliva y la soltó, apartándose de sus brazos. Se giró para alejarse, con un fuerte dolor punzándole el cráneo. Sintió una opresión en el pecho mientras se abría frenéticamente paso entre la multitud, incapaz de respirar.

Llegó a la puerta y salió a la calle, donde la luz y la oscuridad parecían mezclarse, desdibujándose. Echó la cabeza hacia atrás y permaneció inmóvil, aspirando el rancio aire a bocanadas que no servían más que para enturbiarlo todo aún más.

—¿Robinsón? —Georgia se apresuró a subir las escaleras y a reunirse con él. Le agarró del brazo—. ¿Qué te pasa?

Él esbozó una mueca con el dolor horadándole todavía el cráneo, ansiando desesperadamente poder descubrir quién era y lo que debía hacer.

—Me siento algo abrumado, eso es todo. Necesito descansar.

—Esto es culpa mía —susurró ella, vacilando.

—No te disculpes —desvió la mirada—. Yo no quería que terminara. Es simplemente que...

—¡Hey, Brit! —voceó John—. Hey —pasó trastabillando al

lado de Georgia, con una botella de whisky casi vacía en la mano. Lo señaló con la botella–. Se te ha caído algo.

Robinsón se palpó el pantalón, preguntándose si el dólar que se había guardado en el bolsillo seguiría allí. Así era.

–¿Qué se me ha caído?

Robinsón se giró hacia él justo cuando John gritó:

–¡Esto! –y le lanzó un puñetazo directamente al estómago.

El dolor lo dejó momentáneamente sin respiración. Se tambaleó, resbalando en su esfuerzo por recuperar el equilibrio y el aliento.

–¡John! –Georgia empujó a John con fuerza a un lado, con lo que le hizo soltar la botella. El cristal se rompió, resonando en la noche como el disparo de una pistola, y el whisky se derramó por todas partes.

Arrancándose la margarita de detrás de la oreja, Georgia se la lanzó a la cara y se abalanzó sobre él.

–¿Cómo has podido? ¿Cómo has podido arruinarme esta noche sabiendo que hacía cuatro malditos años que no pisaba este sitio? Saturado de whisky o no, ¿qué es lo que estás intentando demostrar?

John se inclinó entonces hacia ella y le acunó el rostro entre las manos.

–Estoy dispuesto a... viajar al Oeste –masculló, tambaleándose–. Antes no, pero ahora sí que lo estoy.

Apretando los dientes, Robinsón se lanzó sobre John, lo obligó a soltar a Georgia y lo empujó con fuerza.

–No la toques. Georgia, deberíamos marcharnos antes de que me rebaje a su nivel.

–Ahí te doy la razón –agarró a Robinsón del brazo y se lo llevó lejos de John–. De todas formas, tenemos que acostarnos ya. Vamos.

–¡Eso, acuéstate con él! –gritó John detrás de ellos, burlón–. Y mientras lo haces, Georgia... deja que el inglés te dé por detrás en nombre de Irlanda, como la maldita furcia traidora que eres.

Robinsón se giró entonces para dirigirse hacia John, con el pulso atronándole en las venas.

–Tú y tu maldita bocaza de borracho estáis muertos.

Echando mano a un bolsillo de su chaqueta, John sacó una navaja que abrió con dos dedos.

–Hijo de... –se lanzó a fondo a por él.

Robinsón se hizo a un lado justo cuando la hoja cortaba el aire del lugar donde había estado. Acto seguido saltó hacia él y le agarró la muñeca con ambas manos. Apretando los dientes, recurrió a toda su fuerza para retorcerle la muñeca. A pesar de su resistencia, John soltó la navaja, que rebotó en el suelo a sus pies.

Robinsón lo empujó entonces y se agachó rápidamente para recoger la navaja. Cerrándola, se volvió y la arrojó con fuerza a lo lejos para hacerla desaparecer. El pulso le atronaba en los oídos. Todavía no podía creer que aquel canalla hubiera estado a punto de matarlo.

John se incorporó tambaleante, apoyándose en la farola de gas que tenía detrás. Robinsón entrecerró los ojos.

–Si vuelves a acercarte a Georgia, haré algo más que darte una paliza. Te arrancaré el brazo y lo arrojaré lejos, para que haga compañía a tu navaja. ¿Entendido?

John se apartó de la farola para dirigirse hacia él.

–Te mereces que te degüellen... –rugió, arrastrando las palabras–. ¿Crees que no te vi... fornicando con ella? ¡Tuve que pegarme a la pared y contenerme para no... matarte a ti y a ella con el cuchillo de carnicero que agarré de la cocina!

Robinsón lo acusó con el dedo, jadeando de incredulidad.

–Cómo escojamos amarnos no es asunto de tu incumbencia. ¡Eres tan vil como patético!

Rechinando los dientes, John volvió a abalanzarse sobre él y le lanzó un puñetazo a la cabeza.

Robinsón lo esquivó, con el corazón acelerado. Rabioso, le lanzó a su vez un puñetazo y sus vendados nudillos hicieron contacto con su nariz. El puñetazo fue tan fuerte que hasta él se hizo daño y se tambaleó. ¿Acaso nunca había pegado a un hombre antes?

John se llevó las manos a la nariz, dando tumbos. Quedó sorprendido al ver que la sangre resbalaba entre sus dedos, brillando a la débil luz de la farola.

Georgia lo agarró del brazo.

—Ya está bien, Robinsón. Vámonos.

Pero él se liberó.

—Todavía no, querida —aprovechándose de su posición encogida, agarró a John de los hombros y lo empujó con todas sus fuerzas—. Esto por habernos espiado, imbécil.

John se fue de bruces contra el suelo. Rodó luego sobre su espalda y farfulló:

—Ella se merece más respeto que el que tú le estás dando... y lo sabes. Lo sabes.

Robinsón experimentó una punzada de arrepentimiento. Aunque una oscura y perversa parte de su ser lo impulsaba a aplastar aquel rostro lloriqueante, sabía que John tenía razón. Georgia se merecía mucho más de lo que él le estaba dando. Se merecía su tierra del Oeste, se merecía sus manzanos y, por encima de todo, se merecía un hombre que supiera cómo diantres se llamaba.

Volvió con Georgia, le tomó la mano y se la besó, para marcharse en seguida con ella. No hablaron. Sus pasos resonaban en la oscuridad. Quienquiera que fuera él, y cualesquiera que hubieran sido las razones que había tenido para abordarla en la calle, solo esperaba que fuera digno de una mujer como Georgia.

Robinsón se hallaba sentado en la pobremente iluminada cocina de Georgia, jugueteando distraído con la tela que había empapado en whisky antes de volver a vendarse la mano con ella. Aunque la herida ya no sangraba después del golpe que le había asestado a John, le seguía doliendo. Que Dios lo ayudara si al final resultaba que tenía una esposa. O hijos. «Oh, Dios», exclamó para sus adentros. ¿Y si resultaba que tenía hijos?

Georgia reapareció en el umbral de su cuartucho, recortada su figura esbelta contra la luz de la lámpara de aceite que tenía al lado de su cama.

–¿Robinsón?

Él alzó la mirada y suspiró, advirtiendo que ella no llevaba ni corsé ni camisola debajo de su fino camisón. A la luz que se filtraba de su habitación, podía distinguir la forma de sus senos y la sombra de sus pezones, sus muslos esbeltos a través de la tela de algodón que llegaba hasta el suelo.

La miró haciendo como que no había notado su práctica desnudez, pese a que cada músculo de su cuerpo rugía de tensión.

–¿Sí?

Ella apoyó la cabeza en el marco de la puerta.

–Fuiste clemente con John. Teniendo en cuenta las circunstancias. Estoy impresionada.

–Estaba bebido –murmuró, bajando la vista.

Georgia suspiró.

–Quítate la ropa y métete en la cama. No consentiré que pases otra noche en esa silla. La cama es pequeña, pero hay espacio suficiente para los dos.

Él sacudió la cabeza.

–La silla está bien.

–Robinsón...

–No. La silla es perfecta.

Ella se mordió el labio.

–Necesitas descansar.

–Estaré bien.

Georgia se acercó a él, contoneándose, con sus pequeños senos balanceándose bajo la tela del camisón.

–No haremos nada que no sea dormir. Te lo prometo.

Robinsón desvió la vista de aquellos senos que tanto deseaba tocar. Aquella mujer ni siquiera se daba cuenta de que todo en él lo impulsaba a perder los pocos modales caballerescos que todavía pudieran quedarle.

Se quitó las botas, que dejó caer al suelo.

–No voy a meterme en esa cama contigo, Georgia.

Recostándose en la silla, se cruzó de brazos.

–Tú y yo no deberíamos volver a tocarnos. No hasta que mi mente vuelva a ser la que era antes. La mía.

Georgia chasqueó los labios, arrugando la nariz.

–Necesitas dormir.

Robinsón la fulminó con la mirada.

–¿Y si resulta que estoy casado, Georgia? ¿Y si resulta que tengo una casa llena de hijos de la que ahora no recuerdo nada? ¿Qué pasará entonces con *esto,* o con *ellos*? De manera consciente, te he envilecido y me he envilecido a mí mismo.

La sonrisa se borró de los labios de Georgia.

–¿Es eso lo que te preocupa?

–¿Qué clase de hombre posee a una mujer contra la pared, para luego partirle casi la cabeza a otro?

Georgia sacudió la cabeza. Acercándose a él, se inclinó y lo besó sonoramente en la mejilla con sus labios dulces y cálidos. Todavía llevaba adherido a la piel el punzante olor a sosa y a almidón después de una larga jornada de trabajo.

–Pues deberías cambiar de idea y querer dormir a mi lado en ese catre de paja –murmuró, acariciándole la mejilla con la nariz–. No por ello voy a tenerte en menos. A mis ojos, siempre serás un caballero –se irguió después de acariciar con las puntas de los dedos el perfil de su mandíbula sin afeitar–. ¿Hay algo más que te preocupa? Sé sincero.

Él alzó la mirada hacia ella. Al cabo de un largo silencio, preguntó:

–¿Qué te sucedió en el baile, años atrás? ¿Cómo es que lo sabe John y yo no?

Georgia retrocedió, tensa su expresión.

–Preferiría decírtelo en otra ocasión.

–¿No quieres que te lo pregunte?

–No es eso. Está bien que me lo hayas preguntado, y me alegro de que lo hayas hecho. Es simplemente que no estoy de humor para llorar –bajó la vista–. Deja de sentirte culpable por lo de esta noche, porque has de saber que aquel vals me hizo olvidar por un precioso momento a cualquier hombre con el que bailé antes. Algo que nunca creí posible después de lo de mi Raymond. Así que te doy las gracias por ello. Necesitaba saber que podía mirar hacia delante y dejar atrás a Raymond. Y esta noche he tenido mi respuesta –parpadeó rápidamente, asintió y regresó al cuartucho–. Buenas noches.

–Buenas noches, Georgia –Robinsón tragó saliva, apoyando la cabeza en el duro respaldo de la silla, y cerró los ojos con fuerza. Algo seguía diciéndole que el tiempo avanzaba inexorable hacia su partida, reclamando a su mente del vacío en que se encontraba para devolverla a una realidad muy distinta.

Parte 2

Capítulo 10

Sin saber dónde estaba, ni qué pensar, Verezzi quedó por unos momentos pasmado, e incapaz de ordenar el caos de ideas que flotaban en su cerebro...
Percy Bysshe Shelley, *Zastrozzi* (1810)

Unos rápidos golpes en la puerta sobresaltaron a Robinsón, que se levantó de un salto de la silla. Se tambaleó, rígidos los músculos de los hombros y de las piernas por haber dormido en tan incómoda posición. Esbozó una mueca y gruñó, consciente de que no podía seguir así. Estaría muerto para finales de aquella misma semana.

Un trueno resonó a lo lejos, haciendo vibrar las ventanas. Una cortina de lluvia azotó los cristales en cuanto se acalló el trueno, empujada por el viento. Ya era de mañana. Una mañana muy poco invitadora, dado lo amenazador del tiempo.

—¿Georgia? —gritó John desde el otro lado, aporreando la puerta—. ¡Georgia! ¿Dónde está Robinsón? Sácalo de aquí, ¿quieres? ¡Y date prisa!

Iba a acabar con ese canalla y a enterrarlo en una cuneta de las afueras de Nueva York. Abalanzándose hacia la puerta, descorrió los cerrojos y la abrió.

—¿Qué pasa?

Se encontró con la fría mirada de los ojos azules de John. Su nariz hinchada y su rostro magullado estaban empapados por la lluvia, al igual que el resto de su persona. La ropa calada se le pegaba al cuerpo, y sus viejas botas habían dejado no solo charcos de agua, sino pedazos de barro en el umbral.

—Te sugiero que tú y el barro que has traído os marchéis. Porque ya estoy harto. Harto de ti.

—No he venido a pelear —masculló John, nervioso—. Siento lo de la... navaja. Me comporté como un estúpido y además había bebido demasiado. La policía ha estado yendo de puerta en puerta, buscándote. Nadie ha querido decir nada, imaginando que Georgia estaría en problemas, pero al final ha resultado que han venido a ayudarte. Yo... les he dicho dónde estabas —se apartó y señaló con el pulgar la escalera que tenía detrás, por la que subían a la carrera cuatro hombretones de uniforme, también empapados.

Robinsón contuvo el aliento mientras los cuatro hombres, ataviados con su uniforme de gala, con sable al costado, formaban en el rellano.

—Es él —anunció John en voz baja, señalando a Robinsón.

Uno de los uniformados lo saludó con una inclinación de cabeza y señaló la escalera con su mano enguantada.

—Su Excelencia estará encantado de saber que estáis a salvo. Os está esperando ansioso abajo.

Robinsón retrocedió un paso. ¿Su Excelencia? Sabía lo que eso quería decir. Quería decir que aquel hombre era... un duque. Que pertenecía a la nobleza británica. Tragando saliva, retrocedió otro paso. ¿Cómo podía saber eso?

—¿Quién es esa persona? ¿Qué tiene que ver conmigo?

El guardia de bigote que estaba más cerca de él se inclinó para explicarle:

—El duque de Wentworth es vuestro padre, milord.

Una extraña sensación de familiaridad se apoderó de Robinsón.

Recuerdos sin imágenes atravesaron sus pensamientos, evocándole una gran propiedad, con muchos criados.

—¿Milord? —le preguntó el oficial—. ¿Os encontráis indispuesto? ¿Necesitáis ayuda para bajar las escaleras?

Robinsón procuró concentrarse.

—No, estoy bien, gracias. Solo... —alzó una mano temblorosa, sintiéndose exhausto y abrumado—. Estoy intentando recordar, eso es todo.

Otro guardia le entregó una cartera de cuero de considerable tamaño, cuyo contenido tintineó como si fueran monedas.

—Esto es para la señora Milton. Contiene monedas de oro por la cantidad de un centenar. Su Excelencia desea que estas monedas le sean entregadas en premio a la generosidad que os ha demostrado, y que en seguida os reunáis con él en el carruaje que está esperando.

«Oh, Dios», exclamó para sus adentros. Aquello no podía estar sucediendo. Todo se estaba desarrollando demasiado rápido para que pudiera comprender algo. Agarró la pesada cartera de cuero.

—¿Georgia? —se dirigió al cuartucho que estaba detrás de la cocina, donde ella ya estaba de pie y vestida, con su cabello bien recogido, aunque descalza. Parecía como si llevara despierta algún tiempo.

—Mi padre está aquí —susurró, incrédulo, sosteniendo la pesada cartera—. Quiere que te entregue esto.

Vio una solitaria lágrima resbalando por su mejilla. Asintió y se la enjugó.

—Lo importante es que has encontrado lo que yo había perdido. Es bueno saber que tienes un padre. Más que bueno, de hecho. Es absolutamente maravilloso.

Robinsón lanzó la cartera sobre la mesa y se acercó a ella, abriendo los brazos.

–Ven aquí, Georgia. Ven aquí, antes de que le diga a todo el mundo que se marche.

Ella soltó un sollozo, se dirigió apresurada hacia él y se lanzó a sus brazos.

–Te dije que al final vendría alguien –enterró el rostro en su pecho–. Te lo dije.

–Es verdad –la estrechó con fuerza, rezando para que no fuera la última vez que la abrazara–. Y parece que soy bastante rico.

Georgia se apartó para mirarlo, todavía aferrada a él.

–¿Qué quieres decir?

–Que soy un lord, y mi padre, que está esperando, parece que es un duque.

Ella se quedó sin aliento, mirándolo con los ojos muy abiertos, y se apresuró a soltarlo. Se llevó una temblorosa mano a la boca. Lo miraba fijamente como si no supiera ya quién era.

Robinsón sintió que el mundo se desdibujaba, como si lo estuvieran arrastrando a una realidad de la que no quería formar parte.

–No me mires así. Sigo siendo el mismo hombre.

–Sabía que tenías dinero, pero jamás imaginé que serías un... aristócrata –dejó caer la mano–. Madre mía, de haberlo sabido jamás habría.... –dio un paso hacia él, mirándolo con expresión aterrada–. No puedes presentarte a él así. Tu padre me echará a mí la culpa de tu aspecto desastrado.

–¿Te das cuenta de que me estás insultando?

–Oh, cállate y quédate quieto –le metió la camisa debajo del pantalón y se la alisó todo lo que pudo–. Ya está. Ahora... –se volvió, recogió sus botas y se las lanzó–. Ponte las botas. Voy a buscar un trapo para sacarles brillo –recogió la otra cartera, la que contenía el dinero que le quedaba, y se la puso en la mano–. No te olvides de esto. Llevas ahí tu dinero y tu reloj. Quizá ahora puedas encontrar la llave que le da cuerda –y se retiró apresurada a la habitación delantera.

Solo a Georgia se le ocurriría pensar en dar cuerda a un reloj en un momento como aquel.

–Georgia...

–Ponte las botas –le gritó desde la otra habitación.

Suspiró. Bajó la mirada a las botas y se las puso, temiendo todo lo que le esperaba. Sería como volver a despertarse en el hospital. ¿Y si no reconocía a su padre? ¿Y si nunca llegaba a reconocerlo?

Georgia reapareció no solo con un trapo húmedo, sino con su chaleco, su chaqueta y un cepillo.

–Vístete. Discúlpate con tu padre por lo de los botones. ¿Querrá recuperarlos? Debería traértelos, ¿no? Son de plata.

Él se puso el chaleco de brocado, que ella le había lavado y se había secado apenas el día anterior.

–No creo que me los pida. Después de todo, son *mis* botones –se puso la chaqueta, ajustándosela bien–. ¿Mejor?

–Mucho mejor. Baja la cabeza –le peinó el pelo hacia atrás, con unos cuantos movimientos enérgicos. Se retiró luego para mirarlo, golpeando el cepillo contra la palma de su mano–. Ya está. Mucho mejor. Y ahora quédate quieto.

Haciendo a un lado el cepillo se arrodilló ante él y se puso a lustrarle las botas con el trapo como si fuera su criada.

Robinsón abrió mucho los ojos.

–Georgia, ¿qué...? –se inclinó para levantarla bruscamente–. ¿Qué diablos estás haciendo?

–Ahora me arrestarán por haberte tratado como si fueras un cerdo... –replicó, incómoda.

Él la miró fijamente, con un nudo en la garganta.

–Me has tratado como si fuera un maldito rey –supo, en

aquel preciso instante, que nunca podría vivir sin ella. Ni aunque estuviera casado y con cuatro hijos–. Quiero que lo conozcas. Quiero que bajes conmigo.

Georgia retrocedió, frunciendo el ceño y sacudiendo la cabeza.

–Él no querrá conocerme a mí –arrojó a un lado el trapo sucio y se alisó el vestido con las manos–. Ni siquiera poseo un vestido decente –añadió, ruborizada–. Siento haberte hecho vivir así. De verdad que lo siento.

Robinsón luchó contra la necesidad de sacudirla de los hombros por decirle aquello.

–Ya está bien –alzó una mano con gesto impaciente–. Y ahora ven. Vas a venir conmigo.

–No me hagas esto, Robinsón. Por favor –lo empujó hacia la puerta, haciéndolo tambalearse–. ¿Y si estás casado? No seré la causa de una ruptura matrimonial.

Él se estiró para recoger su cartera.

–¿Y si estoy soltero? ¿Y si estoy libre para amarte? ¿Qué pasará entonces? ¿Me aceptarás?

Vio las lágrimas rodar de repente por su cremoso rostro, enrojeciendo aquellos preciosos ojos verdes.

–Un hombre como tú, perteneciente a la nobleza, rico... nunca podrá ser libre para amar a una mujer como yo. ¿Es que no te das cuenta?

Robinsón abrió mucho los ojos. Ni siquiera sonaba a ella misma.

–¿Te estás dejando cegar por algo tan estúpido como el estatus y la riqueza? ¿Quieres realmente viajar al Oeste? ¿O realmente me quieres a mí? Es tan sencillo con eso.

Ella se enjugó las lágrimas.

–Calla –le dio la espalda–. Yo no tengo derecho a imponerte mis deseos.

Robinsón tuvo que hacer un gran esfuerzo para no agarrarla y obligarla a volverse.

–Las personas que se aman se imponen las unas a las

otras, mutuamente. Ese es el precio del amor. A no ser, claro está... que no me ames.

–No se trata del amor, Robinsón.

–¿Entonces de qué se trata? –el rencor agudizaba su voz.

Ella volvió a negar con la cabeza.

–Te des o no te des cuenta de ello, yo solo seré para ti una mujer a la que sacaste del arroyo. Y yo no pienso hacerte eso a ti, ni a mí misma. No mancillaré nuestra dignidad así. No lo haré.

–¿Nuestra dignidad? –se inclinó hacia ella–. ¡La dignidad no significará nada si no estamos juntos!

A Georgia se le escapó un sollozo.

–Eso es porque tú no sabes lo que es vivir sin dignidad. Pero yo sí, Robinsón. He vivido sin ella desde que nací y no pienso hacerte a ti eso –se llevó una mano a la boca y se retiró a toda prisa a la habitación delantera.

–¿Georgia? –gritó–. Ven conmigo. Por favor.

Silencio.

Tragó saliva, percibiendo que tanto John como los cuatro uniformados esperaban con el aliento contenido. Resultaba degradante ver cómo su vida entera se desmoronaba ante los ojos de unos hombres a los que ni siquiera conocía. Permaneció inmóvil en el umbral, mirando el rosario colgado en la pared más alejada de la cocina, y rezó en silencio a Dios para que la convenciera de que se plegara a su demanda.

Esperó y esperó, tragándose su incredulidad. Al ver que seguía sin aparecer, salió y cerró la puerta para no agarrarla y obligarla a la fuerza a acompañarlo.

Permaneció todavía durante unos segundos en el pasillo, mientras todo el mundo esperaba en silencio. Era patético. Él era patético.

Por fin reaccionó y arrojó la cartera a John, que se encontraba a un par de pasos de distancia.

—Considéralo una disculpa por el puñetazo que te di.
—No, fui yo quien...
—Procura que Georgia no se meta en problemas. Es todo lo que te pido —y se abrió paso entre los uniformados.

Se dirigió a las estrechas escaleras que llevaban a la calle. Un trueno resonó implacable a lo lejos. Una vez en la planta baja, se detuvo para mirar la pared de yeso y acarició su rugosa superficie, anhelando poder volver a capturar el inefable momento en que Georgia le hizo creer que era el único hombre al que amaba y al que amaría nunca.

Abandonó el edificio y salió a la calle. La lluvia le azotó la cabeza y los hombros, empapando su chaqueta en cuestión de segundos. Un criado ataviado con un uniforme rojo esperaba al descubierto, con sus lustrosas botas negras encajadas en el barro de la calle. Mantenía abierta la portezuela de un gran carruaje lacado en negro.

Deteniéndose a pocos pasos del coche, Robinsón dejó que la fría lluvia continuara empapándolo y aturdiendo sus sentidos. Georgia no se había molestado en luchar por él. Georgia, que llevaba una navaja en el muslo y que se enfrentaba al mundo a fuerza de puñetazos y de palabras igualmente contundentes. Obviamente nunca había llegado a amarlo como él la amaba a ella.

El rostro de un caballero de edad apareció entonces en la portezuela, cuando se inclinó hacia delante para asomarse mientras se llevaba un pañuelo blanco a la nariz y a la boca. Su cabello plateado brilló con el movimiento.

Sus ojos color castaño oscuro se abrieron mucho cuando lo vio. Bajando el pañuelo con su mano enguantada, el viejo caballero se levantó de su asiento. Iba vestido de negro de la cabeza a los pies, a excepción de la camisa y el pañuelo blanco. Rápidamente ordenó al criado que mantenía la portezuela abierta:

—¡Tráelo aquí en seguida, Gilmore! ¡Que no se moje! —gritó, con el rostro congestionado.

El criado corrió hacia Robinsón y lo agarró del brazo para acompañarlo al carruaje y desplegar la escalerilla.

Robinsón entró a trompicones y se dejó caer en el asiento opuesto al del viejo caballero mientras la escalerilla era nuevamente recogida. La portezuela del carruaje se cerró entonces, envolviéndolo en un ambiente de terciopelo gris que olía a especias y a cedro.

Se quedó con la mirada perdida. Conocía aquel olor. Pertenecía a su vida. Pertenecía a la vida del vizconde Roderick Gideon Tremayne. Inspiró profundamente, llevándose una temblorosa mano a la sien. Su nombre. Sabía su nombre. No se llamaba Robinsón. Era lord Roderick Gideon Tremayne. Tragó saliva y miró al hombre que tenía delante. ¿Por qué tenía un nombre en la cabeza, y nada más?

El duque se despojó de su chaqueta y se la echó por los hombros. Le acarició una mejilla.

–Yardley –le dijo, sentándose a su lado–. Dime que te han tratado bien.

–¿Yardley? –repitió Roderick, luchando contra el pánico–. ¿Quieres decir que mi nombre no es Tremayne? ¿Quién diablos es Tremayne?

El duque se quedó callado, parpadeando rápidamente.

–Tremayne eres tú, también. Lo que pasa es que es uno de tus títulos. Como Yardley.

–Entiendo –suspiró–. Llámame Tremayne. Por favor. No sé por qué, pero lo prefiero.

–Está bien –el duque le tomó la muñeca y examinó su mano vendada–. ¿Qué te ha pasado? Carter no me dijo que te habías herido en la mano. ¿Es serio?

–No. Me arranqué un poco de piel. Eso es todo –Roderick retiró la mano y volvió a apoyarla sobre su regazo–. ¿Podemos irnos ya?

El duque lo agarró entonces del brazo, con fuerza.

–¿Quieres dejar esa actitud de horrible indiferencia?

Llevas desaparecido doce días. ¡Doce! He tenido a incontables hombres registrando esta ciudad desde que tu ayuda de cámara me informó de que no habías regresado de tu paseo vespertino. ¡Fue una bendita casualidad que el propietario del Adelphi pusiera en mis manos el diario de ayer, sabiendo que yo estaba pagando a un ejército de hombres para localizarte!

Roderick lo miró incómodo, intentando discernir que clase de relación tendría con su padre.

–Disculpa el trastorno que te he causado.

El duque le soltó el brazo.

–Lo único importante es que estás a salvo. Nos marchamos de aquí. ¿Entiendes? Por mucho que me cueste aceptarlo, teniendo en cuenta quién es y lo que significó para tu madre, hemos renunciado a intentar convencer a Atwood de que vuelva con nosotros a Inglaterra. Tiene todo el derecho del mundo a quedarse y a llevar la vida que se le antoje.

Roderick se hundió en su asiento, absolutamente confundido.

–¿Atwood? ¿Quién es Atwood?

El duque abrió mucho los ojos. Se inclinó hacia él, escrutando su rostro.

–¿Quieres decir que no lo recuerdas?

–No. No lo recuerdo.

El duque se quedó callado, sin dejar de observarlo.

–Pero recuerdas por qué abandonamos Londres, ¿no?

Una fantasmal sensación se apoderó de él.

–No.

El duque soltó un suspiro, cerrando los ojos por un momento y pellizcándose el entrecejo.

–El doctor Carter me advirtió de tu condición, pero yo... ¿Cómo puede alguien perder de pronto todo recuerdo de quién es? –abriendo los ojos de nuevo, le preguntó–: Pero a mí sí me recuerdas, ¿verdad? Porque me has reconocido.

Roderick tragó saliva.

–Lamento decir que no.

El duque se acercó todavía más hacia él. Bajó la voz.

–Esfuérzate un poco más, Tremayne. Un hijo nunca se olvida de su padre. Nunca.

Recostándose en su asiento, Roderick susurró con tono dolido:

–Perdóname. No es por voluntad propia que no recuerde nada.

El duque parpadeó rápidamente para contener las lágrimas. Desvió la mirada y finalmente pronunció con voz emocionada:

–Pareces medio muerto. Haré que tu ayuda de cámara se ocupe de ti cuando lleguemos al hotel. Partiremos en el próximo Red Star Line, que saldrá dentro de diez días. Afortunadamente no cancelé los billetes.

Recogiendo con mano temblorosa su bastón del asiento que tenía al lado, el duque usó su pomo de oro para golpear el techo del carruaje.

El coche se puso en marcha, haciendo que Roderick se bamboleara por el súbito movimiento. Estaba abandonando a Georgia. Ella se marcharía al Oeste y él solo Dios sabía a dónde, y con un hombre del que ni siquiera se acordaba.

Todavía estupefacto, desvió la mirada hacia la ventanilla por la que resbalaban las gotas de lluvia. Una fugaz y distorsionada imagen de Georgia corriendo descalza fuera del edificio donde vivía le hizo incorporarse de golpe.

Corría detrás del coche, chapoteando en el barro. Su cabeza apareció justo debajo de la ventanilla mientras saltaba en un esfuerzo por verlo.

–¡Robinsón! –gritó, golpeando el cristal con la mano. Corría al lado del carruaje, que no aflojaba la marcha. Luchaba por mantenerse a su altura, con el pelo empapado por la lluvia–. Si no estás casado ni comprometido con otra mujer, vuelve. ¡Estaré aquí otra semana antes de que me marche al Oeste! –un sollozo escapó de su garganta antes de que su cabeza desapareciera de su vista, con el coche dejándola atrás.

Roderick contuvo el aliento mientras el estrépito de las ruedas y el fragor de la lluvia ahogaban cualquier otro sonido. Georgia lo amaba. Sabía que todo lo que había sucedido entre ellos había sido real. Lo sabía.

Se volvió hacia el hombre que estaba sentado a su lado.

–¿Estoy casado o comprometido con alguna mujer?

El duque dejó escapar una carcajada de asombro.

–Yo... Bueno... Tenías una amante que te trajiste de París para distraerte de tu obsesión por la esposa de tu hermano, pero la despachaste cuando zarpamos para Nueva York. ¿Es eso lo que querías saber?

–¿La esposa de mi hermano? ¿Tengo un hermano? ¿Y qué es eso de que estaba obsesionado con su esposa? ¿Quieres decir que estuve enredado con ella?

La expresión del duque se ensombreció.

–*Tenías* un hermano, Tremayne. Y, sí, te enredaste con su esposa. Pero todo eso... pertenece al pasado.

Roderick echó la cabeza hacia atrás y se pasó las manos por el pelo. Era por eso por lo que llevaba un brazalete de luto. El brazalete por el que Georgia le había preguntado en el despacho del doctor Carter, aquel que ni siquiera se acordaba de haber llevado. Había estado de duelo por su propio hermano. «Dios mío», exclamó para sus adentros. ¿Qué clase de hombre se habría acostado con la mujer de su propio hermano? ¡Era un canalla y ni siquiera se acordaba de haberlo sido! ¿Cuándo sería su vida por fin suya y la sentiría como real? ¿Cuándo?

Roderick se quitó la chaqueta y se abalanzó hacia la portezuela.

–Detén el coche. Ahora mismo.

–¿Para qué?

—Estoy comprometido. Y ahora detén el carruaje.

El duque se inclinó sobre él y lo agarró de los hombros, sacudiéndolo dos veces.

—Compórtate —aquellos ojos castaños escrutaron su rostro—. Tú no estás comprometido.

—Lo estoy en este momento. Quiero comprometerme oficialmente con la señora Georgia Emily Milton. La viuda de Raymond Milton y la mujer sin la que sencillamente no puedo vivir.

El duque abrió mucho los ojos.

—¿La mujer a la que acabo de entregar el oro? ¿La que, según el doctor Carter, era encantadora pero estaba loca de atar?

—Si ella está loca, entonces todo el mundo lo está. Ella me acogió y me dio un hogar cuando no tenía ninguno. Y yo estoy locamente enamorado de ella.

El duque se quedó sin habla, ruborizado.

—Solo has estado fuera doce días. Que no doce años.

—El tiempo no significa nada para dos almas perfectamente gemelas. Te pido que detengas el carruaje para poder llevarme a mi prometida conmigo, a casa.

—Puede que no recuerdes quién eres, pero eso no cambia aquello que eres y que debes continuar siendo. Eres el único heredero de un ducado. ¿Entiendes? Esa mujer no tiene lugar en tu mundo y no permitiré que te degrades a ti mismo ni a todo lo que nosotros representamos.

Roderick se tambaleó, luchando contra la náusea que lo invadía.

—Renunciaré a todo con tal de hacerla mi esposa. A todo. Incluso a ti. Incluso a mi nombre. Que no te quede la menor duda.

El duque entrecerró los ojos y lo acusó con el dedo.

—Si te opones a mí en esto, Yardley, te privaré de todo, incluida tu pensión anual, y te quedarás sin nada. ¿Es eso lo que quieres?

Roderick soltó un suspiro tembloroso y se obligó a insuflar una mayor decisión en su voz.

—No pienso abandonarla.

El duque bajó la mano hasta su muslo. Al cabo de un largo silencio, replicó:

—Cuando te cases, Tremayne, lo harás con una mujer digna de tu nombre y de tu estatus. No con.... esa.

—Ella es una mujer perfectamente digna. Te juro que lo es.

El duque se lo quedó mirando fijamente.

—Tú no estás en tu sano juicio, muchacho —el duque señaló el paisaje barrido por la lluvia que se divisaba a través de la ventanilla—. Supongo que has confundido todo esto con Park Lane.

Roderick apretó la mandíbula.

—No te equivoques con lo que ella y yo hemos compartido. Tú no sabes nada.

El duque cerró los ojos, como incapaz de continuar mirándolo, y pronunció con tono contenido:

—Déjala aquí y no compliques más ni tu vida ni la mía. No te lo repetiré. Te desheredaré en cuanto te vea casarte con esa chica.

Roderick estaba más que dispuesto a arrojarse en brazos de la pobreza y a desollarse las manos cada día con tal de saber que Georgia estaría allí, a su lado. Pero se negaba a dejar que ella viviera en la pobreza que sigilosamente había minado no solamente su orgullo, sino también la fe que había tenido en sí misma como mujer y como ser humano. De modo que cambiaría la vida de Georgia, ahora que sabía que tenía poder y riquezas, y, con el tiempo, le demostraría a aquel hombre estirado que ella se merecía mucho más.

Inclinándose hacia el duque, le dijo con un tono que esperaba fuera razonable y persuasivo.

—Me la llevaré a Londres, entonces. Como amante.

–Tremayne, por el amor de Dios...
–¿Me estás diciendo que no se permite tomar una esposa o una amante?
–¿Quieres decir que vas a llevarte a esa mujer a Londres?
–Sí. Y ahora te ruego que me digas a cuánto asciende la anualidad de la que me hablaste antes. Debo asegurarme de que ella lo tenga todo. Y cuando digo «todo», es «todo». No pienso marcharme sin ella.

La mirada de aquellos ojos castaños se endureció, exenta ya de toda compasión.

–Tu anualidad asciende a nueve mil libras al año, sin incluir lo que heredaste de tu hermano. Eso debería ser más que suficiente, a no ser que ella pretenda comerse un barril de oro cada hora.

Roderick se lo quedó mirando fijamente.

–No hay necesidad de que la insultes. Y ahora detén el carruaje para que pueda recogerla. A no ser, por supuesto, que prefieras que me quede yo y abandone las obligaciones que tengo para contigo y para con mi nombre. Porque estoy dispuesto a hacerlo. Viviría en una pocilga con tal de que mi corazón se diera un festín real.

El duque bajó la mirada. Le temblaba visiblemente la mano cuando empuñó el bastón.

–Tú y tu corazón os buscaréis vuestra propia ruina. Cristo, a veces me recuerdas a mí mismo en mis años jóvenes. Es una maldición, eso es lo que es –golpeó dos veces el techo el carruaje con la empuñadura de oro, con lo que el carruaje perdió velocidad–. Confío en tu palabra, Tremayne. Los hombres respetables toman amantes, pero no se casan con ellas. ¿Entendido?

«Eso cambiará», pensó Roderick.

–Entendido.

Abrió la portezuela. Sin esperar a que el coche se detuviera del todo, saltó. Se tambaleó por el fuerte impacto con el suelo lleno de barro, pero en seguida recuperó el equilibrio, se volvió y contempló la calle borrosa por la lluvia. A lo lejos pudo distinguir a Georgia que ya se había dado la vuelta para echar a andar en sentido opuesto. Al arreciar la lluvia, se recogió las faldas empapadas y apresuró el paso.

–¡Georgia! –centenares de gotas heladas caían tan rápidamente que apenas podía distinguir nada mientras echaba a correr por el barro.

–¡Tú! –gritó el duque a uno de los guardias–. ¡Síguelo! Que no se empape más.

Roderick seguía corriendo hacia Georgia, pisando los charcos. A cada zancada se empapaba más y más los pantalones y las botas. Apretaba los dientes mientras el frío iba poco a poco entumeciendo sus músculos.

Los cascos de un caballo hacían temblar el suelo, siguiéndolo, cuando Georgia desapareció detrás de una esquina.

–¡Georgia! –Roderick esquivaba carretas y carruajes mientras la gente se asomaba bajo los aleros de las casas para verlo correr. Jadeando, corrió cada vez más rápido hasta que dobló la esquina de la calle.

La vio justo antes de que desapareciera detrás de un estrecho arco abierto en un muro de piedra. Al otro lado del viejo muro se alzaban gigantescos robles que medio escondían una iglesia abandonada.

–¡Georgia! –gritó.

Volviéndose para mirar al guardia a caballo, Roderick le señaló la dirección que estaba a punto de tomar antes de atravesar también el arco. De repente dejó casi de llover, protegido como estaba del aguacero por la cúpula de gruesas ramas. Una antigua iglesia apareció de pronto ante él, dentro de un pequeño patio. Se enjugó el agua del rostro y miró a su alrededor, descubriendo únicamente silencio, lápidas torcidas y campos llenos de musgo dentro de los muros de piedra. No había señal alguna de Georgia.

—¿Georgia? —atravesó a la carrera el patio vacío. Ocasionales gotas de lluvia se deslizaban de las ramas de los árboles. El fantasmal silencio le hizo preguntarse si aquellos terrenos habían sido hollados alguna vez por los vivos.

La vista de una pequeña cripta de piedra cubierta de hiedra le hizo detenerse en seco. La piedra mohosa tenía marcas que se habían borrado con el tiempo. La negra verja de hierro estaba abierta de par en par.

Entró y se encontró con unos peldaños cubiertos de musgo que bajaban hasta lo que parecía un pequeño estanque. Empezó a descender, internándose en lo oscuro. Un aire fresco y rancio se elevaba del fondo, como si la cripta respirara.

—¿Georgia? —llamó, con el eco resonando a su alrededor.

—¿Robinsón?

El alivio inundó su empapado cuerpo. Paso a paso se fue acercando a ella. El aire se iba haciendo más denso conforme un olor a madera podrida asaltaba su olfato. Rayos de una luz gris procedente del mundo exterior se proyectaban sobre las lóbregas paredes cubiertas de hiedra seca y musgo.

Delante de él, la figura en sombras de Georgia se hallaba arrodillada en el último escalón, que se hundía ya en el agua turbia del estanque. Vio que alzaba la mirada, con un rayo de luz grisácea iluminando únicamente el lado derecho de su húmedo rostro.

—Creí que no te volvería a ver más.

Continuó descendiendo hasta ella. Lo conmovía ver que se tenía en tan poco que no solamente había renunciado a él, sino que había sentido la necesidad de esconderse en las sombras de una cripta como si fuera un fantasma.

—Me he quedado absolutamente lívido, Georgia, de ver que desde el mismo instante en que descubriste que yo era el príncipe y tú el mendigo, por así decirlo, te arrodillaste sobre cristales rotos incluso cuando yo me ofrecí a cargarte en brazos para que no los pisaras. Nunca te arrodillarás así ni ante mí ni ante nadie, ¿entiendes? Siempre serás la mujer que yo sé que eres. La mujer que desea marcharse al Oeste cuando todos los demás van al Sur. Por eso eres la única mujer que yo podría permitirme amar. Porque yo necesito una mujer que haga algo más que amarme. Necesito una mujer que esté dispuesta a luchar por mí incluso cuando yo sea incapaz de luchar por mí mismo.

Georgia bajó la mirada y asintió levemente, pero no dijo nada.

Roderick tragó saliva, intentando tranquilizarse.

—Mi verdadero nombre es vizconde Roderick Gideon Tremayne, aunque parece que también me conocen por otro: Yardley. Quería que lo supieras. Porque quizá ahora me tendrás.

Lo miró extrañada.

—En realidad —continuó él—, prefiero con mucho el nombre de Robinsón. Porque él, al menos, era un hombre bueno —soltó un tembloroso suspiro y se acercó a ella para acuclillarse a su lado—. ¿Qué estás haciendo aquí? Este es un lugar macabro.

Ella acarició con un dedo el agua que tenía a sus pies.

—Siempre vengo aquí.

La miró, aunque apenas podía distinguir el borroso perfil de su rostro.

—¿Por qué?

—Ha sido mi santuario durante años —le confesó, con el eco de su voz resonando a su alrededor—. Cada vez que pasaba por aquí con mi padre, él me contaba que en el estanque que había dentro de esta cripta uno podía adivinar su futuro, si tenía la paciencia de contemplar su propio reflejo en el agua el tiempo suficiente. Por estúpido que pueda parecer, he estado viniendo a contemplar el agua desde entonces.

Roderick miró el agua que había a sus pies, viendo únicamente el perfil oscuro y borroso de sus figuras reflejadas.

–¿Y has visto algo interesante?

–Sí –soltó una carcajada–. Que parece que mi futuro es tan turbio como el agua misma.

Roderick la tomó de la barbilla, obligándola suavemente a volver el rostro. Ella alzó entonces la mirada y él sintió que se derretía por dentro.

–Tu futuro es más luminoso de lo que piensas –le soltó la barbilla y señaló el estanque–. Te pido que me digas lo que ves ahora mismo.

Georgia se quedó callada.

–No veo nada.

–Sí que ves –insistió, señalando el agua ante ella–. Por muy oscuro o distorsionado que aparezca tu reflejo, te pido que mires y que me digas lo que ves.

–Veo el perfil en sombras de mi rostro.

–Exactamente –se levantó–. Tú eres tu propio futuro, Georgia, lo cual probablemente era lo que tu padre estaba intentando decirte. Porque eso nadie puede adivinarlo mejor que tú. A veces nos convertimos en víctimas de la desgracia y de los errores que cometemos, pero incluso entonces tenemos derecho a luchar por lo que seremos. ¿Por qué crees que estoy ahora mismo delante de ti? Porque tú lo deseabas y porque yo lo deseaba –continuaba contemplando el perfil en sombras de su rostro–. Tengo que admitir que mientras estoy aquí echándote un sermón, arrastro mi propia carga que todavía tengo que comprender y a la que tengo que enfrentarme –tragó saliva–. Si yo te dijera que en mi antigua vida fui un canalla de la peor especie, ¿seguirías queriéndome por lo que ahora sabes de mí?

Ella lo miró fijamente.

–¿Qué es lo que te dijo tu padre? ¿O acaso... lo recordaste tú mismo?

—Mi padre me contó algo y yo sentí que todo era verdad. Estoy soltero, lo que es una suerte, pero parece que estuve sentimentalmente relacionado con la mujer de mi hermano. Ya no, pero lo estuve.

Georgia se levantó y se volvió hacia él. El rayo de luz grisácea que procedía del exterior iluminó en ese instante el otro lado de su rostro, el que él no había visto antes.

—El Robinsón que yo conozco nunca habría hecho tal cosa.

—Lo sé —repuso con un nudo en la garganta.

Ella suspiró, desviando la vista.

—Qué estúpidos hemos sido los dos. Tú, buscando un pasado que es mejor olvidar, y yo anhelando un noble y elevado futuro tan ridículo como yo misma. Deberían colgarnos a los dos.

Roderick retrocedió un paso, percibiendo que ya se estaba alejando de él debido a lo que con tanta sinceridad acababa de confesarle.

—Entendería que no quisieras seguir relacionada conmigo.

Georgia se quedó en silencio por un momento, sosteniéndole la mirada.

—¿Qué es lo que realmente quieres para nosotros, Robinsón? Sé sincero.

Se acercó de nuevo a ella.

—Dentro de diez días partiré para Inglaterra. Acompáñame. Quiero que compartas conmigo todo lo que tengo durante el resto de nuestras vidas, mientras aprendemos a amarnos cada vez más. Eso es lo que quiero. Dime que vendrás conmigo.

—¿Quieres que vaya a Inglaterra?

—A Londres, en concreto. Allí es donde parece que está mi antigua vida.

—¿Londres? —ella forzó una carcajada—. Eso sería como lanzar una piedrecita irlandesa al vasto mar británico y quedarse a ver cómo se hunde. No soy exactamente lo que tú llamarías una compañía respetable. Eso lo sé hasta yo. ¿No son la mayoría de los británicos protestantes? Yo soy católica a muerte.

–¿Qué importa eso? Aprenderás a convertirte en uno de nosotros y te ganarás su respeto. Al igual que aprendiste a leer y a escribir.

–¿Y si te decepciono? ¿Y si no logro aprender a ser nada más que lo que ya soy?

–Tú nunca podrías decepcionarme, Georgia. La riqueza no significa nada cuando su propietario carece de integridad. Y tú tienes suficiente para llenar no solo mi corazón, sino un reino entero.

Ella escrutó su rostro, suavizada su expresión.

–¿Hablas en serio?

–Sí, y solo espero que mi antigua vida no te desilusione ni te perjudique, por que no tengo la menor idea de lo que nos espera en Inglaterra.

–Siempre y cuando sigas siendo el hombre que tengo delante, estaré junto a ti.

Roderick se la quedó mirando incrédulo.

–¿Entonces vendrás? ¿Pese a lo que nos pueda reservar mi pasado?

–Sí.

–Yo... –tragó saliva–. ¿Por qué?

–Porque confío en que no me desilusionarás, ni a mí ni a ti mismo. Porque confío en que has aprendido ya a ser un mejor hombre, aunque todavía tienes que verlo por ti mismo.

Roderick suavizó su tono de voz, sintiéndose inmensamente honrado por haber ganado el amor de una mujer tan increíble.

–Te prometo que nunca te arrepentirás de tener fe en mí.

–Habrá mejores manzanos en Londres, Robinsón –le

dijo medio en broma–. Porque si no es así, entonces tú y yo habremos terminado. ¿Entendido?

Él soltó una ronca carcajada.

–Los plantaremos en el patio de casa en cuanto lleguemos –le tendió la mano–. Vamos. No nos quedemos aquí, en las sombras de esta cripta.

Georgia vaciló antes de aceptar su mano.

–¿Cómo deberé llamarte? ¿Roderick?

–No. Llámame Robinsón. Porque, en el fondo, ese es el que soy –le apretó la mano y la guio por la estrecha escalera de piedra y luego a través de la verja, hasta que salieron al patio–. Georgia. Hay algo más que debes saber. Algo que complicará nuestras vidas.

Ella alzó la mirada hacia él.

–¿Qué?

Acarició la callosa palma de su mano pequeña, agradecido de que nunca más tuviera que volver a tocar otro balde.

–Aunque soy rico, no puedo renunciar al favor de mi padre, porque al hacerlo nos condenaríamos los dos a la pobreza. De manera que no podremos casarnos mientras no sea capaz de demostrarle a mi padre lo mucho que vales. ¿Podrás aceptar que no podremos casarnos hasta después de lo que pueden ser meses? ¿O incluso... años?

–No te preocupes –respondió, entusiasta–. Le demostraré mi valía a tu padre. Tarde lo que tarde –le clavó un dedo en el pecho–. Pero tú, a cambio, tendrás que enseñarme a comportarme como una dama.

–Eres una dama.

Georgia puso los ojos en blanco.

–No me vengas con esas. Sé lo que soy, y si vamos a impresionar a tu padre, tendremos que rompernos las pelotas a trabajar.

Él se echó a reír.

–Sugiero que empecemos por corregir tu lenguaje. Si te

parece que yo me escandalizo con facilidad, el duque mucho más –se llevó su mano a los labios, besándosela–. Y ahora vamos. Mi padre espera.

Pero ella se detuvo, señalando su empapado camisón y sus pies descalzos llenos de barro.

–No puedo verlo así.

Contempló su vestido, que se le pegaba de manera indecente a sus pequeños senos, delineándolos.

–A mí me gusta cómo vas.

Ella le dio un manotazo en el hombro.

–Libertino.

–Como tú –sonrió mientras tiraba de ella hacia la entrada, donde uno de los guardias seguía esperando. Lo llamó–. Informe por favor a Su Excelencia que acompañaré a la señora Milton de vuelta a su vivienda, para que pueda vestirse de manera apropiada para su partida.

El hombre asintió y desapareció bajo la lluvia, al otro lado de la pared.

Roderick siguió tirando de ella.

–Vamos. La paciencia no es una de las virtudes del hombre que al parecer es mi padre. Mientras tú te pones un vestido nuevo, yo utilizaré ese tiempo para conocerlo y poder comprender así mejor todo aquello a lo que nos enfrentamos.

Ella se detuvo de nuevo.

–Tendré que hacer algo más que ponerme un vestido. Tengo que lavarme los pies y hacer la maleta.

–¿La maleta?

–Sí. Tengo que empaquetar mis tarros, tazas, platos, ropa de cama y esas cosas. Y no pienso dejar mi caja en el agujero de la pared, para que el siguiente inquilino la encuentre. Hay noventa y ocho dólares con noventa y seis centavos que pueden venirnos muy bien. Eso sin contar las monedas de oro que me dio tu padre. Vamos a necesitarlas.

Roderick la atrajo hacia sí, llevándose de nuevo su cálida mano a los labios. Se la besó varias veces y dijo con tono burlón:

—Soy heredero de un ducado, querida. ¿Sabes qué quiere decir eso? ¿O necesitas que te lo explique?

Ella arrugó la nariz.

—Quiere decir que no necesito hacer la maleta. ¿Es eso?

—Exactamente. Guarda solo tu ropa, ya que no tendremos tiempo para vestirte adecuadamente hasta que lleguemos a Londres. Todo lo demás de valor, déjaselo a Matthew. Sobre todo el dinero. Él lo aprovechará.

Georgia se quedó sin aliento.

—No voy a dejarle mi dinero a ese canalla.

Roderick se inclinó hacia ella.

—Georgia. Imagina lo que nos darán de sí ciento noventa y ocho dólares con noventa y seis centavos, teniendo en cuenta lo mucho que Matthew ha hecho por nosotros solo con cuarenta y cuatro dólares, visitando bancos, dejándome tocar a su madrastra e incluso proporcionándome ropa...

—Nos estará eternamente agradecido.

Robinsón sonrió.

—Exacto. Y cuántos más amigos tengamos que apoyen nuestra unión, más probable es que todo acabe encajando en su lugar.

Capítulo 11

Lo único que disuade a Dios de mandarnos un segundo Diluvio Universal es que el primero fue inútil.
Nicolas Chamfort, *Caractères et anecdotes* (1771)

Ataviada con su mejor vestido de domingo, que se había hecho ella misma toda orgullosa, Georgia suspiró y contempló su vivienda por última vez, deteniéndose en la pequeña cocina en la que había pasado tanto tiempo. Alisándose el pelo todavía húmedo, que se había recogido debajo de una cofia para ofrecer un aspecto más respetable, vació sobre la mesa de madera el contenido de su caja, para que Matthew la encontrara.

Dejando la caja abierta, se acercó luego apresurada a la pared para descolgar el rosario de su madre. Lo besó, dando gracias a Dios por todos los dones que había recibido, y lo guardó en el fondo de la caja para volver a cerrarla.

Aparte de todos sus vestidos, que había metido en un gran saco, la caja de su padre y el rosario de su madre eran las únicas cosas de su vida anterior que pensaba llevarse consigo. Un día, cuando les contase la historia de su vida a sus hijos, les mostraría orgullosa las raíces de su pasado. Guardó la caja dentro del saco y lo ató con un nudo.

Recogió de la mesa la llave de bronce, levantó el saco, abrió la puerta y salió. Después de cerrar con llave, suspiró. No tendría que preocuparse más de contar monedas. Increíble.

Permaneció inmóvil ante la puerta, acariciando la gastada madera por última vez. Esperaba que el camino que había elegido fuera todo lo que había soñado y mucho más.

–Te marchas, ¿verdad?

Dio un respingo y se giró para descubrir a John, que se hallaba en la puerta de su propia vivienda. Tenía el pelo rubio pegado a la frente por la lluvia. Su camisa y su pantalón estaban tan empapados como el resto de su persona.

Georgia cargó el saco y se plantó ante él.

–¿Quién necesita viajar al Oeste cuando yo ya he encontrado las cuatro esquinas del mundo en un solo hombre?

John cruzó los brazos sobre el pecho, bajando la mirada.

–Lamento lo de ayer. Trasegué mucho whisky.

Georgia suspiró.

–Preferiría no hablar de ello. Me voy. Necesito dejar esta llave con uno de los vecinos y dejarle instrucciones a Matthew.

John le tendió la mano.

–Yo lo haré por ti.

Ella puso los ojos en blanco.

–No voy a dártela a ti.

–Yo se la entregaré.

–¿Me prometes que se la entregarás con las instrucciones adecuadas?

–Sí –se llevó una mano al pecho–. Por la tumba y el alma de mi madre, lo juro.

Consciente de lo mucho que su madre había significado para él, Georgia suspiró y le tendió la llave.

–Dile a Matthew que deje cerrada la vivienda, a no ser

que quiera alquilarla, e infórmale de que puede hacer lo que quiera con todo lo que he dejado allí. Necesitará también recoger la ropa de la habitación delantera y entregársela a los curas, a no ser que quiera que nos arresten a todos –volvió a suspirar–. Y dile también que de alguna forma lo echaré de menos, pero que no me escriba, porque voy a incorporarme a una sociedad respetable y no quiero que me asocien con malhechores. Él sabe que yo siempre he pensado eso, incluso antes de conocer a Robinsón, así que no debería sorprenderse.

John vaciló antes de recoger la llave.

–Se lo diré –permaneció ante ella, con su ropa oliendo a moho y a lluvia–. Cuídate.

–Lo haré –retrocedió un paso, apretando el saco contra su pecho–. Ah, una última cosa. Tiene que ver contigo.

–¿Qué? –enarcó una ceja.

–¿Te acuerdas de mi buena amiga Agnes Meehan?

John dejó de sonreír.

–¿Qué pasa con ella?

–Sigue soltera, mal que le pese a su padre. Sé que antaño te gustaba, antes de que se mudara al Oeste. Pídele la dirección a su prima y cómprate un billete en la diligencia.

–Dudo que se acuerde de mí.

–Puedes apostar a que sí. En su última carta me preguntaba si seguías pensando en casarte.

–¿Cuándo recibiste esa última carta? –la miró, interesado.

Georgia reprimió una sonrisa.

–Hace un mes –inclinándose hacia él, le clavó un dedo en el pecho–. Pero aléjate del whisky y de las navajas, si piensas que eso puede impresionarla. Porque no lo hará.

–Lo siento, Georgia. Siento haberlo estropeado todo. Yo solo... –la agarró del brazo y la acercó hacia sí, con el saco entre sus cuerpos. Enterró su húmeda cabeza en la curva de su hombro.

Ella se tensó, pero en seguida se dio cuenta de que el pobre hombre solo estaba buscando consuelo. Le dio una palmada en la espalda con su mano libre.

–Ya está, ya está... Te perdono. Y tú tienes que perdonarte a ti mismo.

Asintió contra su hombro. Unos pasos resonaron de repente en las escaleras y se detuvieron en el rellano, a su lado.

Percibiendo que era Robinsón, Georgia se separó de John y lo apuntó con el dedo una vez más.

–Escribe a Agnes. No te quedes sentado en la calle Orange esperando a que te surja algo mejor, porque eso no ocurrirá. Nosotros, los irlandeses, tenemos que buscarnos nuestras propias estrellas porque todo el mundo parece pensar que les pertenece el maldito cielo entero.

–En eso tienes razón –John señaló con la barbilla a Robinsón, que se encontraba detrás–. Te sugiero que te vayas. Tu Brit está esperando –alzó una mano a manera de despedida antes de desaparecer dentro de su vivienda. Bajando la mirada, cerró la puerta.

Georgia se quedó donde estaba, esperando que John encontrara algún día la felicidad. Suspirando, se volvió luego hacia las escaleras para correr hacia Robinsón con su saco.

Robinsón la miró.

–No puedes abrazar a los hombres de esa manera, Georgia. Ya no.

Ella enarcó las cejas. Se detuvo de golpe y señaló con el pulgar la puerta de John.

–He estado a punto de darle una patada. No vayas a ser tú el primero.

Robinsón desvió la mirada, ajustándose la camisa húmeda.

–No se trata de celos. En mi círculo, por lo poco que recuerdo, los hombres y las mujeres no se tocan así a no ser que estén casados. E incluso cuando lo están, esas cosas solo ocurren en los confines de la intimidad del hogar. No quiero que mi padre te juzgue y te condene.

A Georgia se le encogió el corazón el pensar que, muy probablemente, su padre jamás aceptaría su relación. Pero al menos estarían juntos, abrazándose cada día y cada noche.

—Lo entiendo.

—Bien —carraspeó—. De hecho quería aclarar algunos asuntos de protocolo antes de que te presente formalmente a mi padre. Cuando tú y yo estamos solos, serás libre de llamarme Robinsón, pero en presencia de otros, especialmente de mi padre, deberás dirigirte a mí como «milord» o «lord Tremayne». Es una señal de respeto. ¿Serás capaz de recordarlo?

—Tú eres Robinsón cuando estemos solos y «milord» o «lord Tremayne» cuando no lo estemos.

—Muy bien. Cuando hables con mi padre, tanto si él y yo estamos solos o en compañía de muchos, dirígete a él como «Su Excelencia».

Georgia parpadeó extrañada.

—¿Como en la gracia de Dios?

—Sí.

—¿No tiene eso un punto sacrílego?

Roderick soltó una carcajada.

—Supongo que sí. Es algo que tendremos que aceptar. Mi padre es muy rígido y necesitarás adaptarte a su concepto de respetabilidad cuando estés en su presencia.

—¿Te refieres a que me comporte así? —alzando la barbilla, estiró las manos sin soltar el saco y dio un par de pasos bamboleándose.

—¿Hablas en serio?

Ella soltó una carcajada y le golpeó un brazo con su mano libre.

—Claro que no. Te estaba tomando el pelo. Sé perfectamente lo que quieres decir.

Él se rio también y le dio con el dedo unos golpecitos en la nariz.

—Quiero que pases el mayor tiempo posible con mi padre. De esa manera descubrirá cuanto antes lo maravillosa que eres. ¿Crees que podrás impresionarlo con una conversación inteligente carente de todo comentario de mal gusto?

—Por supuesto que sí. En Broadway he visto conversar a mucha gente de clase alta. Mira —alzó majestuosamente la barbilla y adoptó una pose serena y altiva. Mirándolo con gesto recatado, entonó con su voz más remilgada y civilizada—. Creo que me desmayaré de disgusto si este tiempo tan horrible me estropea no ya mi parasol de encaje, sino mi sombrero...

Robinsón estalló en carcajadas. Retrocedió y chocó con la pared que tenía detrás, sin parar de reír hasta que le saltaron las lágrimas.

Ella parpadeó extrañada. Nunca le había visto reírse tanto. No pudo evitar sentirse ofendida viendo como su mejor intento de mostrarse civilizada era recibido con burlas.

—¿He hecho algo mal?

Todavía riendo, explicó:

—Eso no es precisamente lo que yo llamo... una conversación inteligente.

—Oh, no ha sido *tan* malo.

—Oh, sí que lo ha sido. No vuelvas a hacerlo —le quitó el saco de las manos—. Venga. Los guardias que custodian el carruaje están calados hasta los huesos y mi padre está tan inquieto como ellos. Peor aún, se está congregando toda una multitud de curiosos.

Agarrándole la mano, Georgia lo siguió rápida escaleras abajo y salieron al exterior. La lluvia había aflojado hasta convertirse en una fina llovizna. Se recogió nerviosa las faldas de su vestido beige por encima de los botines para evitar que se le mancharan de barro. Limpia. Tenía que permanecer limpia.

Justo cuando estaba a punto de pisar la calle, Robinsón la levantó en brazos, con saco y todo.

–¡Oh! –el corazón le dio un vuelco mientras se agarraba a su chaqueta empapada–. ¿Qué estás haciendo? Sé caminar sola.

–Me estoy asegurando de que no pises el barro.

Georgia sonrió.

–Tenía que haberte conocido antes. Habrías podido salvarme por lo menos un vestido.

–Me arrepiento de no haber podido llegar antes a vuestra vida, madame, pero de aquí en adelante pretendo salvaros hasta el último de vuestros vestidos –cargándola en brazos hacia la portezuela abierta del carruaje, la metió dentro.

El familiar aroma a especias y a cedro del interior asaltó los sentidos de Georgia. Le recordó la primera vez que había visto a Robinsón en la calle. Olía a él.

Se dejó caer en un asiento increíblemente suave y mullido, frente a un caballero mayor de cabello plateado.

El duque se ajustó su entallada chaqueta y se inclinó para observarla mejor.

Ante la intensa mirada de aquellos hermosos y amables ojos castaños, se compuso lo mejor que pudo su vestido de domingo, asegurándose de cubrirse los tobillos.

Esbozó una radiante sonrisa, juntando las manos desnudas sobre el regazo, la una encima de la otra, como había visto hacer a las mujeres ricas.

–Buenos días, Excelencia. Me disculpo por haberos hecho esperar. Es un placer conoceros y os agradezco vuestra generosidad al habermo permitido venir.

Ya estaba. Había soltado una frase lo suficientemente cortés sin que pareciera demasiado melosa.

Sosteniéndole la mirada, el duque inclinó su plateada cabeza ante ella, pero no dijo nada.

Se dijo que al menos había conseguido una inclinación de cabeza y una mirada directa a los ojos. Que era mucho más de lo que estaba acostumbrada a conseguir cuando entraba en tiendas con carteles en las ventanas que decían: *no se admiten irlandeses.*

El carruaje se tambaleó ligeramente cuando subió Robinsón. Agachó la cabeza para no golpeársela con el techo forrado de terciopelo y se sentó junto a su padre, directamente frente a ella, mientras el criado cerraba la portezuela del coche. Se inclinó hacia delante para dejar el saco en el asiento junto a ella, encajándolo en una esquina. Se recostó luego y carraspeó, sosteniéndole la mirada como si quisiera prepararla para el largo viaje que se avecinaba.

Dedujo, de la opción que había tomado de sentarse junto a su padre, y no a su lado, que la etiqueta dictaba que un caballero no debía sentarse junto a una dama en un carruaje. Tuvo la inquietante sensación de que había varias miles de reglas no escritas que todavía tenía que aprender. Y ella que siempre había pensado que las mujeres ricas lo tenían fácil...

Georgia contempló por un momento el suntuoso interior del carruaje. Aquello sí que era elegante. Uno podría convertirlo en un harén, dado que hasta el último centímetro de las paredes y del techo estaba forrado de terciopelo gris.

El carruaje se puso en marcha de golpe. Georgia soltó un gritito, agarrándose al asiento con ambas manos para no caerse. Soltó luego una carcajada como riéndose de su propio grito y volvió a retreparse en el asiento, arreglándose las faldas.

—Casi me caigo del asiento. Deberían advertir a una mujer tocando una campanilla. Al contrario que los hombres, tan seguros con sus pantalones, una mujer como yo lleva un montón de faldas que habrían podido levantarse dejándome con el trasero al aire. Y eso no habría estado nada bien.

Robinsón se llevó una mano a la boca y desvió la mirada hacia la ventanilla. Cerró los ojos por un momento.

Oh, no. Había dicho «trasero», ¿no?, pensó Georgia.

Se recostó en el asiento y alzó la barbilla, sintiendo cómo le ardían las mejillas. Miró al duque, cuyas cejas grises seguían alzadas.

—Disculpadme, Excelencia. Mi boca todavía tiene que aprender el verdadero significado de ser civilizado.

El duque se inclinó hacia Robinsón, que seguía con una mano en la boca.

—Londres se quedará impresionado con ella.

Robinsón dejó caer la mano sobre el regazo y soltó un suspiro exasperado.

—Al diablo con Londres. ¿Qué es lo que saben allí sobre la bondad de las personas?

Georgia apretó los labios, consciente de que Robinsón la estaba defendiendo noblemente. Maldijo a su padre. Si el viejo pensaba que ella nunca podría ser tan aburrida y civilizada como él, todavía tenía que ver a Georgia Emily Milton en acción. Le sacaría los colores hasta a la última dama de Londres, aunque para ello tuviera que morderse la lengua hasta hacerse sangre, porque iba a casarse con su Robinsón y a conseguir su terreno y sus manzanos.

Capítulo 12

Ni siquiera Dios puede cambiar el pasado.
　　　　　Agathon, *Ética a Nicómaco* (Aristóteles).
　　　　　　　　　　　　　　　Edición de 1566

El hotel Adelphi

—Lo dejé todo tal como estaba. Todo —el duque señaló la gran suite a través de la puerta abierta de par en par—. Búrlate ahora si quieres, pero estaba tan aterrado con tu desaparición que pensé que si los criados tocaban incluso la cama, ello impediría tu retorno.

Roderick se apoyó en el marco de la puerta y contempló la habitación excesivamente decadente, de inspiración francesa. Una gran cama de dosel se alzaba en el centro con montañas de edredones y almohadones de plumón. Una mesa de caoba se hallaba a un lado, cargada con montones de libros, con una silla también llena de volúmenes. Era eso lo que explicaba todas las historias y las palabras que bullían en su cabeza. Aparentemente tenía pasión por la Literatura.

Por mucho que se esforzaba, no conseguía recordar

nada de lo que aquella habitación debió de haber significado para él. Más allá de la mesa, un alto armario de pie y varios arcones abiertos revelaban mucha más ropa de la que un hombre podría necesitar. Y no había uno, sino tres aparadores de madera de castaño colocados contra las paredes de color gris, todos con espejos. Cada uno tenía todo lo necesario para atender a su aspecto, así como todo tipo de comodidades y lujos.

Deslizó la mirada por varias licoreras de cristal conteniendo oporto y brandy, con copas a juego perfectamente alineadas en el aparador principal. Parecía que le gustaba beber.

Roderick se volvió para mirar a su padre.

—¿Cuanto tiempo he estado viviendo aquí? ¿Y qué es lo que he estado haciendo mientras tanto?

Su padre frunció el ceño.

—Tú y yo alquilamos varias habitaciones durante unos siete meses y pasábamos la mayor parte del tiempo investigando pistas y entrevistando a tipos y sujetos corruptos que preferiría olvidar —soltó un suspiro—. Tu desaparición fue de lo más inquietante. No sabía si estaba relacionada con el círculo de Atwood o si era porque había sucedido otra cosa.

—¿Quién es ese Atwood?

El duque sonrió. Un inesperado brillo asomó a sus ojos.

—Una vez que hayas sido convenientemente atendido, hablaremos más para que te vayas familiarizando con tu propia vida —el duque se volvió hacia Georgia, que esperaba silenciosamente en el pasillo detrás de ellos—. Sígame. No hay necesidad de que se quede en el pasillo —y añadió con tono indiferente, dirigiéndose a su hijo—: Hice que el criado le asignara la habitación ochenta y ocho. Así estará cerca cada vez que necesites visitarla.

Roderick inspiró profundamente, ofendido por aquella bofetada propinada tanto a su honor como al de Georgia. Y aquello no era más que el principio.

—Aunque agradezco el gesto, tengo que pedirte que no vuelvas a hacer esas insinuaciones, ni ante ella ni ante mí.

El duque lo señaló con el dedo.

—Solo estoy descubriendo tus propias cartas, muchacho. Así que no me lo eches en cara. ¿Señora Milton? Por aquí, por favor.

Juntando las manos detrás de la espalda, el duque echó a andar por el pasillo y desapareció por uno de los corredores contiguos.

Georgia, que se había quedado mirando al duque con lo que parecía una sincera fascinación, juntó también las manos detrás de la espalda. Girando sobre sus talones, echó a andar tras él a largas zancadas, como remedando su paso.

—¿Qué estás haciendo? ¿Georgia? —la llamó.

Se volvió hacia él, con las manos todavía detrás de la espalda.

—Nunca te había visto andar así. ¿Qué diablos estás haciendo?

Apoyó las manos en las caderas.

—La observación es la clave, mi querido Robinsón. Uno debe aprender primero a no hacer lo que no debe hacer.

Roderick enarcó las cejas.

—Eso no tiene ningún sentido. Limítate únicamente a lo que no debes hacer.

—Oh, no tienes ningún sentido del humor —bajó la voz—. Todos los hombres de clase alta andan así.

Él parpadeó extrañado.

—¿Andan cómo?

Ella le señaló la dirección en que había desaparecido el duque y sacó pecho al tiempo que fruncía el ceño y bajaba la barbilla.

—Es como si estuviera marchando hacia las malditas puertas del infierno y además estuviera condenadamente orgulloso de ello.

«Oh, Dios». Iba a tener que contratar a varios cientos

de mujeres para instruirla sobre cómo morderse la lengua, o pasarían veinte años antes de que su padre la aceptara.

–Yo te adoro con locura, Georgia, sabes que sí, pero por favor, no digas «maldito», «diablos» ni «condenado», y menos aún en una misma frase.

Georgia parpadeó sorprendida, abandonando su imitación.

–Lo siento. Tienes razón. Er... ¿Robinsón?

Él la miró, percibiendo su poco habitual nerviosismo.

–Aparte de reprimir palabrotas, sé simplemente tú misma –le dijo–. No tienes por qué tener ningún miedo. Yo no me voy a ir a ninguna parte.

–No es eso.

–¿Qué es, entonces?

Vaciló hasta que, alzando la mirada a sus ojos, le susurró como temiendo que alguien pudiera oírla:

–Te amo. Te amo de verdad. Y todavía no puedo creer que me hayas traído contigo.

Robinsón se quedó sin aliento al escuchar aquellas palabras por primera vez.

–Yo también te amo. Y la opción de dejarte era inimaginable.

Permanecieron durante unos segundos inmóviles en el silencio del corredor, mirándose intensamente a los ojos. Robinsón podía sentir su mirada acariciándole el cuerpo de pies a cabeza, y anheló que aquella caricia fuera real.

Consciente de que estaba a punto de abalanzarse sobre ella y estropearlo todo, carraspeó e intentó adoptar un tono indiferente.

–Una vez que te instales en la habitación, ¿te parece que nos reunamos a hacer un desayuno tardío? –y añadió, bromista–: No tengo la menor duda de que, a partir de este momento, no tendremos que pagar por la comida.

Ella se echó a reír, iluminada su expresión.

–Ese sí que es un precio que puedo permitirme. Bueno,

tengo que irme o tu padre pensará que soy una grosera –volviéndose, recorrió lo que restaba de pasillo contoneándose con la inesperada gracia de una mujer en plena posesión no solamente de su cuerpo, sino del mundo.

Roderick inspiró profundamente, contemplando aquellas caderas. Habría podido pasarse todo el día mirándola.

Ella se detuvo entonces de pronto, como si hubiera percibido su mirada. Sin volverse del todo, sonrió y le regaló una ardiente mirada que endulzó sus rasgos y aquellos brillantes y maliciosos ojos verdes suyos.

–Esta noche... –bajó la voz–. ¿En mi habitación o en la tuya? Me estoy sintiendo bastante amorosa, si sabes lo que quiero decir.

A él le atronó el pulso en los oídos solo de imaginarse a sí mismo haciéndola jadear, con ella debajo de su cuerpo. Empezó a retroceder hacia la seguridad de su habitación, cuya puerta seguía abierta, sabiendo que ni podían ni debían hacerlo... Maldijo aquella insufrible necesidad suya de convertirla en una mujer respetable a costa de su propia cordura.

–No podemos.

Georgia alzó las cejas, sorprendida.

–¿Por qué no?

Pensó que solo una mujer como ella necesitaría una explicación.

–Yo... –suspiró incrédulo ante lo que estaba a punto de decir. Necesitaba su respetabilidad, porque esa era la única forma de dignidad que él iba a ser capaz de otorgarle. El deseo y la lujuria no tenían cabida en ello. No al coste de su dignidad–. Reservaremos nuestra intimidad para cuando nos casemos. Es lo mejor.

Ella abrió mucho los ojos.

–Pero eso puede llevar meses...

Forcejeando con su propia angustia, Robinsón asintió.

–Lo sé. Pero es que simplemente me niego a convertirte

en la amante que mi padre espera que seas. Nosotros ya sabemos lo que queremos y necesitamos el uno del otro. Eso no está en discusión –se aclaró la garganta, intentando concentrarse–. Lo que hicimos en la calle Orange nunca debió haber sucedido. Quiero que los demás te respeten de la misma manera en que te respeto yo.

Se plantó frente a él, con las manos en las caderas.

–¿Esperas que nosotros… nos aguantemos hasta que los demás nos den su aprobación?

–Sí.

–¿Y si nadie nos da su aprobación? ¿Qué pasará entonces?

–Lo harán.

–No. No lo harán. No de la manera que tú quieres, al menos. Yo sé lo que soy, Robinsón, y ellos también lo saben, y nunca podré cambiar eso aunque nunca más vuelva a acostarme contigo.

–Georgia, por favor –la miró fijamente–. Una relación puede estar perfectamente fundada al margen de una cama, pese a lo que te hayan enseñado a creer en Five Points. Sobreviviremos a esto y te demostraré que estás equivocada.

Ella se quedó sin aliento.

–¡No te atrevas a sermonearme sobre los fundamentos de una relación! Yo sé lo que es una cama y lo que se comparte en ella. Y también sé lo que sucede cuando no se comparte nada –marchó hacia él, mirándolo con expresión feroz–. Lo quiero todo de ti, y no me conformaré con menos. ¿Entendido?

Que Dios lo salvara. Ella era como un fuego ardiente y él como un leño.

–Ya no estamos en la calle Orange, Georgia. Tu mundo tal como lo conoces, con todas sus reglas, ha cambiado. Al igual que tú te esforzaste por todos los medios para que yo no acabase apuñalado por aquellos canallas de la pistola, yo ahora estoy haciendo todo cuanto está en mi poder para evitar que te apuñalen estos canallas de la moral.

Ella lo fulminó con la mirada.

—Aunque es verdad que acepté meterme en esto, yo no firmé vender mi alma a un hombre dispuesto a echarme en cara los pecados con los que nacimos gracias a Adán y a la maldita Eva —declaró indignada—. Anoche tú me preguntaste por el garito de baile y por lo que significaba para mí.

Robinsón parpadeó extrañado, medio esperando que dijera más. Cuando no lo hizo, inquirió:

—¿Sí?

—Pues ahora estoy dispuesta a decírtelo. ¿Están permitidas las conversaciones íntimas en la sociedad respetable? ¿O es que eso también está prohibido?

Aquello le dolió, y ella lo sabía.

—Siempre podrás tener una conversación íntima conmigo. Eso es muy distinto a que compartamos una cama.

—Pues de hecho es lo mismo. Solo que una remite al cuerpo y la otra al alma, y se complementan mutuamente. ¡Y a pesar de lo que tú y tu respetable sociedad podáis pensar —a esas alturas estaba ya gritando, señalándose a sí misma y al suelo—, yo necesito ambas para llamar a *esto* una maldita relación!

Apretando los dientes, Robinsón señaló la puerta abierta de su habitación.

—Dado que claramente te niegas a que sigamos hablando de manera razonable, te exijo que entres en mi habitación. Porque no pienso consentir que te comportes como una mujerzuela en público.

Georgia entreabrió los labios. Retrocedió lentamente, escrutando su rostro.

—Tú no eres mi Robinsón. No te reconozco.

Georgia sentía que se le encogía el corazón.

—Sigo siendo el mismo hombre, Georgia. Lo que tú no

pareces entender, sin embargo, es que los hombres de mi estatus no se acuestan con mujeres fuera del matrimonio. ¿Necesito recordarte lo que murmurará la gente sobre ti?

Ella continuaba ladeando la cabeza de lado a lado, con las lágrimas inundando sus ojos.

—Es obvio que tienes dos voces resonando dentro de tu cabeza. Una pertenece a mi Robinsón, y otra a ese... a ese Tremayne. Pero no puedes ser ambos hombres, Robinsón. Porque no sois los mismos. Lo que Robinsón quiere para mí es lo que yo quiero para mí. Amor a cada momento, risas en las situaciones más apuradas, dulzura ante todo y una interminable sinceridad. ¿Y qué es lo que Tremayne quiere para mí? ¡Que me aspen si sé lo que quiere!

Roderick echó la cabeza hacia atrás, rezando para tener la fortaleza necesaria para sobrevivir a aquel fuego con que ella siempre parecía quemarlo.

—Tú y yo nacimos en círculos distintos, y aunque nos amamos, si queremos que esto funcione, tendrás que ser tú quien se doblegue a las reglas de mi mundo. Porque si lo hago yo, Georgia, nos condenaremos a ambos a la pobreza, y yo no quiero eso ni para ti ni para mis hijos. No lo quiero. No después de haberlo vivido —desvió la mirada por un momento hacia el pasillo para asegurarse de que no los estaba oyendo nadie—. Quiero y necesito saber la historia del garito de baile. Para ello, te pido que nos retiremos a mi habitación para asegurar tu intimidad.

—¿Crees que me importa lo que el mundo piense de mí? —cruzó los brazos sobre el pecho, mirándolo con expresión fría y desaprobadora—. Érase una vez una chica destinada a casarse con un apuesto y elegante albañil llamado Garvin, El Divino. Cada mujer de Five Points quería estar en su pellejo, dado que él ganaba casi cuatro dólares por semana. Aunque ella quería acostarse con el tal Garvin antes de la boda, los demás no se lo permitían, dado que él era un buen católico. A ella le fastidió tener que esperar, pero al final se alegró, porque no terminó sus días con aquel canalla.

Roderick la miró asombrado, porque sabía que estaba hablando de sí misma.

–¿Pero entonces por qué no te casaste con ese tal Garvin? ¿Por qué te casaste con Raymond?

Ella desvió la mirada y parpadeó rápidamente.

–La víspera de la boda, que la oficiaría un cura, salieron a celebrarlo y fueron al garito de baile. Fue entonces cuando el siempre amable, siempre serio y siempre respetable señor Raymond George Milton, con quien ella había vivido desde que noblemente la rescató de un bidón de carbón, los siguió hasta allí. Se sentó en un rincón de aquel garito durante toda la noche, observándolos. Estuvo allí sin moverse hasta que se fueron todos, salvo tres y un violinista.

–¿Qué fue lo que hizo?

Ella alzó la mirada hasta sus ojos. Su expresión era tensa, pero firme.

–Lo que yo esperaba que hiciera. Se arrodilló ante mí y me dijo. «Georgia, sé que tienes que casarte, y yo he sido un estúpido por haber esperado tanto, pero vivir sin ti todavía me haría sentirme más viejo de lo que ya soy. Dime que me amas. Dime que me amas porque yo te amo a ti». Yo me quedé tan sorprendida y conmovida como encantada. Raymond nunca me había confesado su afecto, aunque yo había anhelado secretamente estar con él desde que tenía quince años. Raymond era bueno, noble y educado, el más elegante de Five Points, y siempre me había tratado con exquisito respeto. No importaba que fuera treinta y cinco años mayor que yo. Estaba locamente enamorada de él, por todo lo que me había dado como persona. Él me enseñó a querer siempre más para mí misma.

Roderick la escuchaba conteniendo la respiración.

Georgia sacudió la cabeza, bajando la mirada.

–De repente, Garvin le pegó. Raymond encajó el golpe

pero no se lo devolvió: simplemente le dijo que no había tenido más remedio que decirlo y que se alegraba de haberlo hecho. Porque yo lo amaba. Yo siempre lo había amado. Pero ni una sola vez había pensado que él me desearía de aquella forma, dado que yo no era más que un trapo que él había remendado. Así que me casé con Raymond a la mañana siguiente de que la familia de Garvin me escupiera a la cara. ¿Crees que me importó? Pero aunque yo me esforcé por amar a Raymond lo mejor que supe, él siempre rehuyó el contacto físico. No era que no me deseara. Me deseaba, y me lo demostró cuando yo lo obligué a ello, pero él tenía esa... esa voz en la cabeza que no dejaba de decirle que su edad era como un defecto en nuestra relación. Por mucho que yo lo intentaba, no podía extirparle aquella voz. Él seguía pensando que estaba corrompiendo a una muchachita a la que había rescatado de la desgracia, pese a que yo ya tenía dieciocho años y estaba más que dispuesta.

Una solitaria lágrima resbaló por su mejilla mientras un sollozo medio ahogado escapaba de su garganta.

—Y luego Raymond, maldito sea, murió apenas mes y medio después, con cincuenta y tres años. Se le paró el corazón. Lloré desconsoladamente a ese canalla consciente como era de que me lo había dado todo: mi corazón, mi cuerpo y mi alma, para al final dejarme sin nada. Y temo volver a recorrer ese camino contigo. ¿Y si renuncio a todo y termino quedándome sin nada? ¿Qué pasará entonces, Robinsón? Mi corazón tiene ya tantos remiendos...

Roderick tragó saliva, incapaz de sofocar la angustia que se revolvía en su interior. Estiró una temblorosa mano y acunó su mejilla bañada por las lágrimas, locamente enamorado de ella. No importaba que él no hubiera sido el primer hombre en tocarla o en amarla. Lo que importaba era que ella le estaba dando la oportunidad de amarla.

—Georgia —le dijo con voz ronca—. Yo obligaría a mi

propio corazón a latir más años solo por estar contigo. Todo lo que estoy haciendo, lo estoy haciendo por ti.

Ella le apartó la mano y se enjugó las lágrimas.

—Y aquí está Robinsón otra vez, diciéndome cosas que sé que Tremayne no me diría —se sorbió la nariz, varias veces, e hizo un gesto de indiferencia con la mano—. Estoy harta de intentar averiguar quién eres realmente. Solo dile a Robinsón, si está escuchando, que temo que Tremayne vaya a romperme el corazón porque él y yo procedemos de mundos diferentes —su expresión se tornó seria mientras le sostenía la mirada—. Solo dime una cosa. Y sé sincero. ¿Serás capaz de amarme con el suficiente fuego para que dure durante el resto de nuestros días? ¿Incluso aunque tu padre se vuelva contra nosotros?

—Georgia —sintiendo que la temperatura de su cuerpo le calentaba la ropa todavía húmeda por la lluvia, retrocedió para no agarrarla y volverla a tomar contra una pared, como había hecho antes—. Sé que este fuego y esta pasión míos sobrevivirán a todo y a todos. Que no te quede la menor duda al respecto.

Ella sacudió la cabeza, frunciendo los labios como si estuviera intentando luchar contra el último resto de sentimiento que le quedaba.

—Las palabras son muy bonitas, pero en lugar de acercarte a mí, maldito seas, has dado un paso atrás.

A él se le cerró la garganta.

—Georgia, yo...

—Tú me pediste que no volviera nunca a arrodillarme sobre cristales rotos, y sin embargo ahora me estás obligando a hacerlo, pese a que lo que yo intento es levantarme —sus ojos verdes no reflejaban ya angustia, sino un fuego abrasador que amenazaba con reducirlo a cenizas—. Estoy dispuesta a jugar cualquier rol que quieras que juegue durante el día, pero no seguiré haciéndolo cuando caiga el telón y el público se retire a acostarse. Necesito algo más que palabras que acunen mi corazón mientras sudo como un cerdo vestido de seda bailando ante ti y ante el mundo.

Roderick no se atrevía a interrumpirla. Sin dejar de mirarlo fijamente, ella continuó:

—No voy a comprometerme con un hombre que está a punto de hacerme lo mismo que me hizo Raymond. Hacer que me sienta no deseada por ser quién y lo que soy. Si yo fuera tú, Robinsón, me quedaría esperando en mi habitación a las nueve cada noche. En caso contrario, hemos acabado. ¿Me has oído? Acabado.

Lo acusó una vez más con el dedo como si él fuera el responsable de todos sus problemas. Giró luego sobre sus talones y marchó todo a lo largo del pasillo hacia donde el duque seguía esperando en silencio, con las manos en los bolsillos de la chaqueta.

Roderick se pasó una mano por la cara con gesto exasperado. Y esbozó una mueca de dolor, ya que era la mano cuya palma seguía en carne viva.

—Perdón, Excelencia —entonó Georgia con tono recatado dirigiéndose al duque—. Pero tenía que decirlo.

El duque inclinó la cabeza. Sacó una mano enguantada del bolsillo de la chaqueta y señaló el pasillo que estaba a su lado.

—El criado la acompañará hasta su habitación.

—Gracias, Excelencia —se volvió para mirar a Roderick y desapareció majestuosamente como si ella fuera la princesa y él el mendigo.

La maldijo en silencio.

El duque se dirigió lentamente hacia él.

—Yardley.

Parecía que estaba a punto de empezar otra batalla.

—Sí, sí, ya lo sé. Hay un problema —Roderick señaló la puerta abierta de su habitación—. ¿Podemos entrar?

—Sí. Yo lo preferiría —pasó delante de él y entró.

Roderick lo siguió. No bien hubo cerrado la puerta, se volvió hacia él:

–¿Cuánto de nuestra conversación has oído?

–Su voz llegaba hasta el último de los pasillos. Lo he oído todo. Y cuando digo «todo», es «todo» –esbozó una mueca y se ajustó su chaqueta negra.

Roderick soltó un gruñido de frustración.

–Te pido que la disculpes. Es increíblemente apasionada.

El duque estiró una mano y la apoyó sobre su hombro.

–Yardley. Nunca volverás a oírme decir esto, porque no es asunto mío a quién ames, pero serías un canalla de la peor especie si destruyeras a esa pobre mujer por arrastrarla a tu vida. Parece como si hubiera ya sufrido lo suficiente. No deberías pedirle que soportara más cosas.

Roderick lo miró asombrado. Apartándole bruscamente la mano del hombro, retrocedió un paso.

–Dejando a un lado que no tenías ningún derecho a escuchar lo que *sabías* era una conversación privada, no pienso quedarme aquí a escuchar tu cháchara sobre cómo pretendo destruirla. Eres tú quien antepone tu buen nombre y tus riquezas a lo que para mí es más importante: el amor.

El duque lo acusó con el dedo, sacudiendo su cabeza plateada.

–No. Eres tú quien se equivoca. Porque yo creo de todo corazón en el amor y nunca antepondría ninguna otra cosa. ¡Yo estuve casado con tu madre, por Dios, y ese fue un amor que ni tú ni el resto del mundo podrán igualar! –dejó caer pesadamente la mano a un lado y parpadeó varias veces como para contener las lágrimas–. Solo tengo que pensar en ella para que se me desgarre el corazón, pese a todo el tiempo transcurrido desde su fallecimiento. Simplemente, ella y yo nacimos en el mismo mundo. Que no es tu caso ni el de la señora Milton. Aunque te permitiera que te casaras con esa pobre chica por amor, al final no seríamos ni tú ni yo los que sufriríamos, sino ella. Bendita sea, pero esa mujer no respira ni piensa como nosotros. Tu deseo de convertirla en la clase de mujer que Londres aceptará es absurdo. Lleva años crear la clase de dama que quiere Londres, y para entonces la mujer de ahora estará muerta. Ellos la destruirán hasta que todo ese fuego que amas en ella se volverá en tu contra y te reducirá a cenizas, que es lo que realmente merecerás si lo haces.

Roderick lo miraba asombrado. Agarrándolo de los hombros, el duque lo hizo volverse hacia él y lo sacudió con suavidad.

—Nuestra riqueza y nuestro nombre son fuertes. Sobrevivirán a esto si yo me rindo, si doy o recibo una herida o dos. Pero ella no sobrevivirá a nada de todo ello. Ella ve la marea levantarse bien alta sobre su cabeza y ya te está advirtiendo sobre ello, y sin embargo sigue estando dispuesta a ahogarse por ti. Por Dios. Es una mujer a la que merece la pena amar, y yo te estoy pidiendo no solo que ames a la pobre chica, sino que la salves. Tu mente no funciona como debería, lo cual es la única razón por la que te estoy diciendo todo esto. Ella lo tendrá todo excepto lo más importante: respeto. Y ese respeto no lo ganará recibiendo nuestro título mediante el matrimonio. Para ellos siempre será una desgraciada a la que recogiste del arroyo. ¿Es eso lo que quieres para ella?

Roderick desvió la mirada y se apartó.

—¿Qué es lo que me estás pidiendo que haga?

—Te estoy pidiendo que la dejes marchar antes de que sufra de manera irremediable, de una forma tal que tu amor no podrá salvarla. Es claro que no recuerdas lo que la espera en Londres, Yardley. Porque si lo recordaras, no le harías esto. Yo sé que no se lo harías. No si la amaras.

Roderick cerró con fuerza los ojos, angustiado. Estaba condenado, de una o de otra manera. Vivir con ella significaría verla sufrir, pero vivir sin ella significaría llevar una vida que no merecería la pena.

Abrió los ojos.

–No puedo dejarla marchar. Ella es lo único que queda de mi vida que siento como real. Sigo sin saber nada de mí mismo, aparte de que procedo de un mundo corrupto que ni siquiera me permite amar a la mujer a la que quiero amar. ¿Tienes idea de lo condenadamente grotesco que me resulta todo esto? No puedo respirar sabiendo que es posible que me vea obligado a vivir para siempre dentro de una mente que ni siquiera es la mía. ¡Una mente que no puede recordar nada!

El duque se quedó callado durante un buen rato.

–Aunque tú todavía tienes que darte cuenta de ello, sigues siendo el mismo hombre. Déjame decirte quién eres. Eres un hombre bueno. Un hombre que siempre ha buscado ser justo consigo mismo y con los demás. También eres un hombre cultivado que ganó no uno sino siete títulos en Oxford cuando tenía diecinueve años, haciendo abochornar a tu maldito hermano y a todo el mundo, incluido yo mismo. Tristemente, pese al inmenso conocimiento que adquiriste, y al igual que el resto de los imbéciles que deambulamos por el mundo, fuiste incapaz de utilizarlo para comprender el corazón de una mujer. Ese es un antiguo dilema que ninguna universidad puede resolver. No aprendiste que a veces un hombre debe renunciar a la pasión para no destruir a la mujer a la que dice amar. Esa fue tu historia con la marquesa, y, por desgracia, esa será también esta historia.

Roderick lo miraba incapaz de creer una sola palabra. ¿Él había destruido a una mujer? ¿Con su amor? ¿Fue aquello antes o después de que se hubiera enredado con la esposa de su hermano?

El duque le dio una palmadita en el hombro.

–Haz lo que quieras, Yardley. Yo simplemente estoy intentando aconsejarte. Algo que no he hecho muy a menudo durante estos años, dadas mis malditas responsabilidades para con la propiedad. Solo ten en cuenta que tomes la decisión que tomes, incluso aunque decidieras hacerla tu esposa, yo te apoyaré. Porque un verdadero padre no abandona a su hijo en un momento de necesidad, sobre todo si de ello depende la felicidad de toda su vida –el duque le dio una última palmadita en el hombro–. Estoy en la habitación veintiuno, por si sientes la necesidad de seguir hablando de esto. Disponemos de diez días antes de que zarpemos para Londres, tiempo más que suficiente para que resuelvas esto. Bueno, y ahora quiero que te quites esa ropa mojada. Ya he llamado a los criados y a tu ayuda de cámara. Llegarán en seguida –el duque vaciló como si quisiera añadir algo, pero al final se dirigió a la puerta. Se volvió para mirar a Roderick una vez más antes de abandonar la habitación, cerrando la puerta a su espalda.

¿Cuándo recuperaría los recuerdos de su tumultuosa vida? ¿Cuándo algo de todo aquello llegaría a tener algún sentido? ¿Cuando sería capaz de...?

Acercándose a la puerta cerrada, apretó los dientes y le dio un puntapié con su bota cubierta de barro. Descargó luego otra patada, y otra, desesperado por desahogar su frustración.

Se tambaleó hacia atrás, dejando la antes impoluta puerta de roble llena de marcas de barro, e intentó calmar su agitada respiración. Iba a tener que decidir sobre algo que pesaría sobre Georgia y sobre él durante el resto de sus vidas. No sabía si sería capaz de dejarla marchar, ni siquiera a costa de verla sufrir en las garras de la elite de Londres.

Se quitó las botas llenas de barro, las arrojó a un lado y se despojó de las medias y la chaqueta empapada, la camisa, el chaleco y el pantalón, hasta quedarse en ropa interior. Se acercó luego a uno de los arcones abiertos, de donde sacó una camisa blanca como la nieve, que se puso. Se pasó una mano temblorosa por el pecho, sintiendo cómo su piel volvía lentamente a entrar en calor. Bajó entonces la mirada a sus pies, dándose cuenta de que una banda arrugada de seda negra había caído al suelo cuando se había puesto la camisa.

Parpadeó sorprendido. Sabía lo que era. Un brazalete de luto que servía para recordar a una persona fallecida. El mismo que Georgia había insistido en que llevaba el día en que se conocieron en Broadway. Al parecer tenía más de uno.

Se agachó para recoger la banda de seda. ¿Cuándo recordaría a su hermano y la vida que había perdido? Alzó la mirada y contempló los incontables e inútiles objetos que atiborraban la habitación. Aparte del brazalete, ninguno le resultaba familiar. Solo hablaban de riqueza, de extravagancia y de una comodidad material que sugería una imagen de autocomplacencia. ¿Acaso solamente le habían importado las cosas superficiales?

Estrujó en sus dedos la seda negra, anhelando que su contacto pudiera llenar el vacío que persistía en su cabeza. Aunque no recordaba haber sido el canalla que su padre le había descrito, se estaba ya convirtiendo en uno al empujar a Georgia a una vida de la que claramente no quería formar parte.

La mirada de Roderick se detuvo en los únicos objetos de la habitación que podían aportarle una pista de lo que podría realmente haber sido. Las columnas de libros encuadernados en piel que reposaban sobre la gran mesa de caoba y también sobre la silla. Eran tomos viejos y manoseados, como si hubieran sido leídos muchas veces. Al acercarse a la mesa, enarcó las cejas al tiempo que dejaba el brazalete a un lado. Uno de los libros había quedado abierto y apartado de los demás. Como si eso hubiera sido lo último que hubiera tocado antes de abandonar la habitación y desaparecer de su propia vida.

Inclinándose sobre el tomo, lo acercó hacia sí y leyó las primeras palabras que vio:

Cuán miserablemente me encuentro apartado del placer o de la compañía de todo ser humano. Como un ermitaño (o más bien debería decir, como un solitario anacoreta), me veo privado de toda conversación humana. No tengo criatura ni alma con la que hablar; nadie a quién suplicar ayuda.

Aquellas tristes y dolorosas palabras penetraron en su alma como una espada ardiente que alguien hubiera hundido en su garganta. Él conocía aquellas palabras. Las había leído incontables veces desde su infancia.

Roderick pasó las amarillentas y mohosas páginas del libro y lo cerró. En la gastada cubierta de piel aparecían las desvaídas letras doradas del título: *La vida e increíbles aventuras de Robinsón Crusoe, de York, marinero.*

El libro que antaño había presidido su vida.

Hundió los dedos en la vieja y manoseada cubierta, respirando aceleradamente. Hasta el último pensamiento y sentimiento que había permanecido enterrado en su cabeza, su corazón y su alma explotó como un trueno, nublándole la vista con las lágrimas mientras se esforzaba por dominar el temblor de sus manos.

De repente recordaba.

Lo recordaba *todo*.

Esbozó una mueca. Todo menos un gran vacío: ¿por qué no podía recordar haberse embarcado para América o la arribada a Nueva York? ¿Por qué no podía recordar lo que había hecho durante todos esos meses mientras estuvo en la ciudad? ¿Y no por qué no podía recordar a Atwood ni a...?

Tragó saliva. «Dios mío», exclamó para sus adentros. Su padre y él habían encontrado a Atwood. Estaba vivo.

Era un desastre. Aparte de Atwood, seguía sin poder recordar lo único que anhelaba recordar más: su encuentro con Georgia antes del accidente con el ómnibus que le había dejado con la mente en blanco.

Aunque nada de eso importaba ya. Porque su padre tenía razón. La gente de su círculo nunca aceptaría a Georgia como esposa y, con el tiempo, ella terminaría odiándolo como ya lo odiaba, un poco, por haber intentado cambiarla. Y eso era algo con lo que nunca podría vivir. Por el bien de Georgia, y por el amor y el agradecimiento que sentía hacia ella por todo lo que había hecho por él cuando no había tenido a nadie a su lado, ni nada en su cabeza, se lo daría *todo*... dejándola marchar.

Había llegado la hora de devolver al bueno de Robinsón Crusoe a las páginas del libro al que pertenecía.

Dejando cuidadosamente el volumen encima de los demás, el mismo que ahora recordaba que le había regalado su madre hacía tantos años, lo alineó con una mano temblorosa. Simplemente no había estado destinado a conocer la felicidad. Jamás.

Un golpe en la puerta le hizo levantar la cabeza.

–Vuestro baño está listo, milord –le informó un criado desde el otro lado de la puerta cerrada.

Carraspeó, intentando borrar toda emoción de su voz.

–Gracias. Adelante.

La puerta se abrió de par en par y una procesión de criados de librea gris entró cargando una gran bañera y cubos y más cubos de agua caliente.

Una vez que se hubo bañado y afeitado, fue a buscar a su padre para anunciarle que dejaba a Georgia. No porque no la amara, sino por un nuevo y mucho más inquietante recuerdo que había recuperado. Se negaba a destruir a Georgia de la misma manera que había dejado que Margaret lo destruyera a él, convirtiéndolo en algo que no era.

Capítulo 13

Lector, pienso que, antes de seguir adelante, a modo de presentación, debes saber que es mi intención divagar a lo largo de todo este relato...
Henry Fielding. *La historia de Tom Jones* (1749)

Esto es lo que había ocurrido realmente, en una condenada época y en una lejana tierra conocida como Inglaterra

Cualquiera que hubiera conocido al vizconde Roderick Gideon Tremayne, aunque solo hubiera sido por un cuarto de hora, en seguida habría advertido que no era como cualquier otro hombre de Londres. O de Inglaterra, para el caso. Para algunos, era como la quintaesencia del genio que los académicos adoraban, por haber ganado siete títulos de Oxford a la edad de diecinueve años. Para otros, Roderick no era más que un arrogante erudito. Porque simplemente no tenía paciencia para aquellos que no estaban tan consagrados como él al arte de aprender.

En su más entrañable recuerdo aparecía ya de bien pequeño tirando de las faldas de la institutriz, a los pies de su silla, exigiéndole que le leyera su historia favorita: *Vida e increíbles aventuras de Robinsón Crusoe,* de Daniel Defoe. No bien ella había acabado la lectura, él se apresuraba a suplicarle:

—Otra vez. Solo que más despacio.

Después de todo, la historia debería haber durado seis días. No cuatro.

La mujer volvía obediente al principio y le leía de nuevo la historia de Robinsón Crusoe, esforzándose por complacerlo. Y en el instante en que acababa, él volvía a tirarle de las faldas, exigiendo:

—Otra vez. Por favor...

A la pobre mujer no le quedaba más remedio que recomenzar la lectura una y otra vez.

Pese a que entonces Roderick solo tenía cuatro años, su institutriz había insistido ante sus padres, los duques de Wentworth, para que aprendiera a leer, dada su pasión por los libros. Su padre lo había tenido por demasiado pequeño para ello, pero su madre había aceptado, partidaria además de que empezara cuanto antes, aprovechando ese insólito interés. Su única condición había sido que no se le permitiera leer ni tocar siquiera cualquier libro relativo a la Revolución francesa.

Había sido como una intervención divina. Leer había sido el gran descubrimiento. Con Robinsón Crusoe, de alguna manera, siempre se había identificado con su destino de náufrago, y también con la sensación de ser el único ser civilizado que quedaba en el mundo.

Su padre y su hermano habían venido a confirmárselo, de alguna forma. Conforme Roderick fue creciendo, el duque no hizo sino insistir en que jugara más y leyera menos. Mientras que su hermano, el primogénito y beneficiado por tanto del gran título de marqués de Yardley, se pasaba los días trotando por la casa y golpeando con una espada todo lo que había en ella... incluido el propio Roderick. E insistiendo en que se procurara otra espada como la suya, para que pudieran combatir juntos contra Napoleón y sus esbirros.

Pese a que era tres años menor que su hermano, Roderick siempre se había sentido el más maduro de los dos y había aborrecido la idea de que un británico jugara a luchar contra un francés. El confinamiento de Napoleón en Santa Elena en 1815 había provocado un estallido de patriotismo por toda Inglaterra que se había filtrado en las conversaciones de su padre y en la inocente cabeza de Yardley. Nadie parecía entender que Napoleón era un hombre mucho más cultivado que la mayoría de los ingleses, y que probablemente por eso les había resultado tan difícil derrotarlo. «El cerebro antes que el músculo» era su lema, y cuánto había deseado que hubiera sido también el de los demás...

En sus esfuerzos por evitar jugar con su hermano, desde el momento en que el sol asomaba en el horizonte, Roderick solía retirarse al más lejano rincón de la casa con algún libro de la biblioteca de su padre y desaparecer. Para Yardley, en cambio, aquella necesidad de intimidad de su hermano había constituido un gran divertimento. Con su espada de punta roma en la mano, cargaba por los inmensos corredores de la casa Wentworth y recorría cada habitación aullando su nombre como el salvaje que era.

No importaba lo bien que se escondiera, que el canalla de su hermano siempre se las arreglaba para arrancarle del rincón, habitación o armario donde estuviera. Le apuntaba al pecho con su espada, diciendo:

—Será mejor que juegues conmigo o le diré a padre que has vuelto a robarle libros de la biblioteca. Ya sabes que no quiere que leas libros que no son adecuados para tu edad.

Todo en su hermano había resultado tan irritante... y el hecho de que fuera el heredero se le había subido a la estúpida cabeza. Peor aún: ninguna explicación razonable lograba disuadir a Yardley de que se apoderara de alguno de los libros de Roderick y lo acercara al fuego, amenazando con arrojarlo si no se prestaba a jugar con él. Yardley sabía que con esa clase de amenazas siempre conseguía su colaboración. Al final Roderick insistía al menos en hacer de Napoleón en vez de un simple soldado británico, porque de esa manera podía desplegar mapas y diseñar estrategias para conquistar el mundo.

Cuando se cansaba de que su hermano le rompiera sus mejores mapas y lo llamara *frenchie,* se negaba a seguir jugando con él. Un día se ganó con ello no solamente varios inmisericordes golpes en la cabeza que le hicieron sangrar, sino también ver chamuscada su edición favorita, de 1734, de las *Leyes minerales completas* de George Steer.

Roderick hizo todo lo que pudo para no ponerse a llorar como una niña cuando finalmente se levantó del suelo. Al final le contó a su padre, entre lágrimas, lo de su libro quemado y los puñetazos que se había llevado en la cabeza.

Cada vez que ocurría eso, su padre se levantaba del sillón y rugía:

—¡Yardley! ¿Cuántas veces voy a tener que azotarte? ¿Cuántas?

—Leonard, por favor —solía intervenir su madre con tono severo—. En lugar de atronar la casa con tus gritos, ve directamente a buscarlo y encárgate de él. Y cuando termines, mándamelo a mí. Me preocupa mucho la agresividad de ese niño. Te sugiero que le confisques la espada.

¡Cuánto había querido Roderick a su madre! Incluso la sonoridad de su nombre, Augustine Jane Scott, Su Excelencia la duquesa de Wentworth, definía su belleza y su majestuosidad. Era dieciséis años más joven que su serio y rígido padre, y por tanto juvenil y compasiva, pero firme cuando era necesario, y, por encima de todo, una apasionada de la palabra escrita. Escamoteaba incluso los libros de la biblioteca para él, susurrándole siempre que era un pequeño secreto entre los dos. Eso incluía obras que lo dejaban impactado, como *Le diable amoreux*, de Jacques Cazotte. Lo cual le hizo desear, con tan solo once años, viajar a Francia y tomar esposa.

En 1818, con ocasión de su duodécimo cumpleaños, su madre, por aquel entonces embarazada de otro hijo, le había regalado un paquete de diez libros que iban desde obras de filosofía socrática hasta *Las mil y una noches*. Dentro de cada tomo había deslizado una tira de pergamino con unos rasgos en tinta que supuestamente él tenía que juntar con las demás, como si se tratara de un rompecabezas. Ella le insistió en que aquellas tiras, una vez compuestas, les regalarían a los dos la mayor aventura que habían conocido nunca, pero que ella solo podría compartirla con él después de que hubiera dado a luz y de que él hubiera leído los diez libros.

Roderick comenzó a leer los libros en cuanto los recibió, mientras esperaba la llegada de su nuevo hermano. Que rezaba para que fuera una niña, ya que prefería que le lanzaran muñecas a espadas, o puñetazos.

Dos días y cuatro horas después, su madre falleció durante el parto de una niña, que tampoco conservó la vida. Los gritos de su madre, que habían resonado aquella noche en los pasillos de la casa hasta cesar por completo, resonaban todavía en su mente y en su alma, porque había perdido a la única persona que lo había amado de verdad.

Su padre eligió una particular forma de duelo que incluyó rezar ante su retrato cada domingo al salir de la iglesia, durante el resto de sus vidas. El hombre juró que nunca volvería a casarse, y fue fiel a su palabra.

Al contrario que su hermano y su padre, que sobrellevaban su sufrimiento en silencio, Roderick solía sollozar durante aquellos rezos, sabiendo que su madre no volvería más.

Su madre había querido que fuera un gran erudito, mientras que su padre solo había esperado que fuera un joven normal y corriente. Así que en honor de su querida madre, Roderick se convirtió en las dos cosas. Agarraba la espada durante el día para complacer a su padre y a su hermano, y por la noche se retiraba a la oculta biblioteca que guardaba en su dormitorio y leía los restantes libros que le había regalado su madre. En el momento en que acababa uno, sacaba la tira de pergamino y la juntaba con las demás esperando desentrañarlas.

Cuando Roderick hubo terminado de leer los diez volúmenes de su madre y juntado las diez tiras, quedó asombrado al descubrir que se trataba de un plano antiguo de Nueva York. Una zona concreta, hacia el extremo oriental, había sido marcada con un círculo de tinta.

Aunque había preguntado a su padre por el plano y por los motivos que habría tenido su madre para regalárselo, el duque se había mostrado malhumorado y le había ordenado que lo quemase. Se trataba de una reacción muy extraña para tratarse de un simple mapa, pero Roderick no había querido enfadarlo. Así que al final lo había metido entre las páginas de su *Robinsón Crusoe*, que tenía siempre a mano sobre su mesilla de noche, esperando poder comprender algún día su verdadero significado.

En el año de 1819, el del primer aniversario de su madre, dos días antes de que abandonara la casa para partir hacia Eton, donde ya estaba su hermano, sacó las diez tiras del mapa en su honor y volvió a juntarlas sobre el suelo de la biblioteca, mientras se preguntaba si su madre habría querido que viajaran al lugar señalado con el círculo de tinta. Y si había sido así, ¿por qué? ¿Qué podría encontrar allí?

Cuando su padre entró en ese momento en la biblioteca sin anunciarse y lo descubrió contemplando el mapa, recogió frenéticamente todas las tiras e insistió en que se dejara de tonterías supersticiosas. Aunque su padre intentó quemarlas, Roderick se abalanzó hacia la chimenea y le suplicó en nombre de su madre que no lo hiciera.

El duque cedió a regañadientes y le devolvió las tiras con la condición de que no volver a verlas nunca. Roderick volvió a deslizarlas entre las páginas de su *Robinsón Crusoe* y subió al ático para guardar los libros de su madre en su baúl secreto.

Dos días después abandonó la casa para reunirse con su hermano en Eton. Cada año, por las vacaciones escolares, cuando visitaba a su padre acompañado de Yardley, subía de puntillas al ático de noche para asegurarse de que su baúl con su contenido seguía allí. Pero con el tiempo llegó a pensar mucho menos en ello. La vida de por sí estaba llena de aventuras y, ciertamente, él no tenía todavía edad para viajar a la ciudad de Nueva York solo. Simplemente tendría que ser paciente y esperar su oportunidad.

Al contrario que su hermano, Tremayne disfrutó en Eton y se convirtió en un muchacho muy popular, dado que estaba siempre dispuesto a hacer las tareas de los demás a cambio de libros que no podía permitirse con la magra pensión que le enviaba su padre. Roderick no tardó en hacerse con una impresionante colección de más de trescientos tomos sobre religión, historia, poesía, anatomía y jurisprudencia.

Apoyándose en sus altísimas notas que excedieron incluso sus propias expectativas, el director lo envió a Oxford con tan solo catorce años. Cuando Roderick pasó con esfuerzo los exámenes requeridos y se convirtió en el licenciado más joven de Oxford con dieciséis años, su padre le dijo:

—Por Dios. Sí que te has dado prisa. ¿Qué vas a hacer ahora? No pensarás sacarte más títulos, ¿verdad?

Ese comentario no hizo sino espolear la inquietud que sentía Roderick por sumergirse en la vida universitaria, que se había convertido en su mayor pasión. A los diecinueve años alcanzó un total de siete títulos y dejó asombrados a los profesores, que lo consideraban un genio. No lo era. Simplemente tenía la peculiar capacidad de recordar todo lo que leía.

Pero su padre seguía molestándolo constantemente al echarle en cara su falta de actividad social. La definición de «social», para el duque, significaba «mujeres». Porque Roderick socializaba mucho, pero con eruditos, profesores, estudiantes y coleccionistas de libros. La inquietud de su padre tenía su origen en rumores de todo tipo de círculos que decían que Roderick era, aparte de virgen, un maniático que prefería un buen libro a una mujer.

Lo cual era, de hecho, cierto. Prefería un buen libro a una mujer y era, indudablemente, virgen. Pero no porque no encontrara atractivas a las mujeres, sino porque las protagonistas de sus libros eran mucho más fascinantes que aquellas que lo rodeaban. Si el sexo era lo único que podía ofrecerle una mujer fuera de las páginas de un libro, entonces podía fácilmente conseguir un éxtasis semejante con una novela pornográfica, sin la complicación de ser molestado por otra persona que nunca podría comprenderlo. Si tenía que guiarse por los comentarios de sus amigos de la universidad, que solo sabían quejarse de los problemas relativos al sexo y las mujeres delante de una botella de oporto, él no estaba interesado en compartir aquella actitud.

Pese a su punto de vista poco convencional, reconoció las preocupaciones de su padre y, como buen hijo que era, intentó atajar los rumores. Procuró sin embargo hacerlo de manera respetable, planeando metódicamente la elección de la esposa perfecta a partir de la lista de cualidades que buscaba en una mujer. Cuando llegó a Londres al principio de la Temporada de 1828, con veintidós años, demasiados ya para un hombre virgen, anunció a su padre que estaba dispuesto a conocer a todas las damas casaderas que él quisiera presentarle.

Su padre lo dejo estupefacto al ofrecerle un cigarro puro, pese a que Roderick no fumaba. Se puso luego a pasear de un lado a otro de la habitación, pavoneando y cloqueando sobre todos los nietos que tendría y las ganas que tenía de que fuera pronto, dado que Yardley parecía más interesado en los burdeles que en el matrimonio y sus obligaciones.

Al fin había encontrado Roderick un motivo de orgullo para su padre. Acto seguido se puso sus mejores galas, ordenó a su ayuda de cámara que le cortara y arreglara el pelo, que llevaba ya demasiado largo, y adoptó la apariencia de un verdadero caballero por el bien del nombre de los Wentworth. Al duque le prometió que se casaría con la dama más bella. Inteligente y decente de Londres, y que él removería cielo y tierra para encontrarla.

De esa manera, noche tras noche, Roderick soportó insustanciales conversaciones sobre comidas y vinos y bailó con tímidas debutantes.

Y Yardley solo conseguía irritarlo abalanzándose sobre él en reuniones y fiestas para susurrarle absurdos consejos por lo bajo:

—Baila siempre con la de las tetas más gordas, Tremayne. Se les mueven más. La misma regla podría aplicarse a la esposa que tomes. Después de todo, buscarás las mismas tetas durante el resto de tu vida.

Yardley era la prueba viviente de que había hombres que continuaban siendo niños durante el resto de sus vidas.

Roderick empezó a perder la esperanza de que alguna mujer pudiera algún día capturar su atención. Pero cuando eso sucedió... fue talmente como si una flecha se le hubiera clavado en el corazón entre la cuarta y la quinta costilla, como una ilustración de su libro de anatomía. Una tal lady

Margaret, de luminosos ojos azules y pelo rubio rizado, hizo su debut en los salones de baile de Londres llamando no ya su atención, sino la de todos los hombres que ambicionaban amar.

Mientras que cada caballero de la alta sociedad, Yardley incluido, se dedicó a admirarla con la reservada reverencia que era de esperar en los de su clase, Roderick no se molestó en disimular esa admiración: la proclamaba a los cuatro vientos.

Hasta su padre tuvo que decirle respetuosamente que se callase.

Aquellas primeras ocasiones en que sus miradas se encontraron, con incontables y silenciosas palabras flotando entre ellos, lo removieron completamente por dentro. Al fin había descubierto la salvaje necesidad de abrazar algo más que un libro, y comprendió también por qué tantos hombres se resignaban a una vida de lamentos y quejas por las mujeres.

Lady Margaret era una mujer absolutamente divina. Bailaba con Roderick cada vez que él le pedía que anotara su nombre en su carné. Con él siempre parecía bailar con mayor entusiasmo, sobre todo cuando se trataba del atrevido vals. Su mano enguantada apretaba la suya en determinados pasos y momentos, como si abiertamente le estuviera declarando su amor. Roderick apretaba a su vez en respuesta su mano pequeña, asegurándole que él sentía lo mismo.

Tenía una risa deliciosa y escuchaba todo lo que tenía que decirle, por muy aburrido que fuera. Hubo una noche en particular, sin embargo, que Roderick nunca olvidaría.

Fue la noche en la que él le agarró la mano y se la colocó en su pecho, sobre su corazón, mientras conversaban durante una reunión en casa de sus abuelos. La carabina de la dama había estado extrañamente distraída hablando con la abuela de Roderick, de manera que este había aprovechado la ocasión. La respuesta de lady Margaret fue la siguiente:

–Debes hacernos una visita, a mi madre y a mí, con una proposición. ¿Para qué esperar?

Roderick había esperado porque había querido estar seguro de que ella sentía lo mismo. Había llegado a dudar de ello, dado que las convenciones de su ambiente social les impedían expresar lo que cada uno sentía por el otro. Sabía que tenía que pedirla en matrimonio antes de que lo hiciera otro. Su padre no solamente aprobó la idea, sino que se mostró tan encantado que hasta lo apremió para que las visitara y cerraran la boda para junio.

Así que Roderick decidió enviar a un criado con una nota para la marquesa, solicitando una visita. Le preocupó que su nota pudiera pasar desapercibida entre las tarjetas de incontables caballeros con título, de los que se presentaban en su casa como una plaga bíblica de langostas. Y lo que especialmente le aterraba era que uno de aquellos caballeros con título no fuera otro que su maldito hermano.

Pero Roderick los burló a todos.

Pagó hasta al último de los criados de lady Morrow para que colocaran estratégicamente su nota en el tocador de la marquesa. Al día siguiente, un mensajero se presentó en su casa con una invitación de la marquesa para que la visitara a ella y a su hija, lady Margaret. Fue entonces cuando comprendió que la boda estaba hecha. Su padre y él bebieron oporto y brindaron felices por su éxito.

Terriblemente nervioso, Roderick llegó con su sombrero en la mano, y esperó en un salón azul celeste que olía a caro perfume francés. Era un fuerte aroma a lilas que asociaría para siempre con el frenético latido de su corazón y con aquel glorioso momento en el que su Margaret y su devota madre, lady Morrow, entraron a la vez en el salón para recibirlo formalmente.

Margaret estaba radiante cuando se sentó con su madre

en el sofá frente a él. Roderick comprendió que había llegado el momento de lanzar los dados en la dirección adecuada. Así que comenzó la conversación alejándose de temas formales y compartiendo con ellas su investigación filosófica sobre el alma platónica. Un guiño audaz y metafórico. Margaret disimuló una risita mientras la marquesa se lo quedaba mirando con expresión áspera.

Percibiendo que el humor de la mujer era similar al de su padre, pasó a hacerles preguntas insustanciales. La marquesa se mostró decididamente más complacida y procedió a hablar del tiempo, para luego interesarse por la salud de su padre y preguntarle si se estaba cuidando lo suficiente, porque le preocupaba que no fuera así. Dado que su padre se cuidaba mucho, Roderick tuvo la horrible sospecha de que lo que quería era saber cuándo iba a heredar su hermano

Cuando llevaban apenas veinte minutos de conversación, la marquesa se mostró visiblemente aburrida y desvió la mirada hacia el reloj francés de la chimenea, como dando a entender que la visita había terminado.

Roderick comprendió que era en ese momento o nunca.

–Lady Morrow –anunció con tono formal–, antes de marcharme, quiero tener el honor de pediros humildemente la mano de vuestra hija en matrimonio –soltó un suspiro tembloroso–. La amo.

La marquesa le lanzó una mirada alarmada.

–Aunque me siento inmensamente honrada, lord Tremayne, lamento informaros, dado vuestro inesperado afecto por mi hija, de que lord Yardley ya me pidió su mano y yo acepté su proposición hace dos días. Yo os invité a que nos visitarais hoy, pero no para recibir otra oferta, sino como medio de conoceros mejor como futuro familiar nuestro.

Roderick se encontró con la incrédula mirada de Margaret, que era un reflejo de la suya propia, y por un momento fue incapaz de respirar.

—¿Qué?

Margaret se lo quedó mirando con el miedo y la angustia dibujándose en sus ojos azules y en sus labios temblorosos.

—Yo... —bajó la vista y, al cabo de unos segundos, le confesó—: Yo no era consciente de la oferta, milord.

Roderick se inclinó hacia delante, estupefacto, y miró a lady Morrow.

—¿Cómo es posible que vuestra propia hija sea inconsciente de la oferta, dado que según vos han pasado ya dos días desde que fue hecha? ¿Encontráis respetable ese tipo de secretismo, *madame*? ¿Desentenderos de la felicidad de vuestra hija sin darle antes la oportunidad de contemplar su propio futuro?

Lady Morrow se levantó de su asiento, con su elegante vestido mañanero cayendo en cascada sobre sus pies.

—¿Cómo os atrevéis a insinuar que yo pretendo hacer desgraciada a mi hija? Insultarme a mí es insultar todo lo que nosotras representamos. Os pido que os marchéis ahora mismo, milord, si no queréis que os haga echar por mi criado.

Roderick entrecerró los ojos.

—Vuestro criado puede irse al infierno. Vuestra hija me ama a mí, que no a Yardley. Por tanto, informaré a mi hermano de que retiráis vuestra aceptación de su oferta y me entregaréis a mí su mano.

La marquesa se quedó sin aliento, lívida.

—Marchaos.

—No. Mi hermano no es digno de ella. Apenas me trata a mí con el respeto que merezco. ¿Qué clase de respeto creéis que recibirá ella de él? Ninguno. Él sabía que yo tenía intención de pedir su mano. Se lo dije.

Recogiéndose las faldas del vestido, la marquesa se dirigió apresurada hacia las puertas abiertas del salón.

—¿Harvington? —gritó con voz asustada, temblorosa—.

Harvington, eche a este hombre de aquí y asegúrese de que no vuelve a poner los pies en esta casa.

Margaret, cuyas lágrimas corrían ya libremente por su rostro angustiado, se levantó majestuosamente del sofá. Alzando la barbilla, se esforzó por adoptar una expresión estoica.

–Milord. Os pido que os retiréis con la misma dignidad con la que habéis entrado. Mi madre sabe lo que es mejor para nosotros. Respetad eso y respetadme a mí.

Roderick abrió mucho los ojos.

–¿Pretendéis aceptar sin rechistar esta bofetada a mi honor y al vuestro?

Ella cerró los ojos.

–Mi madre es todo lo que tengo.

–Margaret...

–No hay nada más que hablar, milord –volvió a abrir los ojos y alzó tozudamente la barbilla–. Por favor.

–Entiendo –se levantó del sillón, sin dejar de mirarla. Resultaba obvio que Margaret no iba a luchar por el amor que él tan estúpidamente había pensado que compartían. Se negaba a degradarse a sí mismo amando a una mujer semejante–. Dada vuestra devoción a vuestra madre y a mi hermano, retiro formalmente mi petición. Os deseo seáis muy feliz con Yardley. Que paséis un buen día –y abandonó el salón, intentando aparentar indiferencia cuando el criado le abrió bruscamente la puerta de la calle.

Días después empezaron a correr rumores por todo Londres sobre lo grosero y engreído que había sido Roderick, por haber imaginado que podría tener a *cualquier* mujer que se le antojara. Fue la primera vez en su vida que se sintió verdaderamente un náufrago abandonado en una solitaria isla, como segundón que era de casa noble.

Su padre no se mostró nada complacido, echándole en cara lo estúpido que había sido por haber destruido su propia felicidad con su propia falta de tacto y de paciencia. El duque insistió en que visitara de nuevo a lady Morrow para disculparse y pedirle su aprobación para que rompiera su compromiso con Yardley. Pero Roderick se negó a rebajarse aún más y lo mandó al infierno. Si Margaret no estaba dispuesta a resistirse a aquel matrimonio, ¿por qué iba a hacerlo él?

En cuestión de días quedó fijada la fecha de la boda, para junio. Lady Margaret y Yardley anunciaron formalmente su compromiso ante todo Londres. Yardley había renunciado por fin a las prostitutas para convertirse en un hombre casado, pero reclamando a la mujer de Roderick.

Su padre, que sabía que la intención de Yardley no era otra la de humillar a su hermano, había intentado repetidamente convencerlo de que se echara para atrás. Pero su respuesta fue que no era culpa suya que Roderick no hubiera sido capaz de impresionar a lady Morrow.

Apenas un día después de que fuera anunciado el compromiso, Roderick se quedó de piedra cuando esa misma noche, muy tarde, Margaret se presentó ante su puerta. Iba cubierta de la cabeza a los pies con el manto de su criada e incluso se había manchado la cara de ceniza para que nadie la reconociera. Le suplicó que la perdonara por haber cedido a los deseos de su madre... y le confeso que todavía lo amaba.

Él la ordenó que se marchara.

Ella se negó.

La agarró del brazo para sacarla de la casa, pero Margaret lo agarró a *él* y lo besó con una pasión que borró todo pensamiento racional de su cabeza. Se vio perdido. A partir de aquel momento, no pretendió más que escuchar el latido de su propio corazón, por muy errático o enloquecido que fuera.

Mientras se besaban con salvaje frenesí, avanzaron entre trompicones hasta el despacho y una vez allí cerraron las puertas. Continuaron besándose hasta que él perdió el pañuelo de cuello y ella el sombrero. Toda prenda fue desapareciendo lentamente de sus cuerpos hasta que quedaron desnudos.

Aunque vacilaban de cuando en cuando en medio del silencio del despacho, conscientes de que no debían hacer lo que estaban haciendo, la pasión que compartían era demasiado poderosa. Y, para asombro y alegría de Roderick, ella le suplicó que la deshonrara para que pudieran así estar juntos.

Él no pudo negarse. Y no lo hizo.

Penetró ardientemente su virgo a la vez que perdía el suyo, marcándola a ella y a sí mismo para siempre. Convertidos ya en pecadores bien saciados, él la acunó contra su pecho y le informó de que vendería todo lo que poseía de valor para que pudieran marcharse a París en una semana. ¿Qué podía importarles que no pudieran seguir viviendo como reyes y que la sociedad respetable se revolviera contra ellos? Lo único importante era que triunfara su amor.

Margaret se desasió sigilosamente de sus brazos para finalmente susurrarle:

—No podemos avergonzar en público a nuestras familias marchándonos a París. Eso destrozaría el buen nombre de mi madre y todo el mundo se volvería en su contra, culpándola a ella de mis pecados. No sobreviviría a un disgusto semejante.

Él la agarró del brazo para volver a atraerla hacia sí.

—¿Qué haremos entonces? ¿Vivir aquí? Eso sería un infierno de la peor especie. Londres nos escupiría a la cara y mi padre podría perfectamente desheredarme, dado que tus amonestaciones ya han sido publicadas en la iglesia.

No lo miró, sino que asintió a medias, medio aturdida, como si apenas en ese momento estuviera tomando conciencia de la futilidad de lo que había hecho.

—Es obvio lo que hay que hacer. Yo no quiero que te

deshereden ni que pases vergüenza, como tampoco deseo eso para mi madre. Debo por tanto... casarme con tu hermano.

—¿Casarte con él? —exclamó, sacudiéndola de los hombros—. Pero tú ahora eres mía, Margaret. Mía, maldita sea. No suya.

Seguía sin mirarlo. Le temblaba la mano cuando se apartó los rubios mechones de la mejilla.

—¿Qué opción me queda a mí en esto? Mi madre lo desea, y tu hermano, la Iglesia y todo Londres lo esperan.

Y así fue como empezó su proceso de putrefacción interior.

Oh, cómo la odiaba. Odiaba a Margaret no solo porque se sacrificaba a sí misma por todo aquello que la rodeaba, a costa de su propia dignidad, sino porque le había robado su corazón y su virginidad, cosas ambas que había buscado reservar para su propia esposa, en la noche de bodas. Ahora, al parecer, no tendría nada que ofrecerle a nadie. Todo le había sido arrebatado.

Que estúpido había sido al pensar que podría amar a una mujer de su círculo. Hasta la última mujer de la aristocracia había nacido para obedecer las reglas de sus mayores y anteponer el deber a su corazón, incluso aunque ese deber estuviera podrido hasta la raíz y no fuera digno de ser honrado.

Nada deseoso de ver a su hermano después de lo que había hecho, y mucho menos de asistir a la boda que habría debido ser la suya, Roderick abandonó Londres una semana antes de la ceremonia. Marchó a París con un amigo de la universidad.

En París prolongó su estancia más allá del mes que había planificado en un principio y decidió quedarse otros cinco más. Todo en París le resultaba fascinante, arrebatador. Aparte de la gente, la comida, la música, los jardines y las calles, los deliciosos descubrimientos de libros tan increíbles como *La citoyenne Roland*, en los polvorientos estantes de una silenciosa librería, le hicieron alegrarse de su decisión.

Le gustó descubrir que las mujeres de París, al contrario que las de Londres, podían ser abiertas y leídas. Las francesas eran mucho más inteligentes y sabían valorar a un hombre, fuera el primogénito de una familia o el segundón. Roderick las amó por todo ello, y ellas, a cambio, lo amaron porque él siempre las compensaba bien.

Aunque colmaba generosamente de regalos a incontables mujeres, fuera cual fuera su estatus, no lo hacía a cambio de un simple revolcón como los demás hombres. Lo hacía porque le gustaba compartir su dinero con aquellos que no lo tenían. De hecho, por lo que se refería a los «revolcones», se había tornado mucho más selectivo después de lo que le había hecho Margaret, hasta el punto de que se negaba a relacionarse físicamente con ninguna mujer.

Finalmente decidió, sin embargo, que necesitaba pasar página y seguir adelante. Resolvió elaborar una lista con la esperanza de arrancarse a sí mismo del abismo en que se encontraba descubriendo a una mujer digna de él. Una que pudiera compartir un rincón de su vida sin las expectativas del matrimonio o de su propio círculo social.

Después de pasarse media noche ante una página en blanco, solamente se le ocurrió una condición: aquella mujer tendría que ser capaz de hacerle reír. Aunque parecía un requisito estúpido y fácil de conseguir, todavía no había conocido a una sola mujer de París que le hiciera reír. Tenía el alma demasiado negra y deformada para encontrar *algo* divertido, y odiaba todavía más a su hermano y a Margaret por ello.

Pero eso, afortunadamente, cambió.

En un acto social pensado para que artistas locales encontraran patronos y mecenas, conoció a cierta *mademoiselle* Sophie, una llamativa actriz de pelo rojo y pícara sonrisa que era, si no bella, increíblemente ingeniosa y poseedora del fuego suficiente para quemar todo París. Tenía indudablemente un don, porque era capaz de hacerle reír por las cosas más tontas y además hasta las lágrimas. Algo que en aquellos momentos necesitaba más que nunca.

Cuando una noche se decidió a invitar a Sophie a su apartamento, sola, después de semanas y semanas de flirteos y visitas al teatro, fue lo mejor que pudo hacer. Porque aprendió a amar el sexo de una manera que nunca había creído posible.

Una mañana lluviosa, mientras Sophie yacía desnuda en su cama, leyendo en voz alta las crónicas de sociedad del diario, que la apasionaban, Roderick terminó su café y se acercó a la ventana de su apartamento en la *rue des Francs–Bourgeois*. Como el trazado cuadrangular de las calles le recordaba un mapa, por primera vez en años le vino a la memoria el plano que le regaló su madre. El que había escondido en el ático de la casa de su padre.

Se quedó consternado. Sabía que tenía que recuperar aquel mapa, ya que era de justicia, pero sabía también que eso significaba regresar a Londres y enfrentarse con su hermano. Su hermano, a cuya boda no había asistido y con cuya esposa se había acostado.

Conforme transcurrían los días, los pensamientos de su madre le devoraban toda capacidad de respirar y de pensar. Después de haber evitado durante meses la realidad del desastre al que sabía tenía que volver, Roderick se tragó su orgullo y regresó a Londres. Se llevó a Sophie, de la que se había vuelto muy dependiente, y cargó varios baúles llenos hasta los topes con los libros que había adquirido en París. Después de instalar a Sophie con su equipaje, decidió visitar a su padre.

Cuando su coche estaba traspasando la alta verja que llevaba a la residencia de los Wentworth, Tremayne descubrió sorprendido un crespón negro en la puerta principal. La puerta que había sido además repintada de negro, como cuando falleció su madre, hacía ya tantos, tantos años.

Capítulo 14

Era noche cerrada, cuando me senté en mi morada.
La única vela expiraba ya.
Alrededor, la oscura marea de la tempestad se alzaba.
Chillaban los cuervos en las agrestes montañas...
                Por un caballero de la universidad de Oxford,
                                        St. Irvyne, o Rosacruz.
                                            Un Romance (1811)

Un nudo de emoción le quitó el aliento. Saltando fuera del carruaje antes de que llegara a detenerse del todo, subió a la carrera los escalones de la entrada. Aporreó sin cesar la puerta con su puño enguantado con el pecho. El pecho se le apretaba de dolor mientras intentaba ignorar el fúnebre crespón.

Cuando el mayordomo descorrió los cerrojos y abrió la puerta, Roderick lo hizo a un lado y entró tambaleándose.

–¿Padre? –gritó, con su voz resonando a su alrededor como un eco fantasmal mientras corría hacia el despacho, donde sabía que estaría si acaso seguía vivo–. ¡Padre!

El duque salió entonces del despacho como una aparición flotando en las sombras, a la luz de la vela, haciendo que Roderick se detuviera en seco. Su pelo gris estaba grasiento y despeinado, como si llevara semanas descuidando su aspecto. Y su traje de tarde estaba tan desaliñado como el resto de su persona, sin chaqueta ni pañuelo de cuello. En una mano llevaba una licorera de brandy, medio vacía.

—¿Padre? —susurró Roderick, incrédulo.

Cansado y con mirada triste, todavía bajo los efectos del alcohol, el duque fue hacia él y se encontraron en mitad del pasillo.

—La muerte se ha llevado a Yardley. Ningún médico pudo… salvarlo. Te envié recado a París, pero obviamente ni él ni… yo mismo significábamos nada para ti, ya que en caso contrario habrías venido antes. No me molestes más por esta noche. Ya hablaremos… mañana —bajó la cabeza y regresó tambaleante al despacho.

El corredor empezó a bascular, y con él Roderick. Sintió una pared a su espalda y fue resbalando por ella hasta quedar sentado en el suelo, incapaz de sostenerse sobre sus piernas. Nunca había recibido noticia alguna. Ni una carta. Ni una palabra.

«Oh, Dios», exclamó para sus adentros.

Se quedó sentado en el suelo de mármol, apretándose la sien con un puño enguantado, demasiado impactado para hacer otra cosa. Cuando los sirvientes empezaron a encender las lámparas y velas para que no permaneciese a oscuras, se obligó a levantarse. Una parte de él se negaba a creer que Yardley había muerto.

Recogiendo una vela, subió los escalones que había subido tantas veces de niño y continuó por el corredor para detenerse ante el antiguo dormitorio de Yardley. La puerta estaba entreabierta y la habitación levemente iluminada por una solitaria lámpara.

Roderick entró sigilosamente. El olor a cuero y a betún le recordó a su hermano. Se detuvo al pie de la cama de dosel, con la vela casi escapando de sus temblorosos dedos. Un desteñido fajín ceremonial rojo y una espada de punta roma habían sido colocados sobre la colcha. Como si Yardley fuera a entrar en cualquier momento en la figura de un niño, para ceñírselos y desafiar a Roderick a otro combate entre Napoleón y el soldado británico.

Se le llenaron los ojos de lágrimas. Debió haber sido un mejor hermano para él. Y un mejor hombre. En lugar de ello, había demostrado ser un canalla mayor todavía que Yardley. Se giró y sopló la vela. Luego se quitó los guantes y los arrojó al suelo.

Deambuló sin rumbo por los pasillos hasta que se detuvo ante la pequeña puerta de madera que llevaba al ático. Miró el cerrojo. Habían pasado muchos años desde la última vez que abrió aquella puerta. ¿Cómo había podido dar la espalda de una manera tan despiadada a todo aquello que tanto había significado para él?

Abrió la puerta y fue subiendo lentamente los peldaños, presa de un fuerte dolor de cabeza. Aunque intentó calmar la respiración, la terrible opresión que sentía en el pecho no terminaba de desaparecer.

Arrodillándose por fin frente a su baúl, desató las correas de cuero y lo abrió. Las sombras cubrían el fondo vacío. Se tambaleó, incrédulo, y tuvo que agarrarse a los bordes del arcón para sostenerse. Cada libro que su madre le había regalado, incluida su venerada edición de 1775 de *Vida e increíbles aventuras de Robinsón Crusoe,* que contenía el mapa de la ciudad de Nueva York que su madre le había regalado, había desaparecido.

Era como si su vida hubiera sido borrada de golpe.

Después de quedarse durante un buen rato mirando el fondo vacío, cerró la tapa y rezó para que su padre sencillamente hubiera guardado todos sus libros en la biblioteca. Cargando con el baúl en brazos, abandonó el ático, pasó por delante de la antigua habitación de Yardley y bajó las escaleras.

Sus pesados pasos resonaron por el pasillo y el despacho. Depositó por fin el baúl ante el escritorio de su padre y permaneció allí inmóvil, incapaz de dar voz a los dolorosos sentimientos que lo embargaban.

El duque alzó la mirada cuando estaba a punto de llevarse un vaso de brandy a los labios.

–¿Qué es eso?

Tras un silencio incómodo, Roderick le espetó:

–¿En tan poca estima me tienes como para pensar que ni Yardley ni tú significabais nada para mí? Tú eres la única persona que me queda en el mundo a la que amo y en la que puedo confiar. En cuanto a Yardley... puede que no me comprendiera ni me respetara de la manera que merecía, y puede que yo tampoco lo comprendiera ni lo respetara a mi vez, pero éramos hermanos. Yo nunca recibí noticia alguna de su fallecimiento mientras estuve en París. De haberla recibido, habría venido. Simplemente no supe nada.

Vio que a su padre le temblaba la mano. El duque bebió un trago de brandy y dejó la licorera a un lado. Bajando la mirada a su mano, que reposaba lánguidamente sobre el escritorio al lado del brandy, murmuró al fin:

–Ese maldito servicio postal no es de fiar. No te culpes más –se pasó una mano por el pelo, recostado en su sillón de cuero–. Tanto lady Morrow como la marquesa de Yardley han estado averiguando tu paradero. Te sugiero que las visites. Y que les ofrezcas el consuelo que requieran en nombre de su hermano.

A Roderick se le cerró la garganta. Sabía muy bien por qué querían localizarlo. Hasta París habían llegado rumores de que el casamiento de Margaret con Yardley no había acarreado más que desgracias durante los escasos cinco meses que había durado. Ahora, desaparecido Yardley, solo un hombre podía heredar la propiedad de los Wentworth. Él.

–Me niego a verlas.

Su padre enarcó las cejas.

−¿No piensas dar el pésame a la esposa de tu propio hermano?
−No.
El rostro de su padre enrojeció. Se inclinó hacia delante en su silla.
−Si no las visitas al menos una vez, todo Londres se preguntará por qué y yo no quiero soportar murmuraciones relativas a mi nombre −descargó un puñetazo sobre el escritorio, derramando parte del brandy del vaso−. Ya es suficientemente vergonzoso que no estuvieras aquí cuando murió Yardley. Espero que te consagres al recuerdo de tu hermano así como a tus obligaciones familiares. Y ahora que has heredado el título de tu hermano, heredarás también la responsabilidad que entraña. Ya no eres simplemente Tremayne. Ahora eres un Yardley.
Roderick se removió nervioso.
−Yo no nací como heredero y, por tanto, tú no puedes esperar que juegue ese papel. Respetaré el recuerdo de mi hermano llevando un brazalete de luto durante el resto de mis días, pero no tengo absolutamente ningún deseo de ver a la marquesa o a su madre, o de consolarlas por una muerte que sin duda les importa muy poco. Ellas me usaron para llegar hasta Yardley, y ellas usarán ahora a Yardley muerto para llegar hasta mí.
Su padre desvió la mirada hacia la puerta del despacho y bajó la voz antes de mirarlo nuevamente a los ojos.
−Yardley estaba encolerizado contigo y con la marquesa. Decía que tú te habías acostado con ella antes de que él la llevase al altar, ¿es eso cierto? ¿O simplemente estaba siendo tan malpensado como siempre?
Roderick escondió las temblorosas manos detrás de la espalda.
−Es cierto. Yo había esperado convencerla de que huyera conmigo a París. Obviamente, no tuve éxito.
−Dios mío... −el duque echó la cabeza hacia atrás con

un gruñido exasperado–. Habría esperado esto de tu... hermano, que Dios se apiade de su alma. Pero de ti, no. ¿Qué le ha pasado al muchacho al que quise tanto?

Roderick tragó saliva, emocionado. Era la primera vez que su padre había admitido que no solo se había enorgullecido de él, sino que lo había querido. Aunque poco bien le reportaba eso en aquel momento. Porque él había destruido aquel amor y aquel orgullo y, a cambio, se había destruido a sí mismo.

El duque se inclinó de nuevo hacia delante y soltó un suspiro. Miró el baúl vacío que había traído su hijo y lo señaló desganado:

–¿Qué es eso?

–Lo encontré vacío en el ático y quiero saber qué ha pasado con su contenido. Aquí guardaba algunos de mis viejos libros.

–¿Libros? –el duque parpadeó rápidamente–. Ah, sí. Libros –se removió en su sillón–. Un coleccionista de libros que vino de visita con tu primo no cesaba de importunarme. Así que mandé a los criados que registraran toda la casa y le entregaran todos los libros que encontraran.

Roderick se lo quedó mirando con atormentada incredulidad. Su padre no tenía la menor idea de lo mucho que aquellos libros significaban para él.

–Esos libros me los regaló madre.

El tono malhumorado de su padre se suavizó.

–¿Qué?

–Ella me regaló esos libros poco antes de morir. Yo los guardé en un arcón en el ático para que nadie los tocara.

Su padre cerró los ojos, frotándose una sien con una mano.

–¿Qué diablos estaban haciendo allá arriba? ¿Por qué no... me lo dijiste?

–Yo siempre escondía cosas en el ático dada la afición de Yardley a quemar mis libros. Algo que puede que no recuerdes, o que no quieras recordar. En cualquier caso, quiero recuperar esos libros.

Abriendo de nuevo los ojos, el duque dejó caer la mano en el regazo.

—Ese hombre ya ha dejado Inglaterra.

—¿Qué quieres decir con que ya ha dejado Inglaterra? —repitió Roderick—. ¿Se los entregaste a un extranjero?

—Un americano. De Nueva York.

—¿Un americano de Nueva York? Dios mío. ¿Y si encuentra el mapa?

—¿Qué diantre...? ¿Qué mapa?

—¡El mapa! —rugió Roderick, incapaz de disimular su dolor—. El que me dio madre. ¡El de la ciudad de Nueva York! ¡El mismo que me amenazabas con quemar cada vez que lo sacaba! ¡Lo guardé dentro de uno de aquellos libros para protegerlo y tú lo hiciste desaparecer!

—Yo no lo sabía...

Roderick cerró con fuerza los ojos y se obligó a tranquilizar su tono y su actitud.

—¿Por qué me lo dio ella? ¿Qué significaba? ¿Y por qué estaba cortado en trozos?

El duque bajó la mirada.

—No era nada —farfulló su padre—. Nada más que una maldita... invención.

Abriendo de nuevo los ojos, Roderick le sostuvo la mirada.

—Algo que tú querías quemar cada vez que lo veías, no puede ser, evidentemente, una simple invención. ¿Qué era? —le ardía la garganta en un desesperado esfuerzo por mantener la calma.

El duque asintió a medias y finalmente murmuró:

—Perteneció a su hermano.

Roderick enarcó las cejas.

—Yo no sabía que tuviera hermanos.

—Uno. Una triste historia —el duque se removió en su

asiento, ajustándose la chaqueta–. Se llamaba Atwood. Tu madre y él estaban muy unidos. Él era el heredero del... patrimonio Sumner, y solo tenía diez años cuando desapareció.

–¿Qué le sucedió?

El duque se frotó una sien.

–Tu abuelo se los llevó a todos de Londres, a Nueva York, allá por... no sé, en 1800 o por ahí, mientras negociaba unas inversiones. Poco antes de la vuelta prevista a Londres... él desapareció. No volvieron a verlo más.

Roderick se llevó una mano a la boca, incrédulo.

–¿No encontraron ningún rastro?

–No. El cuerpo no apareció. Cuando regresaron a Londres sin él, la familia se deshizo de los retratos de Atwood y de todas sus pertenencias. Tu madre se las arregló para salvar una miniatura suya gracias a un criado, y la llevaba consigo a todas partes... Todo aquel asunto... me atormentaba. Todavía me atormenta –su padre se recostó en su silla–. Muchos, muchos años después, cuando yo estaba desayunando, ella se presentó en la mesa con el retrato de Atwood. Ella... ella me dijo que había soñado con un pergamino que había sido rasgado en diez trozos y que... cuando los hubiera juntado, aparecería un plano de Nueva York con un lugar señalado con un círculo que revelaría la localización de su hermano. Ella me dijo que, en aquel sueño, estaba absolutamente segura de que seguía, en efecto, vivo. Así que me encargó que adquiriese todos los mapas posibles de Nueva York que pudieran parecerse a aquel.

Roderick lo escuchaba asombrado. El duque continuó, meneando la cabeza:

–Era algo... ilógico. Se pasó meses buscando el mapa adecuado. Cuando lo encontró, lo rompió en pedazos. Yo no cesaba de decirle que se estaba dejando arrastrar por una histeria supersticiosa. Pero eso solo empeoró las cosas. No dormía, no comía... Me decía que no se quedaría tranquila hasta que el problema estuviera resuelto. En aquel entonces estaba embarazada de nuestro tercer hijo y yo estaba muy preocupado. Así que le dije que si me prometía que comería y descansaría bien, una vez que se hubiera recuperado del parto, iríamos todos a Nueva York a resolver el enigma –se le quebró la voz. Apretándose la barbilla, bajó la mirada–. Solo que no sobrevivió al parto, maldita sea. No sobrevivió. Ella… me dejó. Nos dejó a todos.

Un silencio reverberó entre ellos.

Todas las esperanzas que su pobre madre había puesto en localizar a su hermano, a quien tanto había amado hasta el final, habían permanecido almacenadas en aquel maldito ático, intactas y sin resolver. Era monstruoso.

–Tú sabías lo mucho que eso significaba para ella, y sin embargo no se te ocurrió resolver el enigma tú mismo. Ni siquiera después de su muerte.

El duque desvió la mirada.

–Era algo absurdo. Y tenía dos hijos a los que criar solo.

–¿Que era absurdo, dices? –repitió Roderick, avanzando hacia el escritorio–. ¿Cómo algo que tanto significó para ella podría considerarse un absurdo? -apoyó ambas manos sobre la lisa madera de caoba–. Vamos a recuperar ese maldito mapa, aunque tengamos que comprarle la tienda entera a ese tipo o todas las de Nueva York. ¿Cuándo te deshiciste de esos libros?

–Hace unas semanas.

–Lo que quiere decir que todavía podemos recuperarlo.

–Si es que ese hombre no los ha vendido ya todos.

–Nos encargaremos de que los vuelva a comprar –Roderick se pasó una mano por la cara–. ¿Tienes un nombre? ¿Una dirección? ¿Algo?

El duque suspiró y alzó la mirada, tensos sus rasgos en su esfuerzo por recordar.

–Hatchet. Era… era un tipo bajo y fornido, escandaloso, que poseía una tienda en alguna parte de... Nueva York. Aunque no recuerdo mucho más. Tu primo Edwin puede que sepa algo.

Roderick se apartó del escritorio y se irguió. Muerto su hermano, su familia se deslizaba trágicamente hacia la nada. Resultaba desconsolador. ¿Y si el mapa de su madre llevaba, de hecho, a algo? ¿Y si llevaba a Atwood? Una parte de su familia podría ser restaurada, y honrada.

–Iré a ver a Edwin por la mañana. En el momento en que tenga una dirección, pienso embarcarme para Nueva York y recuperar personalmente ese mapa. Y también pretendo investigar si ese mapa es o no verdadero. Tiene que haber pistas que se les escaparon a los investigadores. Ese plano podría reabrir el caso de la desaparición de Atwood.

Su padre se levantó de golpe, derribando la silla.

–¿Estás loco? ¿Pretendes marcharte a la otra punta del mundo buscando pistas a partir de un... de un sueño?

Roderick se esforzó por mantener la calma.

–¿Y si te equivocas? ¿Y si ese mapa nos conduce a algo concreto? Incluso el rumor de algo es mejor que nada. No lo sabremos hasta que no lo hayamos investigado a fondo.

–No. Yo no pienso...

–Si te opones a mí en esto, padre, nunca te perdonaré por no haber amado a tu esposa lo suficiente como para intentar cumplir su último deseo.

El duque desvió la mirada con expresión atormentada. Una lágrima resbaló por su arrugada mejilla.

Finalmente, cuadrando los hombros, se aclaró la garganta.

–Yardley y tú fuisteis la única razón por la que sobreviví a su muerte –el duque se inclinó pesadamente sobre el escritorio y lo señaló con el dedo, nublada la vista por las lágrimas–. Tú eres lo único que me queda de ella. Tú eres la única prueba que tengo de que ella *existió*. No puedes correr riesgos, ponerte a ti mismo en peligro. Porque si algo malo te sucede... yo no podré soportarlo. No sobreviviría. Me degollaría a mí mismo. ¿Entiendes?

Inclinándose sobre el escritorio, Roderick agarró la mano de su padre y se la apretó con fuerza, enternecido.

—Te entiendo mejor de lo que piensas y me conmueve saber que significo tanto para ti. Tú significas lo mismo para mí —sosteniéndole la mirada, añadió con voz ahogada—: pero ella me confió a mí ese mapa, padre. Y pretendo defender su honor como hijo suyo que soy, y restaurar también el poco que le quede a nuestra familia —acercándose a él, le susurró—: Te pido que hagamos esto juntos. Ella así lo habría deseado. ¿No te parece?

Su padre le soltó la mano y, tambaleándose, le dio la espalda y se apartó del escritorio. Se frotó la nuca con una mano temblorosa

«No me decepciones. Y, por encima de todo, no la decepciones a ella», le pidió en silencio Roderick. «Ámala. Ámala por esta última vez».

Finalmente el duque se volvió de nuevo hacia él, tenso.

—Al diablo con Londres, con el tiempo y con los gastos. Iremos. Iremos para que tu madre pueda al fin descansar en paz.

Roderick habría tenido que estar ciego para no ver la grandeza de sentimientos del hombre que tenía delante. Pese a lo embriagado que estaba.

—¿Sigues teniendo esa miniatura? Necesitaremos una detallada descripción del aspecto que tenía cuando desapareció. De su color de pelo, al menos, ya que habrá envejecido mucho.

El duque bajó la vista y meneó la cabeza.

—Le puse a tu madre la miniatura en la mano cuando la enterré. Pero... yo la vi varias veces. Pelo y cejas negras. Ojos azules. De un azul tan brillante y luminoso que casi parecían de cristal.

—Necesitaremos algo más que eso —insistió Roderick—.

Tendremos que visitar a los abuelos. Ellos nos proporcionarán una descripción más exacta, así como cualquier otro detalle relativo a su desaparición.

El duque le lanzó entonces una mirada de advertencia, moviendo la cabeza de lado a lado.

–No, no. No quiero implicar a tu abuelo en esto. Él no debe saberlo nunca. Jamás.

Roderick parpadeó extrañado y se inclinó hacia él.

–Yo pienso que tiene derecho a saberlo. Al fin y al cabo, se trata de su propio hijo. Y él podría ayudarnos.

El duque continuaba mirándolo fijamente.

–No –bajó la voz–. Ese hombre fue el responsable de la desaparición de Atwood.

–¿Qué? ¿En qué sentido?

Su padre desvió la vista y se encogió de hombros.

–Fue algo que ni tu madre ni yo pudimos probar nunca, aunque repetidamente intentamos durante años implicar a los investigadores de la Corona. Ellos simplemente se sacudieron el caso de encima, convencidos como estaban de que habían sido patriotas americanos los que cometieron el crimen. Solo que eso no tenía sentido. En mi opinión, teniendo en cuenta lo que estamos a punto de hacer, no debemos decírselo a nadie. De esa forma, nada impedirá la reapertura de la investigación.

Apoyando ambas manos en el escritorio de su padre, Roderick murmuró:

–Ojalá podamos conseguir algo de todo esto.

Solo tenían un mapa basado en un sueño y una pobre descripción de un niño de diez años que a esas alturas sería mucho mayor, si acaso estaba vivo. Parecía altamente improbable que fueran a encontrar algo. Aunque el chico, ya en aquel entonces, había sido lo suficientemente mayor como para saber quién era. Quizá en ese caso, de estar vivo, conservara todavía memoria de lo ocurrido. En cualquier caso, su padre y él tenían el tiempo y el dinero de su lado.

Menos de un día después, Roderick se hizo con un juego de brazaletes de luto. Se puso uno en honor de su hermano, jurándose que no se lo quitaría más que cuando se fuera a dormir. Con el corazón pesaroso, porque sabía que en el fondo era lo mejor, despachó a Sophie, que lo había seguido desde París, agradeciéndole su compañía y poniéndole cien dólares en la mano. Ella le aseguró que él siempre podría buscarla en París, cuando se aburriera. No bien se hubo despedido de ella besándole la mano, fue a visitar a su primo y consiguió la dirección de la tienda del señor Hatchet. Su padre y él mandaron hacer las maletas y en seguida estuvieron listos para embarcar en el primer barco que zarpaba de Liverpool.

La mañana previa al embarque, Roderick visitó la cripta de su hermano y rezó con fervor durante horas. Las lágrimas no solo le quemaban los ojos, sino el alma. Nada podría borrar lo que había sucedido.

Cuando finalmente regresó a casa esa tarde, después de haber pasado cinco angustiantes horas en la cripta, decidió emborracharse con su padre. Ambos se juraron que esa sería la última borrachera de sus vidas si al final no conseguían resolver nada. Al anochecer, cuando Roderick apenas podía sostenerse en pie y su padre se había quedado dormido en el sofá, llamó a su cochero y pidió que lo llevara a la casa de Margaret.

Pese a que era ya demasiado tarde para una visita de cortesía, fue admitido en cuanto anunció su nombre e incluso invitado a esperar en el despacho, en vez de en el salón. Mientras esperaba a que apareciera Margaret, se acercó tambaleante al escritorio de su hermano. Apoyándose en la madera, se esforzó por concentrarse en la razón que lo había llevado hasta allí.

—¿Tremayne?

Se giró, tenso, siguiendo la dirección de la voz ahogada que acababa de escuchar: la de Margaret. Una esbelta figura vestida de seda se alzaba en las sombras del umbral, oculto su rostro. Entró en la habitación con actitud decidida y elegante. El dorado resplandor de la vela reveló el dulce y delicado rostro de la mujer que recordaba con tan dolorosa exactitud.

Llevaba la rubia melena recogida en un sofisticado y maduro moño, tan opuesto al peinado de tirabuzones sueltos que había lucido como debutante. Se volvió para cerrar la doble puerta.

Atravesó luego la habitación, en silencio, y se plantó ante él. Su delicado aroma a lilas pareció envolverlo, agudizando su excitación. Ella estiró una mano desnuda y le tocó el brazo.

—Has venido.

—No por las razones que tú imaginas —le apartó la mano.

Margaret se ruborizó. Salvando la distancia que Roderick acababa de poner entre ellos, se inclinó hacia él y le tomó la mano.

Roderick se puso rígido al sentir el calor de su piel. Liberando bruscamente la mano, le preguntó con tono inexpresivo:

—¿Lo amaste al final? Dime que sí y me quedaré tranquilo.

—Ojalá hubiera podido —le susurró mientras se acercaba de nuevo, con una vívida angustia asomando a sus ojos azules—. Yardley sabía lo nuestro. Yo se lo conté a los pocos días de nuestro matrimonio. Estaba tan asqueada conmigo misma, y con todo, que esperaba que su furia lo moviera a repudiarme, para que así pudiera reunirme contigo en París. De manera desconcertante, el efecto fue el contrario. Yardley se obsesionó con reemplazarte y se negó a perderme de vista, siquiera por un instante. Comenzó a dictar cuándo y cómo debía latir mi corazón, al igual que había hecho mi madre, lo que solo me hizo odiarle aún más. Pero al final fue Dios mismo el que dictó cuándo y cómo debía latir *su* corazón, deteniéndoselo de golpe –se apoyó en el escritorio, con el rostro bañado en lágrimas–. Estoy cansada de someterme a los demás a costa de mi cordura. Por favor, dime que te queda algo de amor por mí para que pueda superar cualquier traba que puedas ponerme... con la esperanza de recuperar lo que una vez tuvimos.

Roderick la miró con el pulso atronándole los oídos. El aroma a lilas y el brandy que había bebido le calentaban la sangre, enturbiando su sentido común conforme el resplandor de la vela se volvía más y más borroso. Girándose hacia ella, la apartó bruscamente del escritorio.

–Me destruiste a conciencia, y por eso nunca seré capaz de perdonarte. Tuviste tu oportunidad de demostrarme lo que valías y la desaprovechaste.

Ella dejó escapar un sollozo.

–Tremayne, mi corazón nunca cesó de latir por ti. Ni una sola vez. Por favor. Demuéstrame que tú también... –le acunó el rostro entre las manos e intentó besarlo al igual que había hecho aquella primera noche, cuando sedujo su alma ingenua.

Pero Roderick le agarró las manos y se las apartó. Retrocedió tambaleante, incrédulo.

–Te pido que, si te queda algo de compasión o de remordimiento, me dejes en paz. Deja de amarme, porque hace mucho tiempo que yo dejé de amarte a ti.

Su sollozo de angustia cortó el aire.

–Tremayne...

–Soy lord Yardley ahora, milady. Desgraciadamente, he heredado el título de mi hermano y, según parece, su corazón. Estoy harto de ti y de todo esto. ¿Entiendes? Estoy harto y te pido que no me visites nunca ni pronuncies siquiera mi nombre –se volvió y abandonó la habitación a trompicones, sintiéndose como si finalmente hubiera redimido una parte de su alma maldita.

A la mañana siguiente, aunque con el estómago revuelto y esbozando muecas de dolor al menor ruido, abandonó Londres con su padre para emprender viaje a Nueva York. Mientras su padre trataba con él de asuntos relativos a la propiedad y de todo aquello que a partir de aquel momento sería suyo, no pudo evitar aborrecerse a sí mismo por el alto precio que había tenido que pagar para convertirse en heredero.

Capítulo 15

Salvar a un hombre contra su voluntad
Es lo mismo que matarlo
               Horacio, *Ars poetica* (año 18 a.c.)

Hotel Adelphi
12.45 de la tarde

Roderick esperaba ante la puerta de la habitación de su padre, la veintiuno, mientras se ajustaba el brazalete de luto a la manga de su traje mañanero de color gris. Inspirando profundamente, tras una leve vacilación, se decidió a llamar.
–¿Sí? –inquirió el duque desde el otro lado.
–Soy yo –procuró insuflar decisión a su voz.
Se hizo un silencio.
–La puerta está abierta.
Roderick entró en la suntuosa habitación y cerró la puerta a su espalda.
El duque alzó la mirada del diario que había estado leyendo sentado en una silla en la esquina más alejada de la sala. Volviéndolo a doblar, lo arrojó sobre la mesa de caoba y se levantó para dirigirse hacia él.

–Vaya. Te has acicalado bien.

Roderick se quitó el sombrero de copa. Todavía tenía húmedo el pelo después de que se lo hubiera cortado su ayuda de cámara. Caminó rápidamente hacia su padre y lo abrazó. Mientras lo estrechaba con fuerza contra su pecho, susurró emocionado:

–Perdóname por no haberte querido como merecías.

El duque se tensó. Le palmeó la espalda.

–¿A qué debo este honor?

Apartándose, Roderick le confesó:

–Eché tanto de menos saber quién eras y lo que significabas para mí... Te pido que me perdones por haberte tratado con tanto desdén la última vez –volvió a calarse el sombrero antes de agarrarlo de los hombros y contemplar detenidamente aquel rostro envejecido, de ojos color castaño oscuro–. Me acuerdo.

El duque arqueó sus cejas grises. Parpadeando varias veces, escrutó su expresión.

–¿Te acuerdas de mí?

–Así es.

–¿Cómo? ¿Qué ha pasado? No entiendo.

Roderick se encogió de hombros.

–Fue como si Dios mismo me hubiera tocado la frente con su mano.

El duque retrocedió un paso y lo señaló con el dedo, como dispuesto a ponerlo a prueba.

–Dime algo que solo tú sepas sobre mí. Quiero estar seguro de que esto es real. De que tu mente vuelve a ser la que era antes.

Roderick no pudo evitar sonreírse.

–La fe nunca fue tu fuerte, ¿verdad? Está bien. ¿Qué es lo que sé de ti? Recuerdo que siempre rugías por toda la casa antes de azotar a Yardley.

Su padre soltó una sonora carcajada.

–¿Cómo es que es eso lo primero que recuerdas sobre

mí? Aunque tengo que admitir que ese chico tenía el diablo en el cuerpo. O el infierno entero, más bien.

—Es cierto —murmuró Roderick—. El bueno de Yardley.

El duque se quedó callado, bajando la mirada.

—Por travieso que fuera, seguía siendo mi hijo. No es justo que muriera tan joven.

Roderick tragó saliva y le apretó cariñosamente un hombro.

—No, no lo es. Y mi mayor reproche es que no hice ningún esfuerzo por ayudarlo. Solo me limité a condenarlo.

—Nada habría podido hacerle cambiar. Era como era —inspirando profundamente, el duque meneó la cabeza y lo miró—. Por favor, dime que volveremos dentro de diez días conforme a lo planeado, porque ya estoy bien harto de esta porquería de ciudad. Ya hemos hecho todo lo que habíamos venido a hacer aquí. Mi Augustine al fin descansará en paz. Lo único que lamento es que ella nunca tuvo la oportunidad de verlo antes de... —se interrumpió.

Roderick retiró la mano del hombro de su padre, consciente de que tal vez nunca llegara a recordar lo que había sucedido desde su partida de Inglaterra.

—Aunque recuerdo muchísimas cosas, no me acuerdo de haberme embarcado ni de lo que sucedió después. ¿Qué fue lo que pasó? ¿Encontramos por fin a Atwood? ¿Estaba bien el mapa? ¿Y por qué no vuelve él con nosotros? ¿Acaso no desea reclamar lo que es legítimamente suyo, como único heredero del patrimonio Sumner?

El duque se pasó una mano por la cara y le dio la espalda.

—Volver a Inglaterra significaría para él enfrentarse a sus padres y a su pasado delante de todo Londres. Tú no tienes idea de lo que ha pasado ese muchacho, Yardley. Se desataría un río de rumores de la peor especie que llegarían hasta el último rincón de la capital.

Roderick abrió mucho los ojos.

—¿Quieres decir que...?

El duque asintió, sombrío.

—Según Atwood, tu abuelo cometió una injusticia con un hombre exaltado. Un hombre que desde entonces buscó vengarse arrebatándole lo que más le importaba en el mundo: su hijo.

Roderick inspiró profundamente.

—¿Y qué fue lo que le hizo a ese hombre para que se vengara de esa manera?

El duque se giró hacia él.

—Es una historia que daría para un libro. Una historia que te contaré durante el viaje de vuelta a Londres, y que nunca deberá salir de tu boca hasta que Atwood esté dispuesto a salir del anonimato —se interrumpió, sacudiendo la cabeza—. Y ahora tú te empeñas en complicar aún más este desastre implicando a otra desgraciada en él...

Roderick se volvió lentamente para disimular el dolor que sentía.

—Por Georgia no necesitas preocuparte. Ella no nos acompañará a Londres —cerrando los ojos, tragó saliva y continuó—: Pretendo dar por finalizada nuestra relación esta misma noche.

—¿Qué? —su padre no parecía comprender.

—La amo más que a mi vida. Y por eso la dejaré marchar —abriendo los ojos, pero todavía de espaldas, carraspeó y se obligó a dominar el temblor de su voz—. Pretendo dotarla con una pensión anual de por vida antes de que abandonemos Nueva York. Necesito que Georgia no solo viva muy bien, sino que tenga también sirvientes, porque sus pobres manos endurecidas por el trabajo necesitan años de descanso. Ella no se merece verse arrastrada a mi vida. Se merece mucho más que eso. Se merece alguien mejor que yo.

Al ver que no decía nada, Roderick se volvió por fin hacia su padre. Los rasgos del duque permanecían rígidamente estoicos.

—Irás al banco antes de que zarpemos para Nueva York y le arreglarás una anualidad de cinco mil libras al año —añadió.

Su padre desvió la mirada y asintió.

—Iré al banco esta misma tarde, si eso es lo que quieres.

Roderick echó la cabeza hacia atrás y parpadeó rápidamente para contener las lágrimas que se había jurado no derramar. Con voz ahogada, le confesó:

—Eso me dará un poco de tranquilidad.

—De todas formas, la propiedad entera irá a parar a tu bolsillo —masculló el duque.

Roderick tragó saliva y se ajustó la chaqueta. Carraspeó.

—Voy a dar un largo paseo por la ciudad, solo. Estará fuera durante la mayor parte de la mañana y probablemente también de la tarde, dependiendo de adónde me lleve mi humor. Tengo que pensar en cómo diablos voy a anunciarle todo esto a Georgia sin destruirla —esbozó una mueca y desvió la mirada—. Ella me espera en su habitación a las nueve, así que no tengo más remedio que estar de regreso para entonces. Dicho eso, quería que supieras que a pesar de todo lo que ha pasado, yo nunca pretendí deshonrarte ni a ti ni a ella conscientemente, y que nunca más volveré a avergonzar nuestro nombre relacionándome con otra mujer, sea o no de nuestro círculo. Esa fue la decisión que tomé después de lo de Margaret y ni siquiera sé en qué estaba pensando cuando todavía me encontraba en mis cabales. Por desgracia, la alta sociedad es muy exigente y no puedo obligar a Georgia a convertirse en algo que no es y esperar al mismo tiempo que la mujer que amo sobreviva. Porque eso no ocurrirá. No ocurrirá.

Temprano por la tarde, sola al fin después de que se hubieran retirado las criadas que se habían dedicado a bañarla, secarla, masajearla, vestirla y peinarla, Georgia se dedicó a recorrer la suntuosa suite. Deliberadamente se había encerrado allí para evitar a Robinsón. Incluso había comido sola en la habitación, una bandeja de salmón con zanahorias al horno que le había sabido a gloria.

El mundo entero parecía suyo, y, sin embargo, apartada como estaba de Robinsón, todo carecía de sentido. Anudándose el cinturón de su bata de seda rosa, en la que se había envuelto tras disfrutar de un magnífico baño, caminó descalza hasta el aparador donde estaban desplegados los artículos de *toilette* que le había traído la doncella.

Aunque se esforzó todo lo que pudo por recordar qué era qué, ya que la doncella se lo había dicho de corrido, no fue capaz de hacerlo. Inclinándose sobre la bandeja de plata llena de latas y frasquitos de cristal, miró la lata abierta de colorete. Los buenos coloretes se vendían en las tiendas a piezas de cuarto, y era obvio que aquel era de los caros. Georgia siempre había querido comprarse una lata de aquellas y ver si podía ponerse más guapa, aunque siempre lo había tenido por una frivolidad y por un despilfarro de dinero. Pero en ese momento aquella lata estaba ante ella como suplicándole que la probara.

Sonriendo, recogió el pequeño pincel que estaba junto a la lata. Quizá pudiera ponerse lo suficientemente guapa como para hacer que Robinsón se lo pensara dos veces antes de soltarle una negativa.

Acercándose al espejo oval de marco dorado que colgaba encima del aparador, hundió el pincel en el polvo de la lata como había visto hacer a las mujeres en la tiendas. Tras aplicarse una pincelada en cada pómulo, ladeó la cabeza a un lado y otro para ver cómo le había quedado.

Se acercó aun más y esbozó una mueca. No notaba nada. Quizá no se hubiera puesto suficiente. Puso una cantidad más generosa en el pincel y probó de nuevo. Esa vez, en cada mejilla le quedaron dos marcas rojas que no podían contrastar más con su piel cremosa. Abrió mucho los ojos.

—Oh, Dios...

No podía permitir que Robinsón la viera de aquella forma. Dejando a un lado la lata y el pincel, se limpió frenéticamente las mejillas. Frunciendo los labios, acercó la cara al espejo y se las frotó con fuerza, lacerándose la piel con las palmas encallecidas de las manos. Cuando volvió a mirarse, vio que se le habían quedado de un rojo vivo.

Gruñó y dejó caer la mano. Parecía una prostituta que hubiera recibido a demasiados hombres en una noche. Necesitaba lavarse.

Bajando la mirada al surtido de frascos, recogió uno en cuya etiqueta se leía «agua de ángel». Era una infusión de flores de mirto que, según la doncella, servía para refrescar la piel. Pensó que si podía refrescar la piel, seguro que podía limpiársela también.

Descorchó cuidadosamente el frasco y lo ladeó para verterse un poco del líquido de olor dulzón y picante en la mano. El resultado fue que se lo vertió de golpe, mojándose la mano entera y salpicando el suelo. Puso los ojos en blanco, exasperada. ¿Por qué todo tenía que ser tan difícil? Dejando a un lado el frasco, se pasó la mano por las mejillas, todavía inflamadas después de tanto frotamiento y manoseo.

Se secó la mano en la bata y se llevó las puntas de los dedos a la nariz. Olisqueó. «Fantástico», pronunció para sus adentros. Ahora olía a una especie de Jardín del Edén andante.

—Si no sabes ni maquillarte, Georgia —masculló—, ¿cómo vas a manejar a Robinsón?

Aquello era el principio de su inmersión en la vida de Robinsón. No tenía miedo, en realidad. Se sentía lo suficientemente segura como para saber que sin maquillaje o con él, con elegantes vestidos y sirvientes o sin ellos, seguía siendo la misma chica. De lo que no estaba segura era de si Robinsón seguiría siendo el mismo hombre del que ella se había enamorado.

Apartándose del aparador, se acercó al siguiente y se quedó mirando la licorera de cristal llena de un líquido color ámbar, con el par de vasos al lado.

Destapó la licorera y olió el fuerte aroma. ¿Alcohol? Estaba condenadamente segura de que lo necesitaba. Aunque no se parecía a ningún otro alcohol que hubiera visto antes.

Levantando la licorera, se sirvió un vaso hasta el borde. Tras taparla de nuevo, recogió cuidadosamente el vaso intentando no derramarlo. Bebió un buen trago y el sabor a madera de cedro del licor la sorprendió. Se relamió los labios, como intentando decidir si le gustaba o no. Dio luego otro trago y lo paladeó.

—No está mal. No es whisky, pero tampoco está mal.

Con el vaso en la mano, bebiendo de cuando en cuando, deambuló por la habitación en busca de más cosas que explorar. El gran armario de caoba, que guardaba en ese momento los diez vestidos que había traído consigo, tenía un aspecto mucho más impresionante que las pobres prendas que contenía.

Todo era demasiado simbólico de su estado actual. Así era como se sentía ella: como un raído vestido deseoso de parecer nuevo. Solo esperaba que Robinsón no la abandonara cuando se diera cuenta de que iba a cometer cien mil errores antes de hacer algo a derechas.

Un golpe en la puerta la hizo volverse.

El corazón le dio un vuelco. Robinsón llegaba casi dos horas antes de la hora convenida. ¿Era eso bueno o malo? Se dirigió a la puerta y la abrió lentamente, bebiendo otro trago antes de ver quién era. Con el vaso contra la barbilla y la boca todavía llena de alcohol, se quedó paralizada.

No era Robinsón.

El duque parpadeó extrañado, bajando la mirada a su bata rosa y alzándola luego al vaso que sostenía en la mano. Lo señaló.

–Ah. Me alegra saber que tiene usted brandy. Mi licorera está... vacía –miró de repente su rostro embadurnado de rojo–. ¿Qué le ha sucedido a su cara, señora Milton? –inquirió, arrastrando las palabras.

¡Aquel hombre estaba bebido!

Georgia se atragantó con el licor que todavía retenía en la boca. Incapaz de tragarlo, lo escupió en el vaso y tosió varias veces.

–Colorete. Me he pasado con el colorete.

El duque entró tambaleándose en la habitación. Forcejeó con el nudo de su pañuelo y se lo quitó, para terminar arrojándolo a un lado.

–Póngame a mí otro brandy. Lo necesito.

Incómoda, cerró la puerta y se volvió para mirarlo, preguntándose si podría confiar en él en su estado de embriaguez. Por seguridad, decidió no echar el cerrojo. En caso de que necesitara salir corriendo.

Dirigiéndose apresurada a la otra esquina de la habitación, dejó a un lado su vaso y sirvió otro con manos temblorosas.

–¿Estáis seguro de que deberíais beber más? Parece que ya habéis bebido bastante. Apenas os tenéis en pie.

El duque se acercó a ella.

–Cuando pierda la consciencia: solo entonces será suficiente.

–Os arrepentiréis, Excelencia.

Georgia suspiró y terminó de llenar el vaso. Volviéndose lentamente hacia él, le entregó el vaso y recogió el suyo, intentando fingir que eran viejos amigos. La situación no podía ser más incómoda. Ella no lo conocía más de lo que él la conocía a ella.

El duque bebió un largo trago de brandy y la miró.

—¿Le quiere usted? —la señaló con el vaso, derramando un poco de licor—. Porque yo sí. Quiero a ese chico. Le quiero más que a nada en el mundo.

Ella jugueteó con su vaso, sorprendida de que la bebida que él denominaba «brandy» pudiera reducirlo a ese estado.

—Sí, le quiero. No estaría aquí, sometiéndome a la gente de vuestro ambiente, si no fuera así. ¿O acaso pensáis que a un pez le gusta que le saquen del agua?

El duque cerró los ojos momentáneamente y asintió antes de abrirlos. Bebiendo otro trago de licor, sacudió la cabeza.

—Qué desastrosa es toda esta situación. Aquí estoy yo... un hombre respetable, poseedor de vastas propiedades, títulos y todo el dinero de este maldito mundo, y sin embargo no puedo hacer feliz a mi hijo. Simplemente no puedo, por mucho que me esfuerzo. Todo esto es tan condenadamente... injusto.

A Georgia se le cerró la garganta.

—¿Por qué no es feliz su hijo? Yo sé que ansía serlo y que tiene los medios para ello, dado su origen y la grandeza de su corazón. Pero entonces... ¿qué es lo que se lo impide? No lo entiendo.

El duque se la quedó mirando fijamente.

—Es el ducado que tiene que heredar. Eso, en la alta sociedad de Londres, pesa como ningún americano podrá nunca comprender. El amor, aquí, es secundario. Es un deber que ocupa toda la vida de una persona —soltó un suspiro tembloroso—. Él siempre vivió su vida dentro de su propia cabeza y de su propio corazón. Por Dios, debería usted haber visto a ese muchacho en sus años jóvenes. La sociedad y el sentido del deber, y la traición que sufrió a manos de su propio hermano: todo eso es lo que lo ha convertido en el hombre que ahora puede ver. Él, evidentemente, la ama a usted. Es obvio, ya que en caso contrario se la habría llevado consigo a Londres simplemente como amante. Él vino esta mañana a buscarme, ¿sabe?, para hablarme de sus intenciones. Todavía no ha vuelto de su paseo, y yo procuro no preocuparme, pero... su intención es terminar la relación entre usted y él. Es por eso por lo que estoy aquí. Quería ponerla sobre aviso.

A punto estuvo de soltar Georgia el vaso, con una opresión en el pecho.

−¿Qué? ¿Por qué?

−Porque... yo le dije que lo hiciera. Se lo metí en la cabeza. Mi intención era buena, es solo que... Si usted piensa que la vida en el arroyo es difícil, niña mía, tiene que conocer a la alta sociedad. ¿No se imagina lo que harían? Una maldita caza de brujas, eso es lo que sería, y yo no quería eso ni para usted ni para él. Sin embargo, pese a mis buenas intenciones, yo... yo no puedo evitar sentir que he sido injusto con mi propio hijo. Yardley, mi primogénito... ese sí que la habría despachado a usted en nombre del deber. Ese chico era un maestro en deshacerse de las mujeres y de sus corazones como si fueran los naipes de una baraja. Pero mi Tremayne... no. No. Mi Tremayne nunca habría transigido con esto. Su corazón siempre iba primero. Siempre −el duque esbozó una mueca y bebió otro trago de brandy−. Lo siento. Siento haberlo estropeado todo.

Georgia lo miraba angustiada.

−Yo lo único que quiero es amarlo. ¿Es eso tan malo?

La mirada del duque se suavizó.

−¿Y sabe usted lo que yo quiero para él? ¿Por encima de todo lo demás? Su felicidad. Lisa y llanamente. Y sucede que él ya la ha encontrado en usted −bajó la mirada a su vaso−. Yo... he estado pensando. Realmente creo que usted y Yardley deberían... quedarse aquí, en Nueva York. Londres no es más que un circo. Yo perdería al único hijo que me queda, evidentemente, pero... al menos no lo estaría asesinando. Ojalá hubiera alguna manera de que los dos pudieran vivir libremente conmigo en Londres. Ojalá –se sorbió la nariz–. Yo quiero tener nietos. Quiero sentir que mi vida todavía tiene algún... algún sentido, a pesar de que mi Augustine y mi primer Yardley están muertos y de que yo me encamino hacia la muerte –volviéndose hacia ella, le palmeó cariñosamente la cabeza–. Si yo tuviera los medios para comprar su respetabilidad, niña mía, lo haría. Lo haría de verdad. ¿Por qué? Porque el hecho de saber lo mucho que la adora mi hijo hace que la adore yo también.

Georgia parpadeó varias veces, infinitamente conmovida por sus palabras. Bebió un rápido trago de brandy. Tenía una idea. Era una locura, que tenía que ver con Five Points, con los principios de Raymond y de Matthew, con la propaganda y la política del gobierno, y sobre todo con Robinsón y la sociedad londinense. ¿Para qué establecerse en un miserable medio acre en el Oeste cuando podía apoderarse de los cuatro confines del mundo y hacer felices a todos?

–Si vos tuvierais los medios de *comprar* mi respetabilidad, Excelencia, ¿lo haríais? ¿Podríais hacerlo?

El duque parpadeó extrañado.

–No la sigo. Estoy algo... aturdido.

Ella lo señaló con su vaso.

–Con vuestro prestigio y vuestras riquezas, y mi voluntad y mi manera de hacer las cosas, creo que yo podría integrarme en vuestro círculo. La pregunta es: ¿estaríais dispuesto?

El duque sofocó una carcajada.

–Y yo que creía que había bebido demasiado brandy.

–No estoy borracha, Excelencia. Apenas he bebido unos sorbos. Lo que estoy diciendo es que quizá vos podríais *comprar* mi respetabilidad de la misma manera que un político compra la opinión pública y luego sus votos.

El duque carraspeó y bajó la voz, desviando la mirada hacia la puerta cerrada.

–Uno no puede *comprar* la respetabilidad. La cosa no funciona así.

Georgia apuró de un trago el resto de su brandy y dejó el vaso sobre una mesa.

–No estoy de acuerdo. Los reyes nombraban caballeros a campesinos y elevaban su estatus en un día si ese era su gusto. ¿Por qué no podríais vos hacer lo mismo por mí?

El duque soltó una carcajada y volvió a darle unas palmaditas en la cabeza.

–Aunque mi fortuna es grande, no lo es tanto. Y, por desgracia, las mujeres no pueden ser nombradas caballeros.

Ella sonrió.

–No tenéis que nombrarme caballero. Lo único que os pido es que me convirtáis en una heredera americana. Como solía decir mi querido y difunto marido, si uno busca dominar la sociedad, lo único que tiene que hacer es localizar su pulso, ponerle un dedo encima y apretar con fuerza. Lo que deberíamos hacer sería organizar una gran campaña que me convirtiera en una mujer respetable a los ojos de la sociedad, con lo que Tremayne y yo podríamos casarnos sin oposición alguna.

El duque resopló escéptico.

–No se ofenda usted, señora Milton... pero desde el momento en que la vi aparecer en toda su gloria americana embadurnada de colorete y con un vaso de brandy en la mano, digamos que el juego... ha terminado. La oposición de la que habla es inevitable.

Ella alzó un dedo y avanzó hacia él, mirándolo fijamente a los ojos.

–Ah, pero... ¿y si no me muestro como la señora Milton embadurnada de colorete y con un vaso de brandy en la mano? ¿Y si me presento como otra persona totalmente distinta? ¿Como una dama poseedora de una vasta fortuna, una educación refinada y un parasol en la mano?

—Sigo sin entenderla y no creo que se trate del brandy.

—Raymond solía decir que los gobiernos de todo el mundo eran famosos por crear y perpetuar *farsas fácticas*. Y eso sería exactamente lo que haríamos nosotros. Crearíamos una farsa fáctica que contentara a la sociedad de la misma manera en que lo hacen los políticos –interrumpiéndose, lo miró–. ¿Sabéis lo que es una farsa fáctica?

Parpadeó varias veces y estiró una mano para dejar también su vaso sobre la mesa.

—Es… propaganda, ¿verdad?

Georgia juntó las manos.

—Exactamente. Los altos niveles del gobierno se sirven de la propaganda para doblegar la voluntad de las gentes y hacer que se crean la farsa que sea. Eso sería lo que haríamos nosotros, Excelencia, de manera que yo acabara insertada en vuestro círculo. Ese es el juego político que jugaremos y que ganaremos. ¿Veis bien el plan? ¿O necesitáis estar más sobrio para aceptarlo?

El duque frunció el ceño.

—Dios mío. ¿Estoy oyendo bien?

—Sí. Vos tenéis el dinero y yo la voluntad de hacerlo. Pagaremos a gente para que me convierta en la clase de mujer que Londres podría aceptar, y pueda así presentarme en sociedad.

El duque frunció el ceño y la rodeó, todavía tambaleante pero con decisión. Mirándola de la cabeza a los pies, masculló:

—Se necesita mucho para impresionar a Londres –la miró de nuevo–. Mucho.

Ella puso los ojos en blanco.

—Tampoco espero convertirme en el canon de una dama. Soy dura como una piedra y consciente de lo que es posible y de lo que no lo es. La pregunta clave es: en vuestra opinión, ¿qué es lo que sería más fácil que se tragara Londres? ¿Una viuda de Five Points a la que vuestro hijo conoció en la calle aquí, en Nueva York? ¿O una heredera americana a la que conoció en los salones de Londres y a la que desea cortejar?

El duque se pasó una mano por la cara y la miró, ceñudo.

–La heredera americana, sin duda.

–Exacto. Pues convertidme vos en una.

–Pero entonces usted dejaría de ser usted. Y él no quiere eso. Me lo dejó muy claro.

Una leve sonrisa asomó a los labios de Georgia.

–Algunas veces los hombres no comprenden bien lo que desean las mujeres. A veces una mujer tiene que decirle a un hombre lo que quiere antes de que él lo eche todo a perder. Yo no voy a apartaros a vos de vuestro hijo, ni voy a apartarme yo de él porque un puñado de estirados me considere incapaz de ser una dama. La única solución es romper el dilema sin que el mundo se entere. Y solo vos y vuestro dinero podréis conseguir eso.

–Yo y mi dinero. Ya –juntando las manos detrás de la espalda, bajó la mirada y se puso a pasear lentamente de un lado a otro de la habitación. De repente se detuvo–. Esta idea de usted me intriga mucho. Todo dependería de... de la gente con la que nos relacionaríamos. Y también habría que hacerlo extremadamente bien. Yardley tendría que cortejarla a usted delante de todo Londres para que la situación resultara medianamente creíble. La Temporada ya ha acabado por este año, pero empezará de nuevo... a principios de abril, creo –esbozó una mueca–. Eso nos dejaría menos de diez meses para orquestarlo todo. Pero no tendríamos tiempo suficiente. Habría que esperar al otro año...

El pulso de Georgia se puso a aletear como una mariposa encerrada en un tarro.

–No estoy dispuesta a permanecer separada de él durante tanto tiempo. Ni hablar. Tendremos que resolver todo esto en los diez meses de los que habéis hablado.

–Señora Milton, no creo que...

—Si vos y él pensáis regresar a Londres dentro de diez días, según lo planeado, y dejarme aquí bien aprovisionada con un fondo que me permita forjar mi nueva identidad, yo os digo que podemos conseguirlo. Mientras yo me hago un nombre aquí, vos podríais ayudar haciéndomelo en Londres. ¿Qué os parece?

—Es un tanto... ambicioso. En pocos meses empezarían a correr los rumores en los círculos más altos. Pero usted...—rio por lo bajo—. No se ofenda, pero ni de lejos reúne las cualidades de lo que en mi círculo se consideraría aceptable. Diez meses apenas bastarían para que aprendiera la etiqueta, por no hablar del resto de su persona.

Ella lo fulminó con la mirada.

—Yo soy de Five Points, Excelencia, y los de allí sabemos imponernos a cualquiera. Yo tengo plena fe en que podremos hacerlo y en que lo haremos. En diez meses, lo conseguiré. Vos solo tenéis que darme la oportunidad y os prometo que todo el mundo se lo tragará. Pero sin vuestra ayuda no podré hacerlo. Voy a necesitar dinero. Mucho. Porque conforme se desarrolle la campaña, tendré que frecuentar a la alta sociedad de Nueva York para alimentar la farsa que luego se tragará Londres.

—Pero entonces dispondremos solamente de... diez días... para dejarlo todo preparado. Tremayne y yo nos marcharemos para entonces.

—Con diez días nos llegará. Lleváis aquí siete meses, Excelencia. Seguro que en todo este tiempo habréis conocido a muchas personas de las esferas más altas de Broadway, ¿verdad? Lo único que tenéis que hacer es encontrar a uno de esos neoyorquinos de postín que esté dispuesto a jugar nuestro juego y a jugarlo bien. Alguien que pueda beneficiarse de lo que pretendemos hacer, tanto financieramente como de cualquier otra manera.

El duque soltó un silbido de admiración.

—No me extraña que Yardley esté tan embelesado con

usted –rodeándola, agarró la licorera y rellenó su vaso. Se volvió lentamente hacia ella–. El señor Astor. Él se prestará a nuestro juego.

Georgia enarcó una ceja.

–¿Y quién es ese hombre? ¿Lo conocéis bien? ¿Lo suficiente como para confiar en él?

El duque se apoyó en el aparador.

–Yo diría que sí. Sus contactos con asombrosos. En todos los círculos. Y es bastante excéntrico.

–Bien. Quiero hacer esto. ¿Y vos?

–Adelante –el duque sonrió y le pellizcó cariñosamente una mejilla, como si ya se hubiera convertido en su nuera–. Visitaré al señor Astor por la mañana cuando me haya... despejado un poco. La habitación todavía está dando vueltas a mi alrededor. Solo un poco, pero da vueltas.

Georgia se lanzó entonces hacia él, abrazándose con fuerza a su cintura.

–¡Cómo rezaré para que no cambiéis de opinión por la mañana! ¿Os acordaréis siquiera de nuestra conversación?

–Por supuesto que sí –incómodo, le palmeó la espalda y siguió haciéndolo como suplicándole disimuladamente que lo soltara–. Y si no... solo tiene usted que recordarme que Augustine me escupirá desde el cielo si no hago esto por nuestro hijo.

Ella lo soltó, sonriendo.

–¿Augustine era vuestra esposa?

–Era mi vida –el duque se estiró las mangas de la chaqueta y carraspeó–. Buenas noches, querida –se dirigió hacia la puerta, la abrió y, tambaleándose un poco, salió para terminar cerrando de un portazo.

Georgia dejó escapar el aliento que había estado conteniendo y permaneció inmóvil, aturdida e incrédula. Iba a convertirse en una dama. Una dama de verdad. Eso si el duque no se desdecía de su palabra. Porque en todo momento había estado muy borracho.

Recogiéndose los faldones de la bata, regresó lentamente a la cama de dosel y se hundió en su deliciosa blandura. Tumbada boca arriba, soltó un tembloroso suspiro. Robinsón la amaba. La amaba, y había llegado la hora de que ella lo amara a su vez no solo como se merecía, sino también de una manera que él nunca se habría imaginado.

Estirando todo lo posible los brazos y las piernas, se dedicó a moverlos arriba y abajo por las finísimas sábanas azul celeste, deleitándose con su tacto. Nada se interpondría entre ella y su hombre. Nada.

Capítulo 16

Et tu, Brute?

William Shakespeare, *Julio César*
(edición de 1811)

Una hora después, un golpe en la puerta hizo saltar a Georgia de la cama donde había estado tumbada examinando sus productos de maquillaje. Dirigiéndose apresuradamente a la puerta, se detuvo apenas el tiempo suficiente para apretarse el nudo que le atenazaba el estómago. Descorrió el cerrojo y abrió la puerta. Se quedó sin aliento, asombrada.

Robinsón se hallaba ante ella, con su sombrero gris paloma en las manos enguantadas. Se había peinado su abundante cabello negro hacia atrás, con tónico, y lucía un afeitado impecable. Llevaba al cuello un pañuelo blanco de seda. La chaqueta mañanera, el chaleco bordado, el elegante pantalón y las brillantes botas de cuero negro le sentaban de maravilla.

Llevaba también el brazalete de luto. Era como si hubiera vuelto a ser el hombre al que había encontrado aquella primera vez. Como si su Robinsón, tal como ella lo había conocido, hubiera dejado de existir.

Tragó saliva. Era como si hubiera recordado al fin a la persona que había sido antes.

—Buenas tardes, Georgia —su voz ronca tenía un timbre conmovedoramente suave mientras le sostenía la mirada—. Te he echado de menos.

Lo dijo como si no la hubiera visto en años.

La mirada de sus ojos grises recorrió su pelo mientras deslizaba los dedos por el borde de su sombrero de copa.

—Me gusta tu peinado. Es precioso.

Ella se quedó sorprendida. Bajó la mirada, tímida, mientras se tocaba los tirabuzones que le había hecho su doncella después del baño. Ni una sola vez antes le había hecho el menor comentario sobre su cabello. Parecía como si efectivamente hubiera vuelto a ser el hombre al que había conocido en la calle. Verdaderamente no sabía qué hacer al respecto.

—Es más elegante que el resto de mi persona, seguro. Necesito un vestido con el que combine mejor —se sacudió las faldas de calicó que llevaba.

Él asintió levemente y se quedó callado, tenso.

Georgia suspiró, intuyendo que estaba evitando la conversación que había querido tener con ella.

—¿Y bien? ¿Dónde te has metido durante todo el día?

Roderick carraspeó, incómodo.

—Yo, er... Salí a dar un largo paseo por todo Broadway, hasta donde empieza el campo. No me había dado cuenta de que lo grande que era la ciudad hasta que la recorrí de punta a punta. Tomé café varias veces y comí solo. Necesitaba tiempo para pensar sobre nuestra situación. Y da igual cuántas veces mire y remire mis cartas, Georgia, que al final siempre son las mismas. Malas y todas ellas indignas de ti.

Georgia alzó la mirada. Podía escuchar el dolor en su rostro y leer la angustia en su postura y en aquellos ojos gris acero.

—Todo saldrá bien, Robinsón. Te lo prometo.

—Georgia —se inclinó hacia ella, envolviéndola en un maravilloso aroma a especias y a cedro. Su rostro recién afeitado permaneció a unos centímetros del suyo, rebosando un juvenil encanto mientras buscaba las palabras adecuadas.

Frunció el ceño, bajando la mirada al sobrero cuyo borde continuaba acariciando con los dedos.

—Debemos terminar con esto. Te pido que me perdones por resignarme a tomar esta decisión. No ha sido nada fácil. De hecho, espero que tú y yo seamos capaces de escribirnos, y que me dejes visitarte aquí con la mayor frecuencia posible. Como amigos. Porque jamás sería capaz de dejar de verte. Ni siquiera aunque te casaras.

A Georgia se le llenaron los ojos de lágrimas. Ya ni siquiera hablaba como Robinsón y, lo que era peor: estaba renunciando a su relación sin luchar.

—Te acuerdas de tu vida anterior, ¿verdad?

No la miró.

—Sí.

Poniéndose de puntillas, le plantó un tierno y suplicante beso en los labios.

—No te rindas tan pronto. Lucha por mí, recuerdes lo que recuerdes. Lucha por nosotros. Podemos conseguirlo. Yo sé que podemos.

Él se tensó. Apartándose, Georgia añadió con tono suave:

—Lamento haberme mostrado antes tan tozuda y tan reacia a transigir. Tienes unas responsabilidades para con tu nombre y tu familia que ahora ya comprendo. Yo no tengo ningún familiar que dependa de mí de la manera en que tu padre depende de ti. Es por eso por lo que ahora estoy dispuesta a transigir. No quiero irme al Oeste. Te quiero a ti.

Robinsón apretó la mandíbula mientras resistía la necesidad de agarrar de los hombros a Georgia y exigirle que no le diera esperanzas, cuando él sabía que no había ninguna. Un doloroso nudo le cerró la garganta ante la mirada expectante de aquellos increíbles ojos verde esmeralda.

Arrojó al suelo guantes y sombrero y la abrazó. Ignorando el pinchazo de la palma en carne viva, la atrajo hacia su pecho. Rodeó con un brazo sus finos hombros mientras le acunaba la suave mejilla con la otra mano, sintiendo el pecho a punto de explotar.

Ella alzó la mirada hacia él, con aquellos preciosos tirabuzones rojo fresa balanceándose a cada lado de su cara pecosa.

Su cuerpo ardía con un angustiado anhelo. Cerró la puerta de una patada y la sintió tensarse por el estrépito de la madera al golpear el marco.

Vio que ella abría mucho los ojos. Acunó aquel sedoso rostro con las dos manos.

–Georgia –susurró, sosteniéndole la mirada–. Aunque yo estuviera dispuesto a cambiar de idea, tú nunca podrías convertirte en algo que no eres. Te mereces mucho más.

Las lágrimas corrían por las mejillas de Georgia.

–Lo único que importa es que yo soy tu esposa.

–Dios mío, Georgia –tragó saliva–. No... no me hagas esto. Yo no voy a dejar que te destruyas a ti misma obligándote a arrodillarte delante de los demás. Tendría que matar a medio mundo para asegurarme de que no te miraran como si fueras un... un trapo viejo.

–Yo puedo defenderme sola, Robinsón –susurró ella.

–Lo sé, y aunque te admiro por ello, has luchado ya durante demasiado tiempo y yo... –incapaz de contenerse por más tiempo, se apoderó de sus labios. La obligó a abrirlos, buscando urgentemente su lengua satinada y enterrando la suya en su dulce suavidad. Devoró aquella boca, negándose a pensar en nada que no fuera aquel beso final.

Delineó al mismo tiempo el dulce perfil de su rostro

con las puntas de los dedos. Cómo anhelaba fundirse con aquella piel...

Lentamente, retiró los dedos de su cara para hundirlos en su espeso y sedoso cabello, extasiándose con la maravilla de su contacto. Se estaba hundiendo cada vez más profundamente en las tormentosas oleadas de una pasión que sabía que jamás había sentido por ninguna mujer. Se apretó contra ella, estrechándola contra su pecho como si quisiera memorizar todo su cuerpo.

Ella subió entonces las manos hasta su pecho, rompiendo el abrazo.

–No me beses así a no ser que pretendas conservarme a tu lado.

Roderick abrió los ojos. Tenía que ser más fuerte. Por ella.

–Lo siento. No he debido hacer eso.

Ella se alisó el pelo a ambos lados de la cara.

–Estoy dispuesta a luchar por ti. Estoy dispuesta a convertirme en todo aquello que quieras y que necesites que sea. Lo único que necesito que digas es que me quieres. Y ya está.

Un tembloroso suspiro escapó de los labios de Roderick.

–No permitiré que te arrastres ante nadie por mí. Te amo demasiado para ello. Sencillamente tendré que aceptar que nunca serás nada más y nada menos que mi queridísima Georgia de la calle Orange.

Georgia se lo quedó mirando fijamente como si acabara de recibir una bofetada y no una declaración de amor. Entrecerrando los ojos, masculló:

–Apenas has vuelto a tus cabales y ya los estás perdiendo. Por si no lo sabes, Robinsón, la calle Orange es solo eso: una calle. Yo tengo dos pies para que me lleven a cualquier lugar al que quiera ir. Y pienso hacer exactamente eso. Tú me dijiste que necesitabas una mujer que te amara. Me dijiste que necesitabas una mujer que estuviera dispuesta a morir por ti cuando tú fueras incapaz de luchar por ti mismo. Y como veo que has dejado de luchar, yo voy a demostrarte mi amor por ti.

Volviéndose, se dirigió apresurada al armario y abrió las puertas de golpe. Sacó todos sus vestidos y se concentró en guardarlos en su saco de lana. Después de calzarse las botas, agarró el saco con los dos brazos y se giró de nuevo hacia él.

–Me voy a la calle Orange por última vez a beber un poco de whisky con los muchachos. Volveré por la mañana para arreglar un asunto con tu padre, pero entérate bien: esta será nuestra despedida hasta que volvamos a vernos para la próxima primavera. Te veré en la apertura de la Temporada, en Londres. Será entonces cuando tú y yo hagamos pública nuestra relación.

–¿Qué?

–Que te visitaré en Londres, lord Yardley. Y te anuncio aquí y ahora que voy a hacer que te arrastres ante mí como nunca antes te has arrastrado ante ninguna mujer. Espero que estés preparado para soportarlo.

–Estoy intentando protegerte y amarte de la mejor manera que sé. ¿Por qué no me dejas hacerlo?

Georgia lo rodeó con el saco apretado contra su pecho.

–Porque te quiero y me quiero a mí misma demasiado como para conformarme con nada que no sea una vida juntos. Te veré el año que viene, Brit. Y, si no te importa, mira bien antes de cruzar una calle. Te necesito entero –se dirigió hacia la puerta.

Él se volvió para seguirla, con el pecho oprimido de emoción.

–Georgia, no quiero que hagas esto. Por mí, no.

–No es solo por ti. Ni tampoco por mí. Te veré en abril, Robinsón. Y no te preocupes. Me aseguraré de hacerte quedar bien –dicho eso, levantó el saco y abandonó apresuradamente la suite, desapareciendo de su vista.

Roderick se acercó a la cama en la que ella ni siquiera había tenido tiempo de dormir y se sentó pesadamente en el colchón, mirando al techo. «Dios mío», exclamó para sus adentros, y empezó a rezar para que Georgia no fuera a Londres. Por el bien de ella. Que no por el suyo.

Parte 3

Capítulo 17

La nobleza tiene sus propias obligaciones.
   Duque de Lévis, *Maximes et réflexions* (1808)

De noche en una larga y oscura carretera
de las afueras de Manhattan Square

–Lady Burton la está esperando –el pícaro señor Astor, de nariz ganchuda y ojillos astutos, sonrió con malicia al pie del carruaje, apenas iluminado por el oscilante farol. Estiró una mano enguantada y palmeó entusiasta la mejilla de Georgia a través del velo negro, como si fuera un caballo de carreras en el que estuviera a punto de apostar su último dólar–. Encontrará usted a mi amiga de lo más dedicada a su causa. De lo más dedicada.
   –Gracias, señor Astor. Le agradezco todo lo que ha hecho por mí.
   El señor Astor alzó una mano y subió al carruaje. Desapareció dentro y se sentó en el fondo, sin volverse para mirar cómo su criado recogía la escalerilla y cerraba la portezuela.
   De manera que Georgia se encontró de repente sola ante

una impresionante mansión rural con sus altas y estrechas ventanas bien iluminadas. Una fina llovizna caía sobre su velo mientras se recogía las faldas. Evitó estratégicamente los charcos del estrecho sendero mientras se dirigía al solitario edificio que se alzaba ominoso en medio de un campo en sombras, bajo un cielo sin estrellas.

Soltando un suspiro tembloroso, se volvió para mirar el carruaje del señor Astor por última vez. El cochero guiaba el tiro de cuatro caballos por el espeso fango, con los faroles de cristal balanceándose a cada lado. Ganando velocidad, terminó por desaparecer a lo largo del camino, de regreso a la ciudad que se hallaba a unos tres kilómetros al este.

Georgia escrutó los alrededores del edificio. No parecía haber una sola casa a la vista, lo cual no sabía si era bueno o malo. Se volvió por fin hacia la puerta y tiró del cordón de la campanilla.

La mansión pertenecía a una tal lady Burton, que había sufrido algún tipo de escándalo en Londres sobre el que ni el señor Astor ni el duque habían querido abundar. Tal parecía que el camino para convertirse en una gran dama empezaba de noche, en medio de Dios sabía dónde y en compañía de una mujer que había hecho Dios sabía qué.

La suave brisa de la noche de verano había empezado a agitarle las faldas cuando un viejo criado vestido de librea abrió la puerta. El anciano alzó sus pobladas cejas grises al tiempo que le franqueaba el paso con un elegante gesto de su mano enguantada.

Georgia se apresuró a entrar.

En el instante en que se cerró la puerta, se quitó velo y bonete y soltó el aliento que había estado conteniendo. Se las había arreglado para llegar allí sin que nadie la viera. Se detuvo en un amplio vestíbulo decorado con maceteros de naranjos. Una escalera de madera de roble llevaba al piso superior, de una suntuosidad sencilla aunque impresionante. El papel de las paredes, de un verde mar con flores blancas estampadas, sugería una cálida y acogedora elegancia.

El anciano mayordomo se hizo cargo de su velo y de su bonete, que colocó encima de una mesa lateral. Con una mano sobre los botones de bronce de su chaleco, como si fuera un general a punto de marchar con órdenes, la guio hacia la derecha. Su mano enguantada volvió a levantarse para señalar la habitación iluminada que se hallaba al fondo, indicándole que entrase.

Georgia se apresuró a entrar y se detuvo al encontrarla vacía. ¿Dónde estaba lady Burton? Se volvió hacia el criado.

–¿Lady Burton no...?

Parpadeó extrañada.

El mayordomo ya había desaparecido.

Georgia permaneció inmóvil en el salón color verde malaquita, advirtiendo que todas las pinturas de las paredes representaban exóticos y exuberantes paisajes de lugares de los que nada sabía. Estatuillas de mármol y una gran variedad de relojes dorados decoraban el mantel de la impresionante chimenea que dominaba la amplia habitación.

Así que era allí donde iba a permanecer apartada del mundo hasta que estuviera lista para ser presentada en la sociedad neoyorquina. Un purgatorio de lo más lujoso.

Mientras deambulaba por la sala, esquivó varias sillas tapizadas y varias mesas de mármol, asegurándose de no rozar con el vestido nada que no debiera.

Le gustó la habitación. Cortinas de encaje blanco cubrían los ventanales del fondo. Preciosas lámparas de cristal proyectaban un agradable resplandor dorado que le hacía sentirse acogida, bienvenida, casi como si estuviera en su casa.

De repente oyó un taconeo procedente del pasillo, acercándose por momentos. Volviéndose, Georgia juntó las manos detrás de la espalda y se quedó mirando la entrada en sombras.

Una mujer bajita y voluptuosa apareció en el umbral, ataviada con un vestido azul claro. Su melena rizada color castaño oscuro, salpicada de algunas hebras grises, enmarcaba un rostro de rasgos afilados pero agradables y refinados, de al menos unos treinta años de edad. No era particularmente bella, pero tenía algo que resultaba impresionante. Trenzadas en el pelo lucía cintas de terciopelo azul, que sostenían toda aquella masa de rizos en un único y amplio nudo en forma de flor. La mujer entreabrió los carnosos labios mientras la contemplaba expectante con sus ojos negros, de mirada triste.

Georgia la saludó con una cortesía, percibiendo que la mujer estaba esperando a que dijera algo.

–Gracias por recibirme, lady Burton. Os estoy tan agradecida de que estéis dispuesta a...

–Tiene que pronunciar bien las sílabas –la interrumpió lady Burton con su meloso acento británico–. La pronunciación es fundamental.

Georgia parpadeó sorprendida. Se sentía como si acabaran de soltarle una reprimenda.

Aquellos penetrantes ojos volvieron a encontrarse con los suyos mientras terminaba de entrar en la habitación, dejando que el mayordomo cerrara la puerta a su espalda. Permaneció observándola durante un rato, en silencio.

–Es un placer conocerla, señora Milton. Pretendo educarla para la sociedad londinense y pedirle que cuide su lenguaje y no hable por hablar. Y ahora pronuncie otra vez la frase, pero marcando bien las sílabas: «os estoy tan agradecida...».

Oh, aquella mujer era buena. Georgia se humedeció los labios y se concentró. Pronunciando las palabras con lentitud y firmeza, repitió:

–Os estoy tan agradecida...

—Así está pasable, pero pasable no es suficiente. Estire cada palabra. Otra vez.

Georgia pronunció las palabras todavía con mayor lentitud, modulando cada sonido lo mejor posible.

—Os... estoy... tan... agradecida...

Lady Burton suspiró, frunciendo el ceño.

—Nos concentraremos en procurarle un tono más sofisticado –la miró de pies a cabeza–. Dado su ambicioso plan de lanzaros a la sociedad londinense, nuestro programa abarcará unas rigurosas ocho horas al día, con descansos solamente los domingos, que dedicaremos a la oración. Durante las horas diarias de clase, espero no escuchar nunca las palabras «estoy agotada» o «no puedo más». ¿Entendido?

Aquello era como estar en el ejército.

—Sí, milady.

—Perfecto. Y ahora, antes de iniciarla en su rutina nocturna, que la acompañará hasta la tumba, me gustaría examinar brevemente sus nociones básicas de protocolo para así poder preparar mejor la clase de mañana. ¿Le parece bien?

—Por supuesto. Fenomenal.

Lady Burton enarcó las cejas.

—Las damas no utilizan esa expresión, querida. Eso es cosa de los hombres. Y lo que hagan los hombres no nos importa, y mucho menos lo que piensen. Las mujeres no mencionamos a los hombres para nada a no ser que aparezcan en una de nuestras lecciones, o con el objetivo de que nos sirvan mejor. ¿Entendido?

Georgia maldijo para sus adentros. ¿De dónde había salido aquella mujer?

—Sí, milady. No mencionaré más a los hombres.

—No *volveré* a mencionar a los hombres.

—No... *volveré* a mencionar a los hombres.

—Muy bien. Y ahora preste atención –la mujer alzó de

pronto una pequeña tarjeta color marfil entre sus finos dedos, como si la hubiera estado llevando durante todo el tiempo entre los pliegues de su vestido–. ¿Sabe usted lo que es esto, señora Milton?

Georgia parpadeó extrañada.

–Una... ¿tarjeta?

–Sí, ¿pero qué tipo de tarjeta? ¿Lo sabe?

Georgia parpadeó de nuevo, sin comprender a dónde quería llegar. Miró nerviosa la tarjeta, observando sus características.

–Parece muy cara. Parece que tiene letras grabadas en oro... –se interrumpió para añadir–: Y siendo tan cara, probablemente también esté perfumada o empolvada.

Lady Burton frunció los labios. Sin dejar de mirar a Georgia, rasgó la tarjeta por la mitad y, con un giro de muñeca, arrojó los pedazos al suelo.

–*Era* una tarjeta de visita. Hasta que yo la he roto en un esfuerzo por reprimir mi decepción por lo difícil que nos lo va a poner usted a las dos. Una dama *jamás* perfuma o empolva su tarjeta de visita. ¿Por qué? Porque eso sugiere que necesita algo más que su nombre para integrarse en la alta sociedad –suspiró–. Es obvio que vamos a tener que trabajar diez horas al día, y no ocho.

Georgia se encogió por dentro, percibiendo que la mujer ya había empezado a perder la paciencia con ella.

–¿Quiere decir que una dama va por ahí repartiendo cartas a todo el mundo? ¿Para qué?

–No, una dama no va por ahí repartiendo cartas a todo el mundo –la miró de nuevo de la cabeza a los pies–. ¿Usted se levanta las faldas y le da el pie a la gente, y no la mano, como medio de presentación?

Georgia apretó los labios y sacudió la cabeza.

–No. Por supuesto que no –dijo lady Burton–. Porque eso sería tan grosero como repartir su tarjeta a todo el mundo. Una tarjeta de presentación es una extensión increíblemente importante de su persona. Anuncia quién es, anuncia dónde vive y, por encima de todo, anuncia si es usted merecedora de que el otro le dedique su tiempo –frunció el ceño–. Y en este momento, querida mía, no es usted merecedora del mío.

Georgia se quedó sorprendida. Y ella que había pensado que tenía una lengua afilada...

–¿Es necesario que uséis conmigo un tono tan condescendiente?

–El tono de condescendencia que estoy usando con usted es el mismo que oirá de los labios de cada manzana bien encerada que se tenga a sí misma por una «aristócrata». Dado el empeño de usted por integrarse en mi círculo, le sugiero que vaya acostumbrándose.

Aquella mujer era diabólica.

–¿Podría preguntaros por qué razón, aparte de la de ser amiga del señor Astor, me estáis ayudando? Siendo como sois una rica aristócrata, ciertamente no tendréis necesidad de dinero. ¿O sí?

Lady Burton enarcó una oscura y bien delineada ceja.

–Hay cosas en la vida, señora Milton, que no pueden comprarse. Y, en verdad, la idea de clavar un puñal invisible en las tripas de la alta sociedad londinense es la única razón por la que me he prestado a hacer esto. Esos canallas santurrones que se comportan como dioses pensando que su sangre es la más pura... se merecen contaminarse un poco.

Georgia tragó saliva, preguntándose por lo que le había sucedido a esa mujer para haberse convertido en *aquello*. Londres tenía que haber sido un infierno y medio para haber engendrado a mujeres así.

Plantándose ante ella, lady Burton señaló con indiferencia su atuendo.

–¿De dónde ha sacado una atrocidad así?

Georgia se acarició las faldas de su vestido de satén, que a ella le parecía precioso.

—A mí me gusta. La esposa del señor Astor me lo regaló durante mi estancia en su casa. Su doncella tuvo la amabilidad de arreglármelo.

Lady Burton chasqueó la lengua.

—Tendremos que cambiar vuestros gustos, querida, porque la pobre señora Astor, y con ella la mitad de Nueva York, carecen de cualquier gusto en absoluto —se interrumpió, bajando la mirada a los senos de Georgia—. Es evidente que está usted baja de peso. Necesitará un pecho más grande si quiere llegar a tener éxito con los hombres.

Georgia alzó las manos para cubrirse sus pequeños senos, ocultos tras el corpiño de satén. Se los miró.

—No sabía que se podían hacer más grandes —alzó la mirada—. ¿Cómo se hace eso?

Lady Burton le retiró delicadamente la mano de cada seno.

—El secreto es la comida, querida. Algo de lo que evidentemente ha carecido usted. Solo cuando haya ganado peso suficiente invertiremos en su vestuario. El duque de Wentworth insistió en que le labrase un nombre en Nueva York mientras él hacía lo propio en Londres. En consecuencia, una vez que sea capaz de rellenar apropiadamente un vestido, haremos llamar a las mejores modistas de Broadway. De esa manera, cuando esa manada de francesas acabe con usted, irán contando por ahí todo tipo de sabrosos cuentos sobre una desconocida y rica dama que vive en las afueras de Nueva York. La gente de los diversos círculos se morirá por saber más y, con el tiempo, nosotras les daremos más carnaza —alzó un dedo perfectamente manicurado—. Ahora bien. Cada vez que esté usted en presencia de alguien que no sea yo misma, se regirá siempre por la regla de oro del silencio. Eso quiere decir que cada vez que alguien entre en esta casa o cada vez que usted la abandone, no abrirá la boca. Todavía tiene que aprender a articular las palabras como una dama. ¿Entendido?

–Entendido.

–Ahora bien –lady Burton alzó una mano con elegancia, haciendo brillar su anillo de diamantes–. Durante las próximas semanas, diversos hombres y mujeres entrarán por esa puerta para instruirla en las artes del baile, del pianoforte, de la equitación y muchas más. Y con ellos regirá la misma regla que con nuestras modistas de lengua suelta: usted no abrirá la boca ni siquiera para decir «sí» o «no». No habrá excepciones. Incluso aunque se cayera una vela y la casa se prendiera fuego, usted tendría que abandonarla en medio del más completo silencio.

Georgia la miró pasmada.

–¿Incluso durante un incendio? ¿Y si muere gente?

Lady Burton le lanzó una mirada severa.

–Como si todo y todos arden a nuestro alrededor. Lección primera: nunca se apiade de aquellos que estarían más que contentos de verla arder a usted. Los hombres y las mujeres que están a su servicio no son sus amigos. Solo son peones que vamos a utilizar para ganar una partida.

–¿Pero no sospecharán que tramamos algo? Sobre todo cuando voy a aprender todas esas cosas sin pronunciar una palabra.

–No –sonrió lady Burton–. Todos serán instruidos para que crean lo siguiente, brillante invención mía. El señor Astor os puso amablemente bajo mi cuidado tras el fallecimiento de vuestra severa madre, que os mantuvo encerrada en un monasterio de Irlanda, cuyo nombre jamás se mencionará debido al pesar que le produce a usted oírlo. Desventuradamente, usted nació con una naturaleza frágil. La enfermedad la mantuvo en cama durante todos estos años. Fue solo gracias al Todopoderoso que finalmente se recuperó lo suficiente como para aprender todas aquellas cosas que antes le fueron negadas debido a su precaria salud. Eso no quiere decir, sin embargo, que vaya a recuperarse por completo, ya que es usted proclive a los desmayos. Dado el compasivo carácter del señor Astor, su única aspiración en la vida es verla a usted casada con un hombre respetable dispuesto a velar por su salud, a la vez que atender los intereses de su impresionante fortuna de... –la señora Burton se interrumpió para anunciar con tono elegante, teatral–: treinta mil dólares al año.

–¿Treinta mil al año? ¿No es demasiado?

–Fácilmente habríamos podido subir la cantidad, dado que el señor Astor es millonario, pero el duque y yo decidimos que esa cifra resultaba lo suficientemente impresionante sin parecer vulgar.

Georgia meneó lentamente la cabeza, pensando en los miles de peones que iban a mover en un tablero tan pequeño.

–Sé que esto fue idea mía, pero es demasiada la gente a la que vamos a mentir. Me parece injusto que vayamos a masacrar a tantos y con tantas mentiras.

Lady Burton se inclinó para pellizcarle cariñosamente una mejilla.

–No llore usted por la aristocracia, que se lo tiene bien merecido.

Abrumada, Georgia soltó un suspiro exasperado. Y eso que aún no habían empezado siquiera.

–¿Las damas se divierten en algún momento?

–No. Si usted se divierte, la aristocracia la tendrá por una mujerzuela.

Georgia estalló en carcajadas.

–Tenéis que estar bromeando... ¿Queréis decir que las damas no bailan, ni juegan a las cartas ni beben whisky?

Lady Burton sonrió.

–No me haga usted reír. Aunque las damas bailan y juegan a los naipes con conveniente moderación, el whisky está descartado. Como dama de calidad, solo le será permitido beber té, leche, chocolate, soda, zumos, champán y vino. Nada más.

–Pero a mí me gusta el whisky –gruñó Georgia.

–Lo que le guste a usted no importa. El whisky no volverá nunca a tocar sus labios. Ni siquiera en la intimidad de su hogar.

Georgia desorbitó los ojos.

–Yo imaginaba que tendría perfecto derecho a beber lo que quisiera en la intimidad de mi hogar. Es mi casa, al fin y al cabo.

–Es la americana que hay en usted la que ahora se está quejando, querida. A los americanos les encanta alardear de su libertad, pero recuerde una cosa: eso es siempre a costa de otros. En Londres, el hogar de una persona es el altar de una iglesia a la que se debe el mayor de los respetos, porque aunque pueda usted pensar que el mundo no la está observando, todos sus sirvientes sí que lo están haciendo. Oh, sí. Esos pícaros sirvientes que se inclinarán constantemente ante usted diciendo «sí, milady» o «no, milady», esos siempre estarán dispuestos a delatarla al resto de la sociedad. Ese es el único poder que tienen sobre sus amos, y la alta sociedad los usará a ellos para condenarla y arrojarla al Támesis.

–Según vos, entonces... ¿qué bien le reporta a uno ser rico, si no puede hacer nada? En mi opinión, los Brits se equivocan en lo fundamental. Incluso Dios tuvo que parar el domingo para orinar... –Georgia apoyó las manos en las caderas–. ¿Todos los Brits son tan terriblemente estirados?

–Así es. ¿Por qué cree usted que me marché yo de Inglaterra? –lady Burton se inclinó hacia ella y le agarró las manos para retirárselas de las caderas, de manera que quedaran sueltas contra los costados–. Debe usted mantener siempre la postura correcta –de repente frunció el ceño y volvió a agarrarle las manos, para examinarla esa vez las palmas. Alzó la mirada, sorprendida–. ¿Qué es lo que ha estado haciendo con estas manos?

Georgia se apresuró a retirarlas.

—No hay nada que no haya hecho con ellas.

La expresión de lady Burton se dulcificó. Parecía que su carácter tenía un fondo de genuina compasión, después de todo.

—Haremos que vuelvan a estar como nuevas. Una piedra pómez y un lavado diario con leche de almendras les devolverán la suavidad anterior. Veamos. Déjeme ver ese rostro tan precioso —la tomó firmemente de la barbilla, haciéndole ladear la cara a un lado y a otro—. Es una pena, pero las pecas no son tan populares. Tendremos que apagarlas con aceite de resina y cubrirlas con polvos cada vez que estéis en público —lady Burton retrocedió, llevándose un dedo a los labios con gesto pensativo—. He decidido ya el nombre que usaremos. *Señorita Georgiana Colette Tormey*. El nombre de Georgiana le resultará más fácil de asimilar, Colette le dará un toque francés, algo que adoran los ingleses, y Tormey es gaélico irlandés, que significa «Espíritu del Trueno». ¿Qué le parece? ¿Será suficiente para seducir a las masas?

Georgia sonrió.

—Me gusta.

—Y a mí —la miró detenidamente—. Oh, cómo temo el momento en que vaya a verla empuñar el tenedor para desayunar mañana... Tengo la sensación de que tardará bastante en aprender. Dicho eso, señorita Tormey, subamos a su habitación. Empezaremos con su rígida rutina nocturna. Esté sobre aviso, que requerirá el uso de cartones para rulos durante el resto de su vida.

Georgia se encogió por dentro. ¿Y había sido ella misma la que se había condenado a pasar casi un año *así*? ¿Merecía tamaño esfuerzo algún hombre en el mundo? Sí. Sí. Robinsón, sí. Lo maldijo para sus adentros.

Capítulo 18

*No eres digno del polvo
que el fuerte viento azota contra tu rostro.*
 William Shakespeare, *El rey Lear* (edición de 1770)

*Nueve de abril de 1831
Apertura de la Temporada de Londres, Rotten Row*

Georgia pensó en lo extraño que era que el paseo que ella y su bien almohazado caballo estaban recorriendo fuera llamado Rotten, «podrido», por la aristocracia que lo utilizaba de manera exclusiva.

Guiando su caballo al paso al lado del de lady Burton, cuya mirada estaba obstinadamente fija en el camino que atravesaba el parque, Georgia empuñaba con fuerza las riendas mientras rezaba para no caerse del caballo.

–En el camino delante de nosotras, si tengo que fiarme del color de sus guantes, veo al infame lord Seton –anunció lady Burton con naturalidad–. Tiene un hermano gemelo. Los dos llevan guantes de un color diferente para que los demás puedan distinguirlos. Lord Seton los lleva blancos y su hermano, lord Danford, negros. Los dos juegan a cambiárselos todo el tiempo, pero estamos a punto de batirlos en su propio juego. ¿Lo ve usted? Es el único caballero del paseo que tenemos delante y se dirige hacia nosotras.

Georgia escrutó el polvoriento paseo que se alargaba ante ellas, distinguiendo al único hombre visible entre una multitud de carruajes cargados de madres con sus hijas. Un caballero joven y moreno, tocado con un sombrero de copa negro y ataviado con un traje de montar bien ceñido, acababa de volver bruscamente su montura hacia ellas. El sol arrancaba reflejos a sus negras botas de cuero mientras hacía trotar a su semental.

Georgia miró a lady Burton.

–Ya lo veo. Sí.

–El propósito de este paseo es presentarla formalmente a la sociedad de Londres y asegurarnos de que todo el mundo suspire por conocerla –lady Burton sonrió y miró al frente mientras guiaba su caballo hacia él–. Sígame. Por lo que sé, aparte de ir en busca de buenos objetivos, lord Seton no es solo un seductor, sino que además da la casualidad de que se mueve en el círculo de su Yardley. Generar un revuelo de interés masculino que deje intrigado a su Yardley es exactamente lo que usted desea. Y esta es su oportunidad.

–¿Queréis que lo entretenga? ¿Aquí, delante de todo el mundo? –Georgia arrugó la nariz–. ¿No se considera eso algo de mal gusto?

–El Rotten Row está diseñado para exhibir el potencial de una dama. No le estoy pidiendo a usted que se levante las faldas. Le estoy pidiendo que sonría. ¿Quiere casarse o no?

Georgia suspiró y puso su caballo al trote, al lado del de la dama.

–Estoy preparada para exhibirme.

–Bien –lady Burton la miró con un poco habitual brillo

de entusiasmo en sus ojos oscuros–. Sigamos. En el momento en que pase a nuestro lado, sosténgale la mirada como si fuera el propio Yardley y quisiera verlo desnudo. Luego pasaremos de largo y asunto arreglado.

–¿Sin palabras?

–Sin palabras. La alta sociedad se excita muy fácilmente, querida mía. Aquí en Londres, está lidiando usted con una raza de hombres muy diferentes. Son perros bien entrenados, por así decir. Pero perros al fin y al cabo. Aquí llega. Silencio y pose.

Georgia alzó la barbilla y fijó su mirada bien ensayada en el joven caballero cuya montura estaba a punto de pasar junto a la suya. El hombre volvió con naturalidad su mirada hacia ellas, con sus oscuros ojos recorriendo primero a lady Burton y luego a Georgia. Sus rectas cejas se elevaron una fracción como si se sintiera genuinamente interesado.

En el nombre de cada habitante de Five Points que nunca vería la gloria de aquel día, Georgia le lanzó una ardiente mirada durante un largo y abrasador momento, esperando que fuera lo suficientemente abrasadora. Sin dejar de mirarlo, esbozó una espléndida sonrisa.

El caballero sonrió lentamente, dibujándose en sus bien afeitadas mejillas unos deliciosos hoyuelos. Una mano enguantada se alzó para tocar el ala de su sombrero cuando pasó a su lado.

Georgia inclinó la cabeza a su vez, para en seguida ignorarlo por completo y volver a clavar la mirada en el paseo. Continuó haciendo trotar a su caballo hasta que el caballero desapareció.

Lady Burton aminoró el paso.

–Bien hecho. Ahora es la hora de los chismosos. Recuerde. Pueden oler la inquietud a un kilómetro de distancia y esas dos viejas brujas que se están aproximando no son muy distintas.

Una reluciente calesa negra, descubierta, se estaba acercando. Viajaban en ella dos damas mayores bien emperifolladas, con enormes sombreros, luciendo respectivamente un vestido amarillo narciso y otro verde azulado, ambos con grandes bordados. Redujeron la velocidad del coche y juntaron sus cabezas para hablar por lo bajo al tiempo que miraban en su dirección.

Ah, claro. Las chismosas.

La mayor de las dos, de rizos blancos con forma de salchichas, saludó sonriente:

–Mi querida lady Burton. ¿Es que habéis encontrado Nueva York falta de entretenimientos?

Aquello sonaba como un insulto. Y probablemente lo era.

Lady Burton simuló una elegante sonrisa y frenó su caballo para acomodarse a su paso.

–Adoro Nueva York, pero mi amiga americana, la siempre encantadora señorita Tormey –lady Burton señaló a Georgia– insistió en que la acompañara a ella y a la señora Astor a pasar la Temporada.

Ambas mujeres abrieron mucho los ojos. Se quedaron mirando a Georgia como hipnotizadas, deteniendo la calesa casi del todo.

–Señorita Tormey. He oído mucho hablar de vos. Yo soy lady Chartwell y esta es mi hermana, lady Hudson. Os damos la bienvenida a la capital.

Georgia fingió una sonrisa al tiempo que tiraba de las riendas de su caballo. Se concentró en sus palabras y en su postura.

–Gracias por tan cálida bienvenida. Tengo que confesar que estoy embelesada con Londres. Los caballeros son tan civilizados y las damas visten tan bien... Debéis recomendarme a vuestra modista. Veo que vestís divinamente.

Las dos mujeres sonrieron con expresión radiante. La de los rizos de salchichas explicó engreída:

–En Nightingale, en Regent Street, es donde toda dama

debería vestirse mientras se halle en Londres. Solamente contratan modistas de Francia y nunca repiten sus patrones –se interrumpió para examinar el conjunto de montar que lucía Georgia–. No creo haber visto nunca un traje de montar tan bien combinado. ¿Os lo mandasteis hacer en Londres?

Georgia reprimió una sonrisa. Era la primera vez que oía a alguien de la alta sociedad elogiar un conjunto suyo.

–Sois muy amable por haberos fijado, lady Chartwell, pero no. Mandé que me lo hicieran en Broadway, Nueva York. Sus modistas son también francesas. Aunque tengo que admitir que estoy algo aburrida con mi actual guardarropa. Tendré que visitar esa tienda Nightingale con la esperanza de entretenerme un poco.

–No os sentiréis decepcionada –repuso la mujer–. Espero que podáis sacar tiempo durante vuestra Temporada para visitarme a mí y a mi hermana en Park Lane, con la señora Astor. Todavía tenemos que conocerla. Tengo entendido que ella será vuestra carabina. ¿Es eso cierto?

–Sí –respondió Georgia.

Advirtiendo que lady Burton estaba poniendo su montura al trote, como indicándole disimuladamente que siguieran su camino, Georgia hizo lo mismo.

–Ha sido un placer. Espero poder veros pronto a las dos. Que tengáis un buen día.

–Sí. Que paséis un buen día también vos.

Las dos fustigaron su tiro, mirándose entre sí con expresión escandalizada como si acabaran de descubrir a una mujer corriendo desnuda por Hyde Park.

«Brujas frívolas», se dijo Georgia.

Una vez que estuvieron fuera de su vista, lady Burton le comentó:

–Lo ha hecho usted muy bien.

Georgia suspiró.

–¿Tendré que visitarlas?

−Si ha dicho que lo hará, sí. Está obligada a ello.

−Odio Londres −gruñó.

−Aquí es cuando probablemente debería recordarle que ha venido a la ciudad a casarse y a quedarse en ella.

−Oh, sí. Eso −Georgia reprimió una sonrisa−. Me pregunto qué pensará Robinsón de mí cuando me vea.

−Lo más probable es que se desmaye −lady Burton alzó de repente sus oscuras y bien delineadas cejas−. Vaya, vaya, vaya. Tal parece que el Rotten Row está hoy más podrido de lo habitual. Me encanta. Por el bien de su reputación, querida, ignore a esos dos caballeros que se acercan a caballo. Solo Dios sabe quiénes son y lo que quieren.

Georgia se atrevió a mirar a los dos jinetes que montaban negros sementales. Vestían gastadas chaquetas oscuras y viejas botas de cuero, y no portaban sombrero. Uno llevaba el cabello negro largo hasta los hombros; el otro tenía el pelo castaño y lucía... ¿un parche en un ojo?

Abrió mucho los ojos mientras empuñaba con fuerza las riendas. ¡Era Matthew! Mathew y... ¿Coleman? ¿Qué diablos estaban haciendo en Londres? ¿Acaso la habían seguido?

Oh, aquello no pintaba nada bien. No podía dejar que la vieran. No si no quería que la comprometieran en público y lo estropearan todo.

Rápidamente se bajó tanto al ala del sombrero que apenas pudo ver el paseo ante ella. Y se bajó también el largo velo de su conjunto de montar, ocultándose bien el rostro.

−El velo no le sienta bien a su cara −la reprendió lady Burton−. Esa prenda tiene una función puramente decorativa.

−Hoy no la tiene −Georgia bajó la voz−. Conozco a esos dos. Son de Nueva York. Y precisamente de mi mismo barrio.

−¿De veras? −lady Burton parecía no ya intrigada, sino encantada. Se quedó callada por un momento hasta que inquirió con naturalidad–: ¿Puedo preguntarle quién es el hombre del parche? Parece lo suficientemente tosco como para resultar entretenido.

Georgia se volvió para mirar a la mujer con expresión incrédula. Aunque no podía ver bien su rostro debido a su sombrero y al velo, esperó poder transmitirle al menos con su tono que interesarse por Matthew era una muy, muy mala idea.

–Es la última persona con que querríais relacionaros, os lo aseguro. Es un ladrón.

Lady Burton soltó una risita.

–Todos los hombres lo son. Y ahora silencio. Ya vienen.

Georgia se puso a rezar en silencio y puso su montura al trote con la esperanza de pasar pronto de largo.

Oyó un silbido de admiración, que sabía procedía de Matthew.

–Aparentemente, he estado viviendo en la ciudad equivocada durante toda mi vida –masculló–. Señoras…

Georgia se encogió por dentro mientras espoleaba su caballo, ignorando las palabras que Matthew le había lanzado sin saber que era ella.

Lady Burton la llamó.

–Señorita Tormey…

Georgia estaba furiosa. Levantándose el velo, volvió a colocarse bien el sombrero.

–Eso ha sido repugnante. Me siento como si me hubiera manoseado mi propio hermano.

Lady Burton alineó su caballo junto al suyo y sonrió lentamente.

–Hable por usted. Yo he disfrutado mucho.

Capítulo 19

No seas tímida y aprovecha el tiempo. Y mientras puedas, cásate.
Porque habiendo perdido la flor de la vida, puede que te retrases para siempre.

Robert Herrick, *Hesperides* (1648)

–Hablando de *grandeur*... me quedé muy sorprendida cuando Su Excelencia invitó a la señorita Tormey a nuestro círculo. En el momento en que ella fue anunciada, Su Excelencia la saludó con gran cordialidad, como si se sintiera genuinamente encantado. Curioso. Debe de ser alguien de cierta valía. Tengo entendido que lady Chartwell también se ha dejado seducir por ella.

–¿Queréis decir que la señorita Tormey está aquí? –la otra dama chasqueó los labios y agitó su abanico–. ¿Pero en qué se está convirtiendo la Temporada? Últimamente parece que nos hemos especializado en oportunistas –la conspiradora bajó la voz–. Aunque tengo que admitir que siento una gran curiosidad por conocerla. ¿Es realmente tan bella como dicen?

–Es su fortuna la que le hace parecer tan arrebatadora a los ojos de Londres, os lo aseguro.

A Roderick le silbaban ya tanto los oídos que no pudo seguir escuchando más. Al menos su padre se había mostrado misericorde y no había insistido en que se quedara en la puerta para saludar a todos los invitados que llegaban.

Recogiendo una copa de champán de una bandeja de plata, rodeó otro grupo femenino de abanicos y miradas asesinas. Bebió un buen trago y se dirigió hacia la esquina más alejada del salón de baile.

Viendo que sus abuelos estaban hablando con un nutrido grupo, apretó la mandíbula y miró hacia otra parte mientras pasaba apresuradamente a su lado para evitarlos. Eso era lo único que parecía estar haciendo en esos días. Evitar gente.

Se encaminó como pretendía hacia el rincón más alejado de la sala y se detuvo en seco, descubriendo a lord Seton y a lord Danford apoyados en el panel de madera, ocupando su lugar habitual.

Aunque todo el mundo en Londres se mantenía generalmente alejado de Danford y de Seton, los gemelos famosos por su afición a burlarse de todo y a vaciar en un santiamén los bolsillos de cualquiera, a Roderick le caían bien. Eran hombres buenos que siempre donaban lo que ganaban a instituciones benéficas. Figuraban entre los escasos jugadores de Londres capaces de hacer sentirse orgullosa a la iglesia.

Mientras se acercaba a ellos, observó que tenían las cabezas muy juntas y que fruncían el ceño como si estuvieran enfrascados en una conversación especialmente seria. Aunque los dos hermanos resultaban físicamente imposibles de distinguir, ayudaban al público luciendo guantes de un color diferente.

—¿Danford? ¿Seton? —enarcó las cejas—. ¿Todo bien? Os veo un poquito cansados.

Ambos caballeros interrumpieron su conversación para

mirarlo. Danford se apartó de la pared, con un brillo taimado en sus ojos negros como el carbón.

—¿Cansado? Más bien deslumbrados. Siempre es bueno verte, Yardley. Aunque eso no ocurra muy a menudo, dado ese maldito romance que tienes con la universidad. Por cierto, ¿qué es eso de que te has convertido en profesor? Nos estás haciendo quedar al resto como estúpidos y perezosos, como siempre.

Roderick reprimió una carcajada.

—Solo necesitaba algo en que ocupar mi tiempo. Y así no me meto en problemas —«y me distrae de pensar en Georgia», añadió para sus adentros.

—Hablando de problemas... —dijo Danford.

Roderick se le acercó.

—¿Qué?

Seton, que se encontraba todavía más cerca de Roderick, tiró de él hacia sí, derramando casi el champán sobre sus guantes blancos.

—No qué, amigo mío, sino *quién* —Seton se inclinó hacia él, con la misma expresión de malicia de su hermano en su rostro perfectamente afeitado—. ¿Todavía no has tenido la oportunidad de conocer a la señorita Tormey? Por Dios que yo sí. La vi en el Rotten Row hace unos días. Tuve que mandarle flores. Me lanzó una mirada de la que todavía estoy intentando recuperarme. Mmmm...

Otra vez aquel nombre.

—No, no la conozco aún. ¿Quién es ella?

Danford soltó un larguísimo silbido.

—Esto lo dice todo.

Roderick los miró a ambos.

—Eso solo ha sido un silbido, y no muy bueno.

Seton bajó la voz:

—Permíteme expresarlo con palabras, Yardley. Si esa criatura celestial estuviera rodeada de muros de fuego, yo los escalaría más de una vez para estar con ella.

Roderick sonrió y le dio un golpe en el brazo con el dorso de su guante.

–¿Más de una vez? Eso suena a matrimonio. ¿Te has presentado formalmente a ella?

Seton lo fulminó con la mirada.

–A mi madre le daría un ataque.

–Y a la mía también –añadió Danford–. Dado que tenemos la misma. ¡Ja!

Roderick lo miró.

–¿Qué edad tenéis vosotros, por cierto? ¿Veintitantos? ¿Desde cuándo necesitáis la aprobación de vuestra madre para casaros? Id a Gretna Green. La gente lo hace todo el tiempo.

–Hablando de Gretna Green... ahí está –ambos hermanos se volvieron a la vez para mirarla mejor, como sendos e idénticos perros de caza señalando la misma presa a su amo.

Seton señaló la copa que sostenía Roderick.

–Dámela. No parece que vayas a bebértela.

Roderick le puso la copa en la mano.

–Pero no te atragantes.

–Voy a brindar –sonrió Seton–. Por la señorita Tormey y por Gretna Green. Eso le rompería el corazón a nuestra madre –se bebió el champán de un trago y continuó mirándola–. Cuánto más la miro, más la deseo.

Roderick miró también a la mujer en cuestión, pero no logró verla rodeada como estaba por un grupo de caballeros y su carabina. Ajustándose su negra chaqueta de noche, se volvió de nuevo hacia los dos hermanos.

–Mientras que vosotros os dedicáis a mirar, yo tengo que dar una clase mañana. Probablemente deba retirarme –señaló a cada uno de ellos–. No os metáis en problemas. Ya sé que es difícil, pero es necesario hacer un esfuerzo.

Seton lo agarró de un hombro, bloqueándole el paso con su cuerpo.

—No. Deberíamos todos dar un paso al frente y conseguir que figuren nuestros nombres en su carné de baile. Ven conmigo. No pienso hacer esto solo.

Roderick le apartó la mano, cada vez más molesto.

—Al contrario que vosotros dos, yo me gano la vida y no tengo tiempo ni para mujeres ni para carnés de baile —intentó rodearlo.

Pero Seton dio un salto y se plantó delante, clavándole un dedo en el pecho.

—Cincuenta libras a que en el momento en que pongas los ojos en ella, te olvidarás de tu clase. Yardley, esa mujer te levantará algo más que las cejas. Cincuenta libras a que es la mujer más atractiva que has visto en tu vida. ¿Hace la apuesta?

No ganaría una apuesta más fácil en su vida. Ninguna mujer podía ser más atractiva que Georgia.

—Hace. Cincuenta libras. ¿Dónde diablos está? Os señalaré hasta el último defecto.

Seton lo agarró por los hombros y lo situó en la dirección que necesitaba mirar.

—Allí. Acaba de aparecer otra vez. Te desafío a que le encuentres algún defecto.

Roderick parpadeó sorprendido.

Una belleza de aspecto majestuoso, con una masa de rizos color fresa que enmarcaban un perfecto rostro ovalado, lo dejó sin aliento. «Dios mío», exclamó para sí. Aquella mujer le recordaba a Georgia.

Suspiró, consciente de que no había un solo momento en que no recordara las evocadoras palabras que le había lanzado Georgia acerca de que lo vería en Londres. La había estado esperando desde entonces.

Se situó mejor para contemplarla de pies a cabeza, aprovechando que podía ya verla de cuerpo entero. Pese a que su parecido era impresionante, no podía sacar una conclusión basada únicamente en su figura.

Aquella pelirroja derrochaba elegancia, ataviada con un vestido verde amarillento que le dejaba los hombros al descubierto. El escote era increíblemente bajo, ribeteado por un encaje blanco por la nieve que resaltaba sus impresionantes senos. Grandes diamantes en forma de gotas adornaban sus orejas y su cuello, relampagueando bajo la luz de la gran araña.

Tras anotar varios nombres en su carné de baile con el lápiz que llevaba enganchado a la muñeca, la curvilínea pelirroja alzó la vista y contempló la sala. Su penetrante mirada fue recorriendo a los presentes antes de posarse en él.

Y allí se quedó.

Demasiado bien conocía aquellos impresionantes ojos verdes. Roderick se quedó sin aliento mientras un estremecimiento de excitación le recorría todo el cuerpo.

Georgia.

La tentadora sombra de una sonrisa iluminó sus carnosos labios mientras lo miraba directamente. Era como si le estuviera diciendo: «estás condenado para el resto de tu vida, Robinsón. Empieza a arrastrarte».

Se le cerró la garganta. Las palmas de las manos se le humedecieron bajo los guantes blancos, consciente como era de que se trataba de su Georgia. El maldito conspirador de su padre... Era por eso por lo que había insistido tanto en que estuviera presente aquella noche. Sabía que Georgia acudiría.

Interrumpiendo con naturalidad el contacto visual, alzó la barbilla como habría hecho cualquier otra dama de la alta sociedad y volvió a concentrar su atención en el grupo de hombres que la rodeaban.

Un caballero se inclinó hacia la dama de edad madura que acompañaba a Georgia.

¿Quién diablos sería ese tipo?

La dama de edad madura se volvió hacia Georgia, que

inclinó graciosamente la cabeza y ofreció brevemente su mano al caballero antes de recoger el carné de baile que colgaba de su muñeca. Otros cuatro caballeros se hallaban cerca, esperando pacientemente a añadir sus nombres a su carné.

Roderick casi se tambaleó. Aquello no podía estar sucediendo. Él no podía estar viendo cómo los caballeros de su círculo se arremolinaban alrededor de su mujer de la calle Orange.

Inclinándose hacia él, Seton le preguntó:

—¿Y bien?

Todavía con la mirada clavada en Georgia, temiendo que desapareciera de su vista, Roderick alzó una mano y agarró a Seton del pescuezo. Acercándolo hacia sí, señaló a Georgia.

—¿Qué es lo que sabes de ella? —gruñó, esforzándose por dominarse—. ¿Y qué es lo que la gente anda diciendo sobre ella?

—Después de verla en el Rotten Row montando con lady Burton, empecé a investigar sobre su persona y mereció la pena el tiempo que invertí en ello. Es la señorita Georgiana Colette Tormey. Prima lejana del señor Astor, el millonario americano que comercia con pieles de todo el mundo. La señorita Tormey llegó apenas la semana pasada para la apertura de la Temporada, con la señora Astor actuando como carabina. El señor Astor insistió en que hiciera la Temporada aquí y no en Nueva York. Y ese canalla conspirador confía en casarla con uno de los nuestros. Alardea de que nada mejor podría coronar la riqueza de la señorita Tormey de treinta mil malditas libras al año. ¿Te imaginas poniendo las manos sobre todo ese dinero y además sobre esa mujer? Nos va a dar una apoplejía a todos.

¿Georgiana? ¿De la ciudad de Nueva York?

Roderick dejó caer pesadamente la mano con que había agarrado a Seton del cuello. «Por Dios». Aquella mujer no se parecía en nada a sí misma. Si no fuera por aquellos ojos esmeraldas que tan bien recordaba, nunca la habría reconocido. Diablos, si incluso aquellos senos habían experimentado una transformación, llenando como llenaban su corpiño de brocado de la manera más tentadora.

Con gesto recatado, Georgia se volvió hacia otro grupo de caballeros que estaban esperando a que los presentaran. Extendió graciosamente una mano a cada uno, sonriendo.

Él nunca la había considerado capaz de convertirse en *eso*. O, más bien, nunca se había permitido esperarlo. Empezó a acercarse para poder verla mejor entre todos los que la rodeaban. Advirtió que miraba y hablaba en todas las direcciones menos la suya. Se llevó una mano a la boca, todavía incrédulo, y casi se la mordió del esfuerzo que tuvo que hacer para no abalanzarse sobre ella y hacer el ridículo. Aunque atónito y más que impresionado, una parte de su ser no sabía si le gustaba lo que estaba viendo, porque sencillamente no era ella. Aquella era una versión elegante y refinada, extremadamente sofisticada de Georgia Emily Milton. ¿Dónde estaba aquel fuego que amaba tanto? ¿Seguiría allí oculto, en alguna parte?

Se volvió para mirar a Seton y a Danford, que se habían puesto a susurrar entre sí.

—Yo nunca he estado con una pelirroja —comentó Seton con naturalidad, bajando la voz—. ¿Crees que tendrá pecas por todo el cuerpo?

Roderick entrecerró los ojos.

—Seton. Danford.

Ambos se giraron a su vez para mirarlo.

—Tengo un anuncio que haceros —dijo con un tono de advertencia que esperaba quedara lo suficientemente claro, al tiempo que señalaba a uno y a otro—. Si cualquiera de vosotros se atreve simplemente a mirarla otra vez, para no hablar de realizar cualquier otro comentario indecente y vulgar, descolgaré la espada ceremonial que guarda mi padre y os ensartaré a los dos con ella... y os empalaré juntos en la puerta de la catedral de San Pablo. Porque esa mujer a la que llamáis «señorita Tormey» se convertirá en mi esposa para cuando termine esta Temporada. Así que aseguraos de informar hasta al último canalla de Londres de mis intenciones, si no queréis morir los dos en su compañía. ¿Ha quedado claro?

Seton parpadeó atónito.

Danford reprimió una carcajada y alzó una mano.

–Las cincuenta libras. Dejaré que el pobre Seton se recupere de su pérdida–se volvió hacia su hermano, añadiendo–: Cien libras a que ella aceptará una mejor oferta en el transcurso de esta semana, dado que el interés de Roderick animará a otros caballeros a hacer lo mismo. Es juego fácil para ti, Seton. Juego fácil. Lo único que tienes que hacer es decirle a nuestra madre que el hijo del duque de Wentworth quiere pretenderla. Ya sabes lo embobada que está con el duque. Tu éxito está asegurado.

Roderick apretó la mandíbula, echó mano al bolsillo interior de la chaqueta y sacó los billetes doblados que llevaba encima, sin molestarse en contarlos.

–No solo aceptaré tu apuesta, Danford, sino que la subiré a diez mil libras.

–¿Cien mil? –repitieron Seton y Danford al unísono.

–Eso es, chicos. Cien mil –Roderick se alisó el pañuelo de cuello–. Y ahora, si me disculpáis, pretendo presentarme formalmente a la señorita Tormey.

Capítulo 20

No te asustes: no soy un ladrón, a no ser que ese título se refiera a aquellos que roban a los ladrones.
Las mil y una noches (edición de 1792)

La señora Astor apretó sus finos labios y miró el carné de baile de Georgia.

–Para que esta velada sea considerada un éxito, señorita Tormey, debe usted rellenar todos los bailes de su carné. Sobre todo el vals. Eso es tan válido en los Estados Unidos como aquí. ¿Por qué se empeña en no acabar de completarlo?

Georgia intentó permanecer indiferente, aunque se sentía insoportablemente acalorada y nerviosa en aquella sofocante sala. Las respiraciones de la gente parecían rebotar unas contra otras y contra las paredes. Y lo que era todavía peor: el vestido le pesaba como si estuviera cargando seis cubos de agua.

Las inquisitivas miradas de cada hombre y de cada mujer de la habitación parecían lacerarle la piel y el alma. Algunas de aquellas miradas expresaban una genuina admiración. Otras, indiferencia. Algunas sugerían una burlona altivez, como si insinuaran que no era digna siquiera de respirar. Indudablemente no solo la estaban mirando, sino sacando sus propias conclusiones respecto a lo que pensaban de ella. Eran buitres, hasta el último de ellos, dando vueltas y más vueltas a la espera de cualquier señal de debilidad por su parte.

Aunque se sentía muy fatigada, se las arregló para dar una cortés respuesta a la señora Astor, concentrándose en su dicción.

–Le suplico me perdone usted, señora Astor, pero es mi deseo reservar el vals para un caballero que lo merezca –miró en la dirección en la que había visto a Robinsón por última vez, para descubrir que hacía ya un buen rato que había desaparecido. Seguro que la había reconocido. Estaba convencida, dada la tenaz insistencia con que la había estado mirando.

La señora Astor meneó la cabeza.

–Le prometí al señor Astor que triunfaría usted, y el triunfo no se alcanza desperdiciando oportunidades. Asignaré su vals al siguiente candidato de valía que se nos acerque.

Maldijo para sus adentros. Allí estaba ella, dando la nota en nombre del amor de una manera que haría que Shakespeare se levantara de la tumba para aplaudirla, para, al final, tener que dárselo todo al siguiente petimetre que se le aproximara.

–¿Señora Astor? –inquirió con naturalidad una ronca voz masculina a su espalda. Era Robinsón–. ¿Podría solicitarle formalmente una presentación de la dama que la acompaña?

El corazón le dio un vuelco y abrió mucho los ojos. Era Robinsón. Reprimió una sonrisa de satisfacción. No podía mantenerse alejado.

Aunque ansiaba volverse y lanzarse a sus brazos, decidió ponérselo difícil tal y como le había amenazado con hacer, y permaneció indiferente mientras una larga gota de sudor resbalaba por el centro de su espalda, bajo la camisola y el corsé. Ni siquiera lo miró.

La señora Astor lanzó a Yardley la más entusiasta de las sonrisas.

—Es un honor, milord —señaló a Georgia con un gesto de su mano enguantada—. Os presento a la señorita Georgiana Colette Tormey. Es una distinguida prima lejana de mi querido esposo el señor Astor, que lamenta mucho no estar aquí para asistir a su éxito. ¿Señorita Tormey? —la señora Astor señaló esa vez a Yardley—. Le presento al marqués de Yardley, hijo de nuestro anfitrión, Su Excelencia el duque de Wentworth.

Georgia se volvió con naturalidad hacia Robinsón y le tendió su mano enguantada con gesto majestuoso. Aunque le resultó difícil, intentó parecer algo aburrida.

—Milord.

Aquellos seductores ojos grises se clavaron en su rostro con la sensual determinación de quitarle la respiración. Le tomó la mano y se la llevó a los labios para besarle los nudillos... mordisqueándosela rápida y disimuladamente con los dientes inferiores. Volvió a mirarla y sonrió, respondiendo con el tono más sugerente y provocativo posible:

—Me deja usted sin aliento.

—Y vos me halagáis —murmuró, retirándole la mano.

Su sonrisa se desvaneció mientras bajaba la mirada a su cuello y a sus senos, para enseguida alzarla de nuevo hasta su rostro.

—¿Está su vals disponible, señorita Tormey?

El calor de la sala y el hecho de tenerlo tan abrumadoramente cerca acabó por nublarle la vista. Hasta ese momento, nunca se había dado cuenta de que un hombre podía hacer desmayarse a una mujer.

Roderick se adelantó y agarró a Georgia en el preciso

momento en que se desplomaba lánguidamente sobre él. El pulso se le disparó mientras la agarraba del brazo y la cintura, intentando evitar que cayera al suelo. ¿Sería el calor? Tenía que serlo, dado que él mismo se estaba sofocando.

La levantó en brazos de un solo y fluido movimiento.

La señora Aston se quedó sin habla mientras los demás dejaban todo lo que estaban haciendo para contemplar la escena. Por fin, sacando el abanico que llevaba a la cintura, se acercó para refrescar frenéticamente el acalorado rostro de Georgia.

–Hace un calor insoportable aquí. No la culpo.

–Necesita aire fresco –Roderick se dirigió hacia la entrada de la sala, caminando lo más rápidamente que pudo entre la multitud. Aunque la música y el baile proseguían, el rumor de las voces y susurros se había convertido en un *crescendo* que afectaba a su capacidad de pensar o de respirar. Miró frenéticamente el rostro de Georgia enterrado en su pecho mientras se alejaba a toda prisa con ella.

La apretaba con fuerza moviéndose cada vez más rápido, abriéndose paso.

Varios hombres, entre los que se encontraba Seton, se acercaron corriendo.

–¿Hay algo que podamos hacer, milord? –insistió uno de ellos.

–Llamar a mi padre –respondió, rodeándolos.

Dos caballeros salieron disparados, desapareciendo entre la multitud.

Seton trotaba nervioso a su lado, mirando de manera insistente a Georgia. Rápidamente se inclinó e intentó arrebatársela de sus brazos a la fuerza.

–Permíteme que la cargue.

Apretando los dientes, Roderick lo empujó con un hombro.

–Ya me encargo yo –gruñó.

Pese a que la multitud se cerraba sobre él para poder

ver a Georgia, Roderick se fue abriendo paso a empujones, obligando a los hombres a apartarse.

Entrando en el fresco silencio del vasto pasillo, subió a la carrera las escaleras de mármol con Georgia en los brazos, rumbo a la habitación de invitados.

Hasta que unos golpecitos en el hombro le hicieron detenerse y bajar la mirada.

Los ojos verdes de mirada cansada pero alerta de Georgia escrutaron su rostro.

–Lo siento.

A Roderick se le cerró la garganta mientras retomaba el paso.

–La noche ha acabado para ti. Y no necesito decirte que no estoy nada contento con la forma en que desapareciste. Fueran cuales fueran tus razones.

Roderick entró con ella en el cuarto de los invitados y cerró la puerta a su espalda. Fue hacia la cama de dosel y la depositó sobre el colchón de plumas, asegurándose de cubrirle bien las piernas. Inclinándose sobre ella, se apresuró a colocarle varios cojines debajo de la cabeza.

–Será mejor que arreglemos esto aquí y ahora –le dijo Georgia, agarrándolo de pronto por las solapas de la chaqueta y tirando de él con fuerza sorprendente.

Roderick perdió el aliento mientras caía sobre su cuerpo. Intentó apartarse, pero ella lo retuvo con un gesto feroz.

–Georgia...

–Me he infiltrado en vuestro círculo, lord Yardley –le espetó–. Y ahora la verdadera diversión va a empezar –apoyándose sobre los cojines, se alisó las faldas con una satisfecha sonrisa–. ¿Qué os parece la señorita Tormey? Impresionante, ¿verdad? Deberíais verla montar a caballo. Todos los hombres estiran el cuello para mirarla. Hasta el último hombre. Algunos hasta silban. Pero no os diré quién.

Roderick soltó un suspiro. No sabía si empezar a disculparse con ella, dado todo lo que le había hecho pasar.

—Lo siento, Georgia. Siento no haber tenido más fe en ti.

—¿Sabes que lord Seton casi se cayó del caballo la primera que me vio? ¿Sabes también que, en tan solo tres días, no solo consiguió mi dirección sino que me envió tres docenas de rosas en una cesta junto con una solicitud de visita? Y todo porque lo miré y le sonreí una vez. Los aristócratas sois tan fáciles... Pienso dejar que me visite. Me gustan esos adorables hoyuelos que se le dibujan en las mejillas cuando sonríe.

Roderick le lanzó una torva mirada, en absoluto divertido.

—Has ganado. Y yo he perdido. ¿Has terminado?

—Lejos de ello. Te dije que haría que te arrastrases ante mí. Empieza a hacerlo —borrando toda emoción de sus bien empolvados rasgos, soltó un delicado y teatral suspiro mientras volvía a recostarse sobre los cojines. Llevándose el dorso de una mano enguantada a la frente con gesto elegante, parpadeó varias veces—. Lord Seton es sencillamente divino. Como su hermano. Imagino que sería como conseguir dos hombres por el precio de uno.

Roderick entreabrió los labios de asombro. ¡Georgia no solo había aprendido las maneras de una dama, sino también las de una consumada actriz! Se inclinó hacia ella y le pellizcó la nariz.

—¡Ay! —esbozó una mueca y le apartó la mano de un manotazo, para luego empujarlo—. Eso duele.

—Me alegro. Eso ha sido por intentar ponerme celoso cuando estoy claramente arrepentido —sacudió la cabeza mientras contemplaba la pomposa cantidad de diamantes que decoraba su cuello. Aquellos diamantes reposaban sobre unos generosos senos que pugnaban tentadoramente por salirse de su apretado corpiño—. Vaya, vaya, vaya. ¿Qué es lo que te has hecho? Todavía tengo que decidir lo que pienso de ello.

Ella volvió a llevarse una mano a la frente, fingiendo aburrimiento.

–Pues yo pretendo lucirlo con orgullo y hacer que te retuerzas durante toda la Temporada. Eso te dará tiempo suficiente para decidir lo que piensas de ello.

Él la miró fijamente, como desafiándola a que le hiciera retorcerse y arrastrarse.

–No necesito tiempo. Y tú me besarás y me dirás que me amas dentro de menos de un minuto, Georgia. Hemos acabado con los juegos.

–Claramente no conoces a Georgiana.

–Oh, yo creo que sí.

–Olvidémonos de lo que *tú* crees. Hablemos más bien de mis senos. Quieres tocarlos y acariciarlos, ¿verdad? Admítelo. Lo deseas.

Era verdaderamente un caso de mujer. Le señaló el pecho con un dedo.

–De hecho, me parecen algo grandes. A mí me gustaban como eran antes. Pequeños. Cuánto más pequeños, menos hombres se fijan en ellos.

Ella fingió una carcajada.

–Por desgracia, no son retornables, porque no pienso renunciar a los pastelitos rellenos de crema. Preferiría convertirme en una vieja solterona antes de renunciar a las alegrías que puede permitirse una dama, sin ser considerada una furcia. A no ser, por supuesto, que chupar un pastelito de crema sea el equivalente de chupar tu falo...

Roderick frunció el ceño. Por debajo de tanto refinamiento, seguía siendo su Georgia. Gracias a Dios.

–Basta. Ya me lo has dejado claro.

–Lo dudo –volvió a llevarse la mano a la frente.

–Por Dios, Georgia, ¿realmente piensas seguir adelante con todo esto? Ya he sufrido bastante durante todos estos meses sin saber una sola palabra de ti y temiendo que fueras a presentarte en mi puerta desnuda, para dar que hablar a la alta sociedad. Y... ¿sabes lo más triste de todo? Que yo quería que lo hicieras. Quería que te presentaras desnuda ante mí.

Aquello pareció sorprenderla, y lo miró por debajo de la mano que todavía tenía sobre la frente.

—Esa habría sido una buena idea. Pero yo tengo planes mejores. Que incluyen mucho más... sufrimiento.

Él se inclinó hacia ella, gruñendo:

—Atrévete a prolongarlo.

—Claro que me atrevo.

Roderick se quitó los guantes y los arrojó sobre la cama. Deslizó luego una mano por su cuello y bajó la cabeza para besarle la suave y empolvada piel, justo encima de su seno izquierdo.

—Lo siento —su piel acalorada desprendía un tentador aroma a limón mientras deslizaba los labios por su tersura—. Vuelve conmigo, Georgia. Por el amor de Dios, vuelve conmigo. Vuelve con este imbécil para que pueda pasar el resto de su vida esforzándome por compensarte.

Ella resopló escéptica.

—Vas a tener que hacer algo más que eso, Yardley.

Roderick besó el valle que se abría entre sus senos, presionando los labios allí donde latía su pulso y haciéndole perder el aliento.

—Por si no lo has notado, tu Robinsón depende de ti para todo. Rechazarlo sería una crueldad por tu parte.

—No voy a volver contigo.

Él retiró la cabeza del calor de su cuello y la fulminó con la mirada.

—Georgia, por Dios. ¿Estás hablando en serio? Apenas llevo unos minutos en tu presencia y ya estoy agotado.

—Ya, bueno. Yo lo estoy mucho más después de haber pasado casi un año escuchando frases de no hagas esto, no hagas lo otro... para que nadie me tuviera por una furcia. ¿Tienes alguna idea de lo duro que es ser una dama?

Él enarcó una ceja.

–¿Y tú tienes alguna idea de lo duro que es ser un lord? ¿Sobre todo después de haberte conocido?

Georgia suspiró.

–Ahora sí. Esos canallas lo esperan todo de nosotros sin darnos nada a cambio.

Roderick reprimió una sonrisa, impresionado de que hubiera aprendido tan rápido su papel en la sociedad.

–Lo que quieras, sea lo que sea, lo tendrás a partir de ahora. Te lo has ganado de sobra, y ansío arrastrarme ante ti durante el resto de mi vida.

Agarrándole las manos, Roderick le quitó los guantes y se las besó repetidamente. De pronto se interrumpió y alzó una, acariciando su suavidad. La miró incrédulo.

–Tus manos.

–Lo sé. Han sido necesarios muchos frotamientos y muchos baños. Siguen sin ser lo que deberían ser, pero con el tiempo lo serán.

Se emocionó cuando volvió a mirar aquellas manos que parecían tan pequeñas en comparación con las suyas.

–Oh, Georgia –le besó las puntas de los dedos y luego los nudillos–. Por una parte me siento tan triste de saber que te he obligado a cambiarte a ti misma y toda tu vida solo para estar conmigo... –volvió a besarle las manos–. Echaré de menos a mi Georgia. La echaré muchísimo de menos y solo rezo para que no llegue a desaparecer del todo.

Soltándole, Roderick se apretó contra ella, deleitándose con el tacto suave de su vestido de seda. El pecho se le volvió a apretar de emoción, tenso cada músculo de su cuerpo, dándose cuenta de que *ella* era real. Estaba allí, en Londres. Con él–. Dios, cuánto te he echado de menos –susurró–. Esperé y esperé a que vinieras... Fue una tortura de la peor especie. No puedo creer que hayas hecho todo esto por mí. Me siento inmensamente honrado.

Ella deslizó los dedos por su pelo.

—Yo tampoco me lo puedo creer. Me lo debes.

—Ya lo sé —inclinándose hacia ella, acercó los labios a los suyos—. Estás advertida: esto se va a poner duro.

—Hey, hey, no te desabroches nada —sentándose en la cama, se puso fuera de su alcance. En seguida se levantó y saltó al suelo para rodearla y dirigirse, contoneándose, hacia la puerta cerrada.

Él se volvió en su dirección.

—Espera. ¿Qué estás haciendo? ¿Adónde vas?

—Esto no es la calle Orange, ¿sabes? Tengo una reputación que mantener y confío tan poco en ti como en mí misma —abrió la puerta de par en par con un gracioso gesto de su mano enguantada—. Esto evitará que nos metamos en problemas.

Asomó la cabeza para echar un vistazo al desierto corredor y se volvió luego hacia él, levantándose un lado del vestido. Recogiendo los pliegues de la falda, reveló una pierna bien torneada enfundada en una media blanca sujeta, por encima de la rodilla, con una liga de color rojo vivo.

—¿Te gustan mis medias? Me las acabo de comprar. Son de seda. Solo después de que nos casemos, podrás quitármelas. Eso si te lo merezes, claro —dejó caer la falda y volvió a componerse recatadamente el vestido.

Roderick se bajó de la cama, con sus músculos rugiendo de deseo. Solo Georgia podía hacer que se arrastrara a sus pies haciéndole disfrutar al mismo tiempo. Caminó decidido hacia ella y se le plantó delante.

Ella alzó la mirada hasta su rostro.

—¿Qué tal si cerramos la puerta y le decimos a Londres que se vaya al infierno?

Georgia le clavó un dedo en el pecho.

—Ve a buscar a Robinsón antes de que te apuñale, Yardley.

Él chasqueó los labios y la agarró de la cintura. Apretándola firmemente contra sí, acarició con la punta de un dedo su empolvada mejilla.

–Me parece que no soy yo el único en tener más de un nombre, señorita Georgiana Colette Tormey.

Georgia le golpeó en un hombro y bajó la voz todavía más.

–Ya no habrá más Georgia hasta después de que nos casemos. ¿Entendido? No habrá ni besos ni caricias hasta que me convierta legalmente en lady Yardley. ¿Me oyes?

–Te oigo –murmuró, escrutando su rostro–. ¿Pero le transmitirá un último mensaje a Georgia de mi parte, señorita Tormey? ¿Dado que no volveré a verla hasta mi noche de bodas?

Una sonrisa asomó a sus labios.

–¿Cuál es vuestro mensaje, milord?

Después de mirar hacia la puerta, al corredor aún vacío, le acunó el rostro entre las manos y la obligó a abrir aquellos tersos labios con los suyos. Cerrando los ojos y entregándose a una sensación de éxtasis que nunca había imaginado que volvería a experimentar, la besó apasionadamente.

Se apartó, abriendo los ojos, y suspiró.

–Dígale que la amo.

Georgia permaneció ante él con los ojos todavía cerrados y los húmedos y carnosos labios entreabiertos, como esperando que repitiera el beso. Finalmente abrió los ojos y susurró:

–Me aseguraré de que Georgia lo sepa.

Unos rápidos pasos resonaron en el pasillo, acercándose.

–¿Yardley? –gritó el duque, apresurando el paso–. ¡Yardley!

Georgia abrió mucho los ojos. Se recogió las faldas y corrió de vuelta a la cama. Una vez tumbada en el colchón, se arregló las faldas y se quedó perfectamente inmóvil.

Roderick suspiró de nuevo. Estaba seguro de que ninguna mujer se había sacrificado tanto por un hombre en el nombre del amor.

−Ardientemente espero que se recupere usted pronto, señorita Tormey. Odiaría que hubiera hecho todo este viaje para terminar encamada. Aunque tengo la sensación de que yo también caeré pronto indispuesto, con lo que en ese caso ambos acabaremos confinados en la misma cama. ¿Qué dirá entonces Londres de nosotros?

−Ssshh −Georgia alzó bruscamente la cabeza para lanzarle una mirada de reproche antes de dejarla caer de nuevo sobre los cojines.

Roderick sonrió.

−¡Yardley! −el duque apareció tambaleante en el umbral, con una expresión asustada en su rostro congestionado−. ¿Cómo se encuentra Georgia?

−Bastante bien, Excelencia −respondió ella−. No necesitáis preocuparos.

El duque suspiró aliviado.

−Bien. Una cosa menos de la que preocuparse. Esta noche promete convertirse en un desastre.

Roderick dejó de sonreír mientras se volvía hacia su padre, con el pulso rugiendo en sus oídos.

−¿Se ha enterado alguien de lo de Georgia?

−No −el duque se abalanzó hacia él y lo agarró de las solapas de la chaqueta, sacudiéndolo−. Atwood ha venido a la ciudad. Está abajo. Fue a ver a su padre apenas esta misma mañana, para exigirle que admitiera las circunstancias de su desaparición, pero el hombre lo niega todo, incluida su legitimidad, y sostiene que no existe prueba alguna que defienda su posición. Todavía no se lo he dicho a Atwood, pero yo tengo intención de ayudarlo. Pretendo ayudarlo en nombre de tu madre. Así que, que Dios me perdone, pero no solo me voy a enfrentar públicamente a la familia de tu madre, sino que también pienso desenterrar el retrato con la que la enterramos hace trece años, para demostrar su identidad a través de su parecido con el retrato. ¿Estarás conmigo en esto? ¿Harás causa común conmigo, teniendo en cuenta que Atwood es todo lo que nos queda de tu madre?

Roderick maldijo para sus adentros. Los más sólidos puentes de Londres estaban a punto de desmoronarse. Se tragó el nudo que le subía por la garganta y asintió aturdido, consciente de que no tenía la menor idea del problema en el que se estaba metiendo.

–Sí. Estoy contigo.

–Bien. Bien. Quiero que vayas a hablar con él. ¡Ve! Está en el despacho y yo tengo que atender a mis invitados para que esto no se convierta en un auténtico circo. Me reuniré con vosotros en cuanto pueda. Ese hombre solo conseguirá ahuyentar a la gente. Yo ya le dije que necesitaba hacer algo con su apariencia. Y ahora vete, ve con él. Yo estaré allí dentro de media hora.

El duque se volvió y salió corriendo.

Mirando de nuevo a Georgia, que se había sentado en la cama, Roderick la señaló con el dedo.

–Quédate dónde estás. Sigue fingiendo. Volveré.

Abandonó a toda prisa la habitación y corrió por el pasillo detrás de su padre, consciente de que estaba a punto de ver el rostro del hermano de su madre. El rostro que había dado comienzo a todo.

Bajó las escaleras a trompicones y sorteó a los invitados que se encontraban a la entrada del salón de baile, hasta que llegó a las puertas del despacho. Las abrió de golpe y entró rápidamente, para cerrarlas en seguida.

Vio las anchas espaldas de un hombre alto y de pelo negro desaliñado con algunas hebras grises, de pie ante el retrato de su madre, la duquesa de Wentworth. El mismo retrato ante el cual su padre, su hermano y él habían rezado cada domingo a la salida de la iglesia. Parecía que Atwood estaba rezando también, a juzgar por su reverencial silencio. El largo abrigo de montar que llevaba había empezado a perder su color negro original, convertido casi en gris, e incluso lucía un roto en una hombrera. Era como si hubiese salido directamente de Five Points.

Estaba a punto de conocer y de enfrentarse a otro de los vacíos de su vida. La sensación era fantasmal. Las tablas del suelo crujieron bajo las botas de Roderick mientras se acercaba lentamente a Atwood. Se detuvo a varios pasos de distancia, detrás de él.

El hombre continuaba contemplando el pálido rostro de su madre que aparecía en el retrato, con aquellos ojos grises que parecían hallarse en trance.

—Ningún retrato podía hacerle justicia —la voz de Roderick resonó en la habitación, sonando algo más nerviosa de lo que pretendía.

Atwood se volvió para mirarlo de frente. El amarillento resplandor de las velas del despacho iluminó un rostro enjuto y afeitado enmarcado por una melena descuidada, larga hasta los hombros. Unos ojos color azul hielo que hablaban de una vida dura, sufrida. Su mano grande y ancha descansaba sobre el pomo de una daga enfundada, enganchada a su cinturón.

—Soy tu sobrino —le dijo Roderick—. Yardley.

—Sé quién eres —replicó Atwood con tono tranquilo e indiferente, teñido de un acento que parecía una extraña combinación de americano e inglés—. Nos conocimos. En Nueva York.

Roderick tragó saliva.

—Perdóname por no ser capaz de recordarlo. Sufrí un accidente que...

—Lo sé. No tienes por qué preocuparte. De todas formas, mi persona tampoco merece tanto ser recordada. Permíteme que aborde directamente la razón de mi visita de esta noche, sobrino mío, y que todavía tengo que transmitirle a tu padre. Después de mantener esta mañana una poco constructiva entrevista con el mío, que se negó a dejar que mi madre me viera, he decidido matarlo. Esta misma noche. En cuanto abandone esta casa y se disponga a subir a su carruaje. ¿Que por qué te estoy contando esto? Porque cuando tengas que declarar ante el jurado, no quiero que exista duda alguna sobre mis motivaciones. Diles que no fue tanto una venganza como una desesperada necesidad de descanso.

Roderick se lo quedó mirando sin saber qué le sorprendía más: si sus palabras o la naturalidad con que las había pronunciado.

—No lo hagas. Matándolo solo conseguirás que te ahorquen.

—Exactamente. El descanso.

Oh, no. No, no, no. Aquel hombre no podía hacer aquello y arrastrarlo tanto a él como a su padre a otra nueva pesadilla. Se le acercó.

—Matarlo y hacer luego que te cuelguen no cambiará nada.

Atwood flexionó los dedos de sus manos enguantadas.

—Lo sé.

Aquel hombre iba en serio. Para no hablar de que estaba rematadamente loco.

—Tío, si haces eso, no solamente te destruirás a ti mismo, sino que destruirás a mi padre, y a mí también. Y destruirás asimismo a la mujer con la que espero casarme y a los hijos que espero tener con ella. Todo quedaría anegado en la sangre que tú derramarías tan precipitadamente y que a nosotros nos correspondería limpiar.

Su tío se señaló la cabeza con un dedo.

—No pienso vivir ni un segundo más dentro de esta cabeza.

Era como si estuviera hablando con una versión trastornada de sí mismo antes de que recuperara la memoria.

—Nadie te entiende mejor que yo. Créeme. Vivir dentro de una cabeza que sientes como extraña es una maldición de la peor especie, pero hay maneras de aliviar esa tristeza. Y tú encontrarás alguna con el cariño y el apoyo de tu familia.

La expresión de Atwood se oscureció.

—Los Sumner no son mi familia.

—En eso tienes razón. Los Sumner no, pero nosotros sí. Yo. Y mi padre. Mi padre te quiere por todo lo que representas. Te quiere lo suficiente como para desenterrar los restos de su propia esposa, lo cual sé que lo matará teniendo en cuenta lo que ella significó para él.

Atwood escrutó su rostro.

—¿Pretende violar la tumba de mi hermana? No lo permitiré.

—Es el único medio de que disponemos para demostrar tu identidad. Mi padre me dijo que mi abuelo negaba tu legitimidad, pero eso lo demostraría. Es el único retrato conocido tuyo que existe, con tu nombre, y fue enterrado con mi madre.

Atwood cerró los ojos por un momento.

—¿Ella fue enterrada con mi retrato?

—Así fue. Ella te llevó en su corazón hasta su último aliento, y pasó toda su vida queriendo encontrarte. Si no quieres honrar a los vivos, tío, te pido al menos que honres a los muertos. Mi madre se lo merecía.

Los rasgos de Atwood se retorcieron de dolor mientras le daba la espalda. Tras un largo silencio, se giró de nuevo y se desabrochó el cinturón en el que llevaba el puñal. Recogiéndolo, se lo entregó.

—Tómalo antes de que lo use.

Roderick recogió el cinturón con la daga. Un suspiro escapó de sus labios. Apretando con fuerza el cuero viejo, sacudió lentamente la cabeza.

—Necesitas encontrar la paz.

Atwood cuadró los hombros y lo rodeó lentamente mientras se dirigía hacia la puerta.

–Tengo entendido que la muerte es como un largo y agradable sueño.

–Recupera la vida que tan malignamente te arrebataron y crea algo de mayor valor. Rodéate de gente que te quiera y que te ayude mientras recuperas tu lugar en el círculo al que pertenecías. Así es como encontrarás y conocerás la paz. Date una oportunidad a ti mismo. Plantéate fundar una familia y comenzar de cero.

Una carcajada medio estrangulada escapó de la garganta de su tío.

–Tomar una aristócrata por esposa, que nunca comprenderá el caos que hay en mí, solo servirá para engendrar niños cuyos cuentos para dormir alimentarían mis pesadillas. No lo creo.

Volviéndose hacia él, Roderick replicó con tono compasivo:

–Subestimas el valor de una mujer y su capacidad para reinventar a un hombre. Una mujer puede darte esperanza en un mundo que no tiene ninguna. Puede luchar por ti cuando tú has dejado ya de luchar por ti mismo y por todo aquello en lo que crees.

Atwood lo miró.

–Estás enamorado, ¿eh?

–Con locura. Y tú deberías tener esa misma suerte.

–Ilústrame –sonrió Atwood–. ¿Cómo se llama ella?

Roderick reprimió una sonrisa.

–¿Su nombre verdadero? ¿O el que está dando a los demás? Porque tengo que confesar que estoy a punto de casarme con dos mujeres por el precio de una. Ella, para mí, ha sido como una intervención divina. Nunca he conocido a una persona tan maravillosa.

–A mí también me vendría bien algo de intervención divina –Atwood se acercó a él–. ¿Estarías dispuesto a compartirla con tu tío de cuando en cuando? ¿Cuándo me sintiera particularmente solo? ¿O eres del tipo celoso?

Roderick arrojó al suelo el cinturón con la daga y se lo quedó mirando fijamente, furioso.

–¿Te resulto divertido?

Atwood sonrió y le dio una palmadita en la mejilla.

–Hey, hey, vosotros los aristócratas os alteráis muy fácilmente. Solo estaba bromeando.

–¿De veras? –Roderick alzó una mano y deliberadamente lo agarró con fuerza del hombro, clavándole los dedos en la carne–. No hagas enfadar a la única familia que te queda, Atwood. Ni siquiera bromees con ella.

Los ojos azul hielo de Atwood parecían burlarse de él.

–No necesitas preocuparte, sobrino. Yo solo hago enfadar a los que me hacen enfadar a mí. Y tú no lo has hecho… todavía –retirándole la mano, se dirigió hacia la doble puerta del despacho sin dejar de mirarlo–. Creo que Londres me va a gustar. Hay mucha gente civilizada arrastrándose a mis pies y lamiendo mis botas. Y ahora, si me disculpas… pretendo buscarme una pareja de baile y aterrorizar a toda esa gente.

Abrió las puertas de par en par con un solo movimiento de sus brazos y desapareció en el pasillo, haciendo ondear los largos faldones de su abrigo de montar.

Roderick esbozó una mueca, consciente de que se suponía que tenía que retener a su tío en el despacho. De todas formas, tenía la sensación de que todo Londres estaba bien fastidiado, si al final se quedaba allí. Así que lo dejó marchar, inmensamente agradecido de poder contar con Georgia para que lo ayudara en el futuro.

Epílogo

Omnia vincit amor; et nos cedamos amori.
El Amor vence sobre todas las cosas; cedamos nosotros también al Amor.
                    Virgilio, *Églogas*. Libro décimo (70-19 a. c.)

Siete años después, por la tarde.
Residencia Tremayne de Londres

La puerta de su dormitorio se fue abriendo poco a poco, centímetro a centímetro...

Georgia, que estaba sentada en la cama, recostada contra las almohadas, dejó a un lado su labor de costura y golpeó con los dedos el libro que estaba leyendo Roderick a su lado.

—Esto está a punto de empezar.

Roderick cerró el libro de golpe y lo arrojó con un giro de muñeca sobre las sábanas, antes de volverse hacia la puerta. Cerrándose la bata, gritó a la puerta ya abierta del todo:

—La respuesta sigue siendo no. Así que te sugiero que regreses a tu cuarto y vuelvas con tus hermanos, cuyas preocupaciones no van más allá de su siguiente ración de leche.

Su hija, Ballad Jane, entró en la habitación retorciéndose sus oscuras trenzas y se detuvo ante su cama, mirando a uno y a otra con sus grandes ojos verdes.

–El tío Atwood no me diría que no. Ni el tío Milton.

Georgia se volvió hacia Roderick.

–Después de esto, ¿cómo puedes seguir oponiéndote?

Roderick echó hacia atrás su oscura cabeza y miró al techo.

–La respuesta sigue siendo no.

–Pero papá... –Ballad se dejó caer contra el borde de la cama toda exasperada, y se inclinó sobre él. Luego se puso a palmotear con ambas manos en el colchón al que apenas llegaba, enfatizando cada palabra con cada palmoteo–. De verdad, de verdad que quiero un elefante. Preferiblemente una elefanta. No preferiblemente: definitivamente. Definitivamente una elefanta. Puede dormir conmigo. No me importa. De verdad. Por favor... Solo quiero una.

Georgia soltó una carcajada.

–Esa niña es tuya, Robinson, que no mía. Fuiste tú quien le leyó todos esos cuentos sobre la India. Ahora encárgate tú.

Suspiró.

–Ven aquí, cariño –frunció el ceño mientras se estiraba hacia el borde de la cama y levantaba a su hija para sentarla sobre su regazo.

Después de acomodarla bien y de cubrirle con su camisón los piececitos enfundados en medias blancas, bajó la cabeza y la miró muy serio.

–¿Dónde diantre vamos a meter un elefante en pleno Londres? Los animales de ese tamaño están hechos para la naturaleza. Hasta en Hyde Park se sentirían mal. ¿Qué tal si te compramos un perro? El mayor que podamos encontrar, si quieres. ¿O un poni? ¿No prefieres un poni?

Ballad frunció los labios como si fuera él quien se estuviera comportando de una forma ridícula.

–No quiero un perro y tampoco un poni. Todo el mundo tiene perros y ponis en Londres y yo no quiero lo que tiene todo el mundo. Yo quiero una elefanta. Nadie tiene una.

Roderick se rio por lo bajo.

–Bueno, existe una buena razón para ello.

–Papá, por favooooor –Balad juntó sus manitas, suplicante– Nunca, nunca, jamás volveré a pedirte nada.

Roderick suspiró.

–La respuesta sigue siendo no y, con seis años que tienes, ya eres lo suficientemente mayor para entenderla. ¿De acuerdo?

Ballad dejó caer sus manos todavía juntas sobre su regazo. Alzó la mirada y señaló a Georgia.

–Mamá dijo que si aceptábamos la oferta del abuelo de vivir en su propiedad de Surrey, tendríamos espacio más que suficiente para meter a un elefante. ¿No podemos ir a ver al abuelo y decirle que nos mudamos? Así yo podría verlo todos los días y además tendría una elefanta.

Volviéndose hacia Georgia, Roderick la fulminó con la mirada.

–¿Le prometiste una elefante si nos mudábamos a la propiedad de mi padre?

–Tú querías una familia grande, Robinsón, ¿no? Es difícil que pueda llegar a serlo más –le clavó un dedo en el hombro–. Pero... si la elefanta es demasiado, algo en lo que estoy de acuerdo, sugiero que en vez de ello nos llevemos a la niña a la India por unos meses. Solo así nos dejará tranquilos. Yo siempre he querido ir allí. ¿No sería divertido?

–¿Divertido? –Roderick las miró a las dos. La expresión de su hija se había iluminado ante la sugerencia de Georgia–. Meternos en las fauces de un tigre en medio de una jungla abrasadora no es precisamente lo que yo llamaría divertido. ¿Y si fuéramos a Francia?

Ballad cruzó los bracitos y resopló enfadada.

–Nunca me regaláis nada. Ni la pistola que quería. Ni la espada que quería. Ni siquiera el mono. Y ahora esto. ¿De qué sirve que tengamos dinero si luego no lo usamos para nada?

Roderick le propinó un codazo a Georgia.

–Ya sabemos de quién ha heredado nuestra hija esa labia –se interrumpió, meneando la cabeza, y finalmente suspiró–. Está bien. Nos vamos a la India. Al menos ese viaje será educativo y el dinero estará bien empleado. Solo que no nos llevaremos a ningún elefante de allí, ¿entendido? –golpeó suavemente la frente de Ballad con los dedos–. Y no quiero volver a oír eso de que nunca te regalamos nada. El dinero es un privilegio, Ballad, no un derecho.

–Sí, papá.

La niña soltó un grito de alegría y, alzando las manos, se levantó de su regazo para saltar fuera de la cama.

–¡La India! –corrió hacia la puerta, manoteando todavía en el aire, y desapareció en el pasillo gritando–: ¡Tengo la mejor mamá del mundo!

Roderick dio un respingo y se volvió hacia Georgia.

–Esa pequeña mocosa acaba de olvidarse de dar las gracias a la única persona que va a pagar la maldita factura.

Georgia lo agarró de la bata y lo atrajo hacia sí.

–Lo importante, Robinsón, es que yo sé quien va a pagar la factura. Podría haber sido peor. ¿Y si se le hubiera antojado un puma? ¿Te imaginas?

Roderick soltó un rugido, imitando al animal, y metió una mano debajo de su camisón, haciéndole soltar un grito.

–¿Y qué es lo que queréis vos, lady Yardley?

–Que bajes un poco más esa mano, y la muevas a la izquierda... Y cuando hayamos terminado, quiero que traigas un poco de whisky.

–Sí y sí, madame. ¿Algo más?

–Sí. Cierra la puerta.

ÚLTIMOS TÍTULOS PUBLICADOS EN HQN

Placeres robados de Brenda Novak

El escándalo perfecto de Delilah Marvelle

Dos almas gemelas de Susan Mallery

Ángel sin alas de Gena Showalter

El señor del castillo de Margaret Moore

Siete razones para no enamorarse de J. de la Rosa

Cuando florecen las azaleas de Sherryl Woods

Hombres de honor de Suzanne Brockmann

Dulces palabras de amor de Susan Mallery

Juego de engaños de Nicola Cornick

Cuando llegue el verano de Brenda Novak

Inmisericorde de Arlette Geneve

Desde que no estás de Anouska Knight

Amanecer en llamas de Gena Showalter

Castillos en la arena de Sherryl Woods

En un solo instante de Carla Crespo

www.ingramcontent.com/pod-product-compliance
Lightning Source LLC
LaVergne TN
LVHW030338070526
838199LV00067B/6337